카자흐스탄 설화

평원과 호수를 닮은 사람들의 초록빛 따뜻한 이야기들

건국대 서사와문학치료연구소
다문화 구비문학대계 14

카자흐스탄 설화
평원과 호수를 닮은 사람들의 초록빛 따뜻한 이야기들

2022년 5월 10일 초판 인쇄
2022년 5월 15일 초판 발행

지은이 신동흔 외
펴낸이 이찬규
펴낸곳 북코리아
등록번호 제03-01240호
전화 02-704-7840
팩스 02-704-7848
이메일 ibookorea@naver.com
홈페이지 www.북코리아.kr
주소 13209 경기도 성남시 중원구 사기막골로 45번길 14
우림2차 A동 1007호
ISBN 978-89-6324-864-6 (94810)
978-89-6324-850-9 (세트)

값 15,000원

건국대 서사와문학치료연구소
다문화 구비문학대계 14

카자흐스탄 설화

평원과 호수를 닮은 사람들의
초록빛 따뜻한 이야기들

신동흔 박현숙 김정은 오정미
조홍윤 김영순 황혜진 강새미
김민수 김자혜 김현희 엄희수
이승민 이원영 한상효 황승업

북코리아

머리말 : 현장에서 만난 1,364편의 생생한 이야기

캄보디아, 베트남, 필리핀, 중국, 일본, 인도, 카자흐스탄, 에스토니아, 브라질….

세계 여러 나라에서 온 이주민 화자들이 한국어로 구술하는 설화들을 들으면서 마치 꿈속의 한 장면에 들어와 있는 듯했다. 그들의 입에서 가지각색 설화들이 술술 흘러나오고 있는 광경이 거짓말 같았다. 책에서나 볼 수 있었던, 아니 책으로도 볼 수 없었던, 깊은 재미와 의미가 차락차락 우러나는 원형적 이야기들! 그 보물 같은 이야기들을 현장에서 만날 수 있다는 것은 최고의 축복이었다.

한국에 이주해서 생활하는 외국 출신 제보자들을 대상으로 한 설화 조사를 계획하면서 기대보다는 걱정이 컸다. 한국과 달리 설화 문화가 유지되고 있어서 구전설화를 기억하고 전해줄 수 있으리라는 기대가 있었지만, 30~50대가 주축을 이루는 제보자들이 설화를 오롯이 구연할 수 있을지 의문이었다. 모국어가 아닌 한국어로 구술해야 하는 상황이라서 더 그랬다. 한국생활이 쉽지 않을 이주민들이 선뜻 마음을 열어줄까 하는 걱정도 없지 않았다.

결과는 기대 이상이었다. 수많은 이주민 제보자들이 기꺼이 자국 설화 구연에 나서 주었다. 모국의 이야기와 문화를 알린다고 하는 책임감과 자부심이 주요 동기였지만, 그들은 곧 설화 구연이 매우 즐겁고 유익한 일이라는 사실을 깨달았다. 그들은 한 명의 문학적 주체가 되어서 자신이 아는 이야기들을 성심성의껏 들려주었다. 고향에 계신 어른들에게 연락해서 묻거나 숨은 자료를 찾아서 구연해 주기도 했다.

모든 이야기는 책이나 자료를 읽어주는 형태가 아니라 내용을 기억하고 새겨서 말로 구술하는 형태로 조사를 수행했다. 마음으로 기억해서 재현한 것이라야 화소(話素)와 스토리가 살아있는 진짜 구비문학 자료가 되는 것이기 때문이다. 제보자들이 구술로 전해준 이야기들 속에는 실제로 구비문학적 힘이 생생히 깃들어 있다. 재미있고 의미심장하며, 현장감이 넘친다. 그 언어는, 살아 있다.

조사 과정에서 이야기를 들으면서 놀란 적이 한두 번이 아니다. 이주민 제보자들은 평균적인 한국 사람들보다 훨씬 이야기를 잘했다. 한 사람이 수십 편의 설화를 유려하게 구술한 사례가 여럿이며, 한 편의 설화를 30분 이상 완벽하게 구연한 경우도 꽤 많았다. 캄보디아의 킴나이키 제보자 같은 경우는 한 편의 설화를 2시간에 걸쳐 생생하게 구연하기도 했다. 한국의 유력한 이야기꾼들에게서도 좀처럼 보기 어려운 모습이다.

10여 명으로 구성된 조사팀이 만 3년에 걸친 현지조사를 통해 만난 화자는 150명 이상이며, 수집한 자료는 약 2,000편에 이른다. 이 중 공개 동의를 얻지 못한 이야기와 완성도가 낮은 이야기들을 제외하고 가치 있는 것들을 선별한 결과 27개국 130여 명 제보자가 구술한 1,364편의 이야기 자료가 추려졌다. 자료마다 기본 구연정보와 줄거리(개요) 등을 갖추어서 정리하니 분량이 단행본 20권을 채우게 되었다. 양적·질적 측면에서 '한국구비문학대계'에 비견될 '다문화 구비문학대계'라고 해도 좋겠다고 생각해서 이를 총서명으로 삼았다. 『한국구비문학대계』(1980~1988; 전 82권)는 한국 구비문학 조사사업의 빛나는 성과이자 인류의 소중한 문화유산으로서, 갈수록 가치가 증대되고 있는 구술자료집이다. 우리의 『다문화 구비문학대계』도 그와 같은 역할을 하게 될 것으로 믿는다. 세계 각국의 설화를 생생한 한국어로 집대성했다는 점에서 전에 없던 새롭고 특별한 언어문화 자료집이다. 이와 같은 현지조사 성과는 세계적으로도 유례없는 일임을 강조하고 싶다.

다문화 구비문학대계는 20권의 자료집과 1권의 연구서로 구성되어 있다. 자료집 구성은 다음과 같다.

1~2권 : 캄보디아 설화 (64편)
3권 : 태국·미얀마 설화 (53편)
4~5권 : 베트남 설화 (114편)
6권 : 필리핀·인도네시아·대만·홍콩 설화 (72편)
7~9권 : 중국 설화 (186편)
10권 : 몽골 설화 (92편)
11~12권 : 일본 설화 (149편)
13권 : 인도·네팔 설화 (78편)
14권 : 카자흐스탄 설화 (61편)
15권 : 러시아·중앙아시아 설화 (55편)
16권 : 유럽·중동·중남미 설화 (57편)
17권 : 세계의 문화와 풍속 이야기 (93편)
18권 : 세계의 속신·금기와 속담 (160편)
19권 : 세계의 신과 요괴 전승 (91편)
20권 : 한국 이주 내력 및 생활담 (39편)

1~16권까지 각국 설화를 나라별로 정리해 실었고, 17~20권에는 세계 여러 나라 문화 이야기와 속담, 생애담 등의 구술담화를 모아서 수록했다. 15권의 '중앙아시아'에는 우즈베키스탄, 키르기스스탄, 타지키스탄이 포함되며, 16권에는 에스토니아, 스웨덴, 터키, 아제르바이잔, 사우디아라비아, 도미니카공화국, 칠레, 브라질, 파라과이 등 9개국 자료가 실려 있다. 다 합치면, 설화가 수록된 나라는 총 27개국에 이른다. 중국편 자료가 가장 많은데, 한족과 조선족 자료를 포괄한 것이다. 7권에 한족 제보자의 구술자료를, 8~9권에 한국계 중국인 제보자 구술자료를 수록했다. 설화는 각 나라마다 앞쪽에 신화와 전설에 해당하는 것들을 싣고 뒤쪽에 민담을 실었다. 같은 유형의 자료를 한데 모으고 서로 내용이 통하는 자료를 이어서 배치함으로써 효과적으로 내용을 견줘볼 수 있게 했다.

27개국 총 1,364편에 해당하는 설화 자료 가운데는 한국에 처음 소개되는 것들이 매우 많다. 1, 2권에 해당하는 캄보디아 설화는 대부분 길고 흥미로운 것들인데, 모두가 한국어로 처음 출판되는 것들이다. 필리핀과 몽골, 인도, 카자흐스탄 등의 수많은 이야기들도 대부분 새로운 것들로 구성돼 있다. 베트남과 중국, 일본 설화 가운데는 한국에 알려진 유명한 이야기들도 포함돼 있지만, 새롭게 소개되는 것들도 많다. 각국의 대표 설화, 예컨대 베트남 설화 〈의붓자매 떰과 깜〉이나 일본 설화 〈복숭아 동자 모모타로〉 같은 경우는 제보자마다 이야기를 구술해서 최대 7~8편에 이르는 각편을 수록했는데, 세부 내용상 크고 작은 차이가 있다. 각편(各篇)마다 미묘한 차이가 있는 것은 구비설화의 본래적 특징으로, 이는 중요한 연구대상이 된다. 각국 주요 설화의 구술자료 각편들을 생생한 구어로 풍부하게 갖춘 것은 해당 국가에도 없던 일로서, 본 자료집의 가치를 더욱 높여주는 요소가 된다.

구비문학에 낯선 독자들로서는 구술을 녹취한 본문이 처음에 다소 어색하게 여겨질 수도 있을 것이다. 하지만 찬찬히 읽어나가다 보면 구술 담화의 맛과 가치를 생생히 느끼게 되리라고 믿는다. 구술자의 다양한 목소리가 귀에 쟁쟁 울려오는 듯한 경험을 할 것이다. 이주민 구술자들에 대하여, 이들은 오롯한 문화적·문학적 주체이자 구비문학 아티스트라고 말하고 싶다. 설화를 전공하는 한국인 연구자들에게 한국어 구술로 큰 감동과 깨우침을 안겼으니 특별한 아티스트가 아닐 수 없다. 현지조사 과정에서도 틈나는 대로 부탁했거니와, 이들이 앞으로도 적극적인 설화 구술로 21세기 한국어문화의 한 주역이 되어 주기를 기대한다.

본 자료집은 구비문학 연구와 언어문화 연구, 다문화 한국사회 연구를 위한 기초 자료로 널리 활용될 수 있다. 학술연구 외에 문화콘텐츠와 교육용으로도 본 자료집은 큰 의의를 지닌다. 작가와 기획자들에게 새롭고 특별한 소재를 제공할 것이며, 각급 학교와 평생교육 기관 등에서 다문화 교육자료 등으로 활용될 것이다. 아울러 본 자료는 일반 독자들에게도 재미있고 소중한 문학적·문화적 경험을 전해줄 것이다. 한국인 독자들은 외국의 문학과 문화에 대한 이해를 넓히는 한편으로 이주민들에 대한 인식을 일신할 것이며, 이주민과 다문화가정 구성원들은 문화적 정체성과 자부심을 내면화할 것이다. 아무쪼록 이 책이 한국사회 구성원들이 열린 마음으로 서로를 이해하는 가운데 상생적 화합과 발전을 이루어나가는 데 기여하기를 바라는 마음이다.

3년간의 현지조사와 정리 작업은 한국학중앙연구원 한국학 토대연구 지원 사업에 힘입어 진행되었다. 꼭 필요한 지원이 이루어져서 좋은 자료들을 널리 수집할 수 있게 된 데 대해 감사의 뜻을 밝힌다. 자료의 출판은 연구지원과 별개로 이루어진 것으로, 출판사의 후의와 결단에 의해 이루어졌다. 자료집의 가치를 이해하고 기꺼이 출판을 맡아준 북코리아 이찬규 사장님과 편집부 김수진 과장님께 깊은 감사 인사를 드린다.

이 자료집이 나올 수 있었던 것은 현지조사와 자료정리의 실무를 맡아 수고한 전임연구원과 연구보조원들이 있었기 때문이다. 팀장을 맡아서 일련의 길고 힘든 작업을 훌륭히 감당해준 박현숙, 김정은, 오정미, 조홍윤 박사와 이원영, 황승업, 김자혜, 김현희, 한상효, 김민수, 이승민, 엄희수, 강새미 등 여러 연구원의 노고에 감사와 사랑의 마음을 전한다. 공동연구원으로서 현지조사와 연구작업을 적극 뒷받침해준 김영순, 황혜진 선생님께도 깊이 감사드린다.

이 책은 기꺼이 이야기를 들려준 여러 제보자들에 의해 이루어진 것이다. 낯선 조사자들을 반갑게 맞이하고 바쁜 시간을 쪼개어 열성껏 이야기를 풀어내 주신 130여 명 제보자들께 머리 숙여 인사드린다. 본 자료집이 특별하고 귀중한 문화유산으로 자리 잡아 오래도록 널리 활용됨으로써 제보자들의 열정과 노고가 빛을 발할 수 있기를 바라 마지않는다. 모두들 행복하게 씩씩하게 잘 지내면서 한국사회의 실질적 주역 구실을 해주시기를 기원하며, 다시 만나 많은 이야기들을 즐겁게 나눌 수 있기를 기대한다.

2022년 5월
저자를 대표하여
신동흔

목차

일러두기

1. 본 자료집은 한국에 와 있는 세계 여러 나라 이주민이 한국어로 들려준 설화와 생애담, 문화 이야기 등을 화자가 구술한 대로 녹취하여 정리한 것이다. 현지조사는 구비문학 전공자들이 만 3년에 걸쳐서 진행했으며, 구비문학 조사 및 정리 방법에 따라 자료를 수집 정리했다. 27개국에서 온 130명 이상의 제보자를 직접 만나서 구술 자료를 녹음했다. 제보자의 주축은 결혼이주민이며, 유학생과 이주노동자도 포함돼 있다.

2. 자료집은 총 20권으로 구성되어 있으며, 총 1,364편의 구술 이야기 자료가 수록되어 있다. 1~16권에는 각 나라별로 신화와 전설, 민담 등 설화자료를 실었고, 17~20권에는 여러 나라 문화 이야기와 속신·속담, 신과 요괴 전승, 생애담 등을 종합해서 실었다. 별권으로 연구서 『다문화 이주민 구술설화 연구』를 갖추어 조사사업의 성격과 의의를 밝히고, 자료 총목록을 제시했다.

3. 모든 자료마다 조사일시와 장소, 제보자와 조사자 등 기본 구연정보를 제시하고, 이야기 줄거리(또는 개요)를 제시하여 이해의 편의를 도왔다. 그리고 모든 설화와 생애담 자료에 '구연상황'을 제시하여, 해당 이야기가 어떤 맥락에서 구술되었는지 알 수 있게 했다. 설화집에 해당하는 1~16권 말미에는 나라별 제보자에 대한 정보가 제시되어 있다. 제보자 인적사항과 특성은 조사 당시를 기준으로 삼은 것으로, 추후에 변동되었을 수도 있다.

4. 이야기 본문은 녹음된 내용을 그대로 받아 적었으며, 현장 상황을 생생히 전하기 위해 조사자와 청중의 반응 부분을 함께 담았다. 한국어 어법에 맞지 않는 구술도 그대로 반영하여 전사했으며, 오해의 소지가 큰 경우 괄호 속에 표준어 표기를 제시했다. 내용 이해를 위해 필요한 경우에는 각주를 달아서 보충 설명을 했다.

5. 이야기 본문에서 제보자의 구술 외에 조사자와 청자의 반응은 [ ] 속에 넣어서 정리했으며, 기타 보충설명은 ( ) 안에 제시했다. 여러 조사자가 발언한 경우 '조사자 1', '조사자 2' 등으로 표시했는데, 번호는 구연정보의 조사자 순서에 준한다. 본문은 이야기 전개 흐름에 따라 문단을 나누었으며, 대화에 해당하는 부분은 행을 바꾸어 표현했다. 대화에 부수되는 언술은 행을 달리하되, '고'나 '구'는 구어체 특성을 살려 대화문 뒤에 붙였다. 2인 이상의 제보자가 공동으로 구술한 자료는 각 제보자와 조사자의 발화를 단위로 삼아 단락을 나누는 방식으로 편집했다.

6. 본 자료집에 자료를 수록한 모든 제보자들에게는 사전에 자료공개 동의를 받았다. 다만, 생애담 등의 구술에서 사적 정보가 노출될 수 있는 부분은 내용을 일부 삭제하거나 **로 표시하기도 했다. 조사장소도 개인정보 보호를 위해 번지수와 같은 세부정보를 삭제했다.

카자흐스탄 사람들이 생겨난 내력

● 구연정보

조사일시 : 2017. 12. 19(화) 오후

조사장소 : 서울시 광진구 화양동 건국대학교

제 보 자 : 조팔리나 [카자흐스탄, 여, 1995년생, 유학 2년차]

조 사 자 : 신동흔, 김정은, 황승업, 강새미

● 구연상황

인도의 파드마 제보자가 〈무당을 물리친 비탈과 비크람〉를 구연한 뒤 조팔리나 제보자가 카자흐스탄 사람들이 생기게 된 유래를 이야기하고 싶다고 했다. 카자흐스탄 사람들은 늑대를 매우 좋아하는데 늑대와 관련된 이야기라면서 구연을 시작했다. 파드마 제보자가 청자로 참여했다.

● 줄거리

옛날 카자흐스탄은 세 개의 주즈(부족)으로 이루어져 있었다. 한 주즈의 왕이 다른 주즈를 침략하고 왕과 가족들을 모두 죽이라 명령했다. 사람들은 막내아들 아신을 살려줬는데, 이를 알게 된 왕이 아신의 손발을 잘라 호수 옆에 놓아뒀다. 그때 암컷 늑대가 나타나 아신을 치료하고 보살폈다. 아신과 늑대는 결혼하여 네 명의 아이를 낳았고, 그들이 카자흐스탄의 조상이 되었다.

옛날옛날에 카자흐스탄은 원래 카자흐 왕자가 몇 명이 있었거든요. 왜냐면 카자흐스탄은 카자흐 왕, 카자흐스탄은 한 개 아니었고 세 개였고. 부족, 부족. 여러 개 부족이 있었고, 이 부족이 합치면 '주즈'라는 그런 그룹이 있었거든요. 그래서 '주즈' 세 개 있었고, 그 주즈 이끌어주는 왕이 세 명도 있었거든요.

근데 이 주즈 어떻게 생겼는지, 가장 사람들이 너무 옛날부터 전쟁도 많이 하고, 싸움을 엄청 많이 해서.

어떨 때는 한 왕이 다른 민족에 가서,

"다른 민족 왕과 가족을 모두를 죽여 버리자."

고 했는데, 사람들이 막내아들, '아신'이라는 막내아들을 살려주셨거든요. 근데 왕에, 차기 왕에 신, 할 말이,

"깨뜨리지 못 해서(죽이지 못해서), 깨지 못 해서."

손도 발도 다 자르고, 어떤 호수 옆에 죽이려고 넣어뒀어요. 근데 그때 늑대, 암컷 말고 [조사자 2: 수컷.] 네 그거 늑대가 나와서 이 아들을, 노쿠톤 그 아들, 아신을 다 살리고 다 치료했는데. 이 죽여 버리라고 했던 왕이 그거에 대해서 알게 됐어요. [조사자 2: 살리는 거를.] 네. 그래서 다시 자기 사람들한테,

"다시 거기 가서 이 아신을 죽여 버리라."

고 했거든요. 근데 뭐가 됐는지 아무것도, 아무도 잘 모르는데 이 늑대만 살아있었거든요. 근데 이 늑대가 다른 데 와서 아들을 네 명을 낳고, 이 아들이 사람이었거든요. 이 아들이 한 명은 '아신'이라고, 또 아신이라고 했고. 이 아신을 우리 카자흐스탄에 살고 있는 카자흐 사람들의 조상이라고 해요. 그래서 그 늑대가, 늑대 도움 때문에, 도움 덕분에 카자흐 사람들이 태어나게 돼서 카자흐 사람들이 태어나게 돼서, 카자흐 사람 아직까지는 늑대를 엄청 좋아하거든요.

[조사자 2: 근데 팔다리 없어서 어떻게 했다는 얘기는 없어요?] 네. [조사자 2: 그것도 알고 싶어가지고. 팔다리 또 다시 생기나 해가지고.] 근데 원래 카자흐 사람들은 이야기, 이야기 같은 거, 제가 방금 했던 이야기도 있고 언니가 했던 이야기 같은 것도 있거든요.

[조사자 2: 그럼 그걸 이어서 한 번.] [조사자 1: 아까 그 늑대하고 아신 사이에서 그 후손이 태어난 걸까요?] 네. [조사자 1: 그러니까 이 아신하고 늑대하고 이렇게 해서. 그 사이에서.] [조사자 3: 근데 늑대도 수컷이고 아신도 남자였는데 그 사이에서 아기가 나왔어요?] 수컷은 그 남, [조사자 3: 남자.] 아 여자예요. [조사자 2: 그럼 암컷이죠, 늑대죠?] 암컷. [조사자 2: 암컷 늑대하고 같이 돌봐주면서 그런 거죠. 그리고 자손이 번성한 거.] 네.

자작나무가 된 숲속의 정령

● 구연정보

조사일시 : 2017. 12. 19(화) 오후
조사장소 : 서울시 광진구 화양동 건국대학교
제 보 자 : 조팔리나 [카자흐스탄, 여, 1995년생, 유학 2년차]
조 사 자 : 신동흔, 김정은, 황승업, 강새미

● 구연상황

제보자가 고려인 할머니의 카자흐스탄 이주 내력담을 들려준 뒤 카자흐스탄은 특히 자연이 아름다운데 자작나무 숲과 관련된 이야기가 있다며 구연을 시작했다. 인도의 파드마 제보자가 함께 이야기를 들었다.

● 줄거리

옛날 어느 산속에 왕이 살고 있었다. 왕이 사는 곳 근처에는 노래와 춤을 좋아하는 작은 정령이 살았다. 왕은 정령이 춤추고 노래하는 모습이 보고 싶어서 몰래 그들을 찾아갔다. 왕이 찾아온 것을 안 정령들은 부끄러워 자작나무로 변했다. 정령이 살던 마을은 자작나무 숲이 되었다.

작은 자작나무로 만든 그런 숲속, 그 작은 숲도 있구요. 그리고 이 호수와 숲이랑 관련된 얘기도 있거든요. 작은 얘긴데. 자작나무로 만든 숲속 같은 경우는.

옛날옛날에 어떤 왕이 하나 살고 있었거든요. 이 왕이 산에다가 살고 있었는데, 산 밑에 어떤 작은 민족이 살고 있었어요. 근데 이 민족 여자, 정령? 정령들이 젊은 여자들이 춤추는 것도 엄청 좋아하고 노래하는 것도 엄청 좋아해서 자주 했었어요.

근데 이 왕이 보고 싶어서, 자기가 왕으로 만약 오게 되면은 애들이 엄청 쑥스럽고 당황스러워서 자연스럽게 못할 것 같아서. 그냥 자기 왕 말고 경비인 척 하고 결국 거기 갔었어요. 거기 가서 여자들이 춤추는 거 보고 엄청 좋아해서 그냥 항상 이렇게 추면은 좋아할 것 같아서 생각했는데.

어떤 한 여자가 이 경비가 경비 말고 왕인 줄 알게 됐었거든요. 그래서 이 춤추는 여자들 엄청 쑥스러워서, 부끄러워서 자작나무로 됐어요. 변했어요. 그래서 이 왕의 소원이 이루어지게 됐었어요. 왜냐면 이 자작나무가 항상 늘 영원히 있을 수 있어서. 이 여자들이 영원히 춤추는 걸, 영원히 춤출 수 있어서 이런 식으로 왕의 소원을 이뤄지게 됐었어요.

[조사자: 자작나무가 춤추는 것 같나 보다.] 네.

발카쉬 호수의 유래

● 구연정보

조사일시 : 2017. 12. 22(화) 오후
조사장소 : 서울시 서대문구 신촌동
제 보 자 : 악지라 [카자흐스탄, 여, 1997년생, 유학 3년차]
조 사 자 : 신동흔, 김정은, 황승업, 강새미

● 구연상황

제보자가 〈코즈코르페시와 바얀술루의 슬픈 사랑〉을 구연한 뒤 그와 비슷하면서도 다른 이야기라며 구연을 이어갔다. 카자흐스탄에 있는 '발카쉬'라는 호수에 얽힌 이야기라고 했다.

● 줄거리

카자흐스탄에 있는 발카쉬 호수는 한쪽에서는 바닷물이, 다른 쪽에서는 강물이 흘러서 만나는 호수이다. 어느 마을에 '발카쉬'라는 여자가 살았다. 발카쉬에게는 부모님께서 정해준 부자 정혼자가 있었으나, 발카쉬는 옆 마을의 가난한 남자를 사랑했다. 결혼 날이 가까워지자 발카쉬는 남자에게 자신을 데리고 도망가 달라고 부탁했다. 남자는 호수가 얼면 그 위를 지날 테니 그때까지 갈대숲에 숨어있으라 하고 매일 발카쉬에게 먹을 것을 가져다주었다. 그러던 어느 날 남자가 멧돼지를 잡으려다 죽고 말았다. 발카쉬가 매우 슬퍼하며 남자를 따라 죽으려 절벽에 올라갔다. 멀리서 가족들이 오는 모습이 보이자 발카쉬는 호수에 몸을 던졌다. 그 후로 그녀의 눈물 때문에 호수에 짠물이 더해졌다고 한다.

호수에는 다른 이야기도 전해진다. 옛날 발카쉬와 엘리에라는 이름의 부녀가 살았다. 아버지 발카쉬는 딸 엘리에를 부자와 결혼시키려 했지만 엘리에는 가난한 남자와 사랑에 빠졌다. 엘리에는 사랑하는 남자와 함께 아버지 발카쉬의 반대를 피해 도망가다 호수에 빠져 죽고 말았다. 아버지 발카쉬는 엘리에와 남자 사이에 누워서 죽었는데 그 후로 바닷물과 강물이 섞이지 못한다고 한다.

그게 카자흐스탄에 '발카쉬'라는 호수●가 있어요. 그 호수가 신기한 게 양 쪽에서 다른 강에서 물이 흘러와요. 근데 그 한쪽에 물이 좀 소금물, 바다 같은 소금물이고 한쪽은 그냥 마실 수 있는 그런 물이에요. 양쪽에서 다른 물이 흘러와요, 가운데로 이렇게 만나는 그런 호수예요. 그 호수에 대한, 그 호수 이름이 '발카쉬'예요. 한국어도 있어요. 그 지도에 치면 나와요. 발카쉬라는 호수가 있는데 그 이름에 대해서, 사람들이 너무 신기하잖아요. 양쪽에서 이렇게 하고 있는데 어떻게 그렇게 됐냐, 이렇게 하면서.

거기서 이제 두 가지 버전인데, 첫 번째 버전은. 그 옆에 마을에서 발카쉬라는 여자애가 살았어요. 원래 이름 발카쉬 아닌데, 발카오였어요. 그래서 사람들이 약간 애교스럽게 부르다 발카쉬라고 부르기 시작하다가, 그래서 발카쉬라고 불러버렸어요. 근데 그 여자가 어렸을 때 아빠가 남편을 정해줬어요. 근데 그 남편이 되게 부자인 사람인데, 이제 그 신랑, 신랑이라 정해준 사람 되게 부자인 사람이었는데. 좀 아픈 사람, 정신적으로 조금 아픈 사람이었대요. 근데 여자가 너무 싫어, 자기가 정말 예쁘고 정말 아름답고. 사람들이 다 약간 너무 아름다운 부러워할 정도로. 이렇게 되게 아름다운 여자였는데, 약간 정신적으로 이상한 사람이랑 결혼해야 되니까 자기가 너무 싫은 거예요. 그게 돈 때문에.

그러다가 자기 옆 마을에서 되게 가난한 남자애가 있었어요. 남자애랑 계속 만나고 서로 약간 잘 맞고, 이렇게 잘하고 서로 좋아하게 됐어요. 근데 그 여자애가 너무 결혼하기 싫으니까, 결혼하는 날이 정해져 있고 다가오고 있었어요. 근데 그 여자가 남자한테 가서,

"나 좀 어디 좀 데리고 가달라. 나 여기 있기 싫다. 난 정말 너 평생 동안 널 따라다니고 너가 죽으면 너랑 같이 죽겠다."

이렇게 여자가 먼저 나와서 얘기를 해요. 남자가 되게 불안하죠.

'이거 어떻게 해야 돼.'

● 카자흐스탄 동부에 있는 호수로, Ozero Balchaš라고도 쓰고 영어로는 Lake Balkhash로 표기한다.

가난하고 뭐 어떻게 해 줄 수 있는 것도 없고. 그러다 말 하나를 구해가지고, 그래서 그래 애가 이제 그 여기 좀 돌아다니다가 발카쉬 옆에 되게 잘 안 보이는 숲, 숲은 아닌데. 가만있어 그거 뭐라 그러죠. 그 되게 긴, 노란색이고 이렇게 길게 자라는 거. [조사자 2: 대나무도 아니고.] [조사자 3: 갈대?] 아 갈대, 갈대 맞다 갈대 맞아요. 그 갈대숲이라 그래야 되나? 네 아무튼 긴 갈대가 있는 그쪽으로 가서,

"이제 숨어서 이 호숫가 얼을 때까지 기다리다 호수가 얼으면 그 위를 지나가서 그쪽으로 넘어가자."

이렇게 얘기해요. 그쪽에서 되게 이제 너무 힘들고 남자가 매일 매일 먹을 거 구하러 계속 가야 되고. 이렇게 얘기하다가 그 시간이 지나요.

근데 호수 거의 다 얼 때, 얼진 않았는데 거의 다 얼 때쯤에,

"이제 거의 곧 언다."

라고 준비를 하고 있었을 때. 그 남자가 멧돼지를 봐요. 멧돼지인데 그 말 두 명이 있었어요. 누구 말인지 모르는 말 두 명 있었고 멧돼지가 이 말을 약간 먹으려고 하는 거예요. 그래서 이 말이 너무 도망가려고 했는데 묶여있었어요. 그래서 남자가 그거를 풀어주려고 가서, 도와주려고 하고 굉장히 싸움이 일어나요. 멧돼지랑 말이랑 남자가. 남자 그런 말을 이렇게 풀어주고, 말을 풀어주고 말 도망가는데 멧돼지 그거를 도망가요. 그러다가 그거를 이제 그 계속 바람이 옆에서 불고 무서워서 가지는 못하고. 이거 풀어줄 때까지 하고 이제 갔더니, 그 남자 신발 다친 거예요. 피가 막 흐르고 있고. 그래서 어떻게 좀 해볼라고, 그 상처를 이제 뭐라 그러지. 상처를 뭐라고 해야 되나. [조사자 1: 치료.] 네 치료, 그냥 뭐 치료해주고. 치료를 해주고 어떻게든 해봤는데 시간이 너무 오래가지 않고, 남자가 죽어요.

근데 여자가 너무 괴로운 거예요. 그래서 그냥 같이 약속을 했잖아요.

"너가 어디가든 널 따라 가겠고, 너가 죽어도 같이 죽겠다."

하고 자기(를) 위해 무덤을 파기 시작해요. 자기 무덤을 파기 시작하고 맨 마지막으로 이제 그 뭐라고 해야 되죠, 그 올라가는 거.

(단어가 기억나지 않아서 잠시 구연을 멈춤.) 그 호수 위에 돌로 되어 있는 거기 있잖아요. (조사자가 여러 단어를 말했지만 다 아니라고 함.) 그 뛰어내릴 때, 뛰어내리는? [조사자 2: 절벽?] 네 절벽. 절벽 맞아요. [조사자 2: 호수에 절벽도 있었구나.] 그 호수 사진 보여드릴게요.

그 절벽 같은 거 이렇게 있었는데, 거기를 이제 올라가서 마지막으로 보고 있는데 저쪽에 많은 사람들이 오고 있는 거예요. 이제 드디어 그 위치를 찾은 거죠, 사람들이. 이제 오고 있는데 자기 친척들을 봐요. 그래서 이제 어떻게 해야 될 줄 모르고 그 호수로 그냥 뛰어내려요. 호수 뛰어내리고 그래서 얘가 이제 한 편으로 되게 사랑하는 남자를 떠나는 이런. 원래 울면은 그 짜잖아요, 눈물이. 그래서 그런 거랑 자기 부모님을 이제 보는 그런. 그래가지고 사랑하는 남자를 따라서 사랑하는 마음이랑, 가족을 보는 슬픈 마음이랑 같이 이렇게 해서 그랬다, 라는 얘기가 있어요.

근데 여기에 대한 또 다른 얘기가. 오히려 그 딸에 이름이 발카쉬 아니라 딸에 이름이 '엘리에'라고 얘기해요. 엘리에가 뭐냐면 그 한쪽에 오는 강 이름이 엘리에예요. 그래서 딸 이름을 엘리에라고 하고, 아빠 이름이 발카쉬라고 해요. 그래서 발카쉬라는 부자인 사람이 있었는데. 이거 똑같은 강, 호수에 대한 다른 얘기예요. 발카쉬라는 남자, 부자인 사람이 있었는데 자기 딸이 너무 가난한 사람이랑 사랑에 빠지게 돼요. 근데 이제 아빠가,

"자기 너무 싫다."고.

이렇게 얘기를 하고. 부자인 사람을 또 이제 구해 와서,

"얘랑 결혼해라."

이랬는데 얘가 싫다고 하는 거예요. 그럼 이 엘리에라는 딸이 그 가난한 남자랑 다시 도망을 가요. 도망을 가는데 아버지는 직접 찾아가요.

"나는 직접 내 손으로 찾아서 오겠다."

이렇게 하고 똑같이 아까 그 절벽에 올라갔어요. 네 절벽, 절벽에 이렇게 올라갔을 때, 이제 아빠랑 만나게 되고. 절벽에 둘이 손을 잡고 있어요. 그래서 딸이 말해요.

“아빠 너는 모르는 게 있다. 그 맨날 돈이고 뭐고 이렇게 하는데 돈으로 살 수 없고 돈보다 훨씬 더 중요한 게 있다.”

이제 그때 부자, 부, 부라고 얘기하죠. 분이 아니라 부.

“부(富)보다 훨씬 더 중요한 게 있다. 사랑이다. 아빠는 그걸 느끼지 못했고 절대로 느끼지 못할 거다.”

하면서 둘이 손을 잡고 뛰어 내렸어요. 근데 물로 뛰어 내려가는 게 아니라 그 물 옆에, 그 호수가에 뛰어요. 그럼 이제 다 뭐지, 깨지잖아요, 몸이 뛰어 내리면은. 그래서 그런 부분을 보면서 아빠가 너무 가슴이 아파가지고. 그래서 그때서야 이제 그 사람이, 그 아빠 하는 얘기가.

“그 어떤 부도 자식이 주는 즐거움이랑 행복함과는 비교가 될 수 없구나. 내가 정말 이런 걸 몰랐구나.”

하면서 그 남자랑 여자, 딸이랑 같이 도망간 남자 가운데에 이렇게. 누워서 자기가 거기서 죽는대요.

그래서 그 사람의 눈물로 호수가 양쪽에서. 왜냐면 한쪽에서는 그 이름이, 여자 이름으로 되어있고, 강 이름이. 한쪽은 남자 이름으로 되어있어요. [조사자 2: 아빠. 남자 아니라 아빠?] 남자, 남자. 그 뛰어간, 같이 도망간 남자.

그래서 이렇게 강 양쪽에서 이렇게 하고, 가운데서 아빠가 울고 있다. 이렇게 되어 있어요.

바이칼 호수와 앙가라 강 전설

● 구연정보

조사일시 : 2017. 05. 12(금) 오후
조사장소 : 서울특별시 광진구 화양동 건국대학교
제 보 자 : 사니아 [카자흐스탄, 여, 1992년생, 유학 6년차]
조 사 자 : 오정미, 이원영

● 구연상황

사니아 제보자와 사전연락을 통해 건국대학교에서 두 번째 만남을 가졌다. 아쑤바이에바 제보자가 동석했는데, 서로 의논한 뒤 사니아 제보자가 먼저 바이칼 호수에 대한 전설을 구술했다. 아쑤바이에바 제보자가 청자로 참여했다.

● 줄거리

바이칼 호수의 '바이'는 부자, '칼'은 호수라는 뜻이다. 아버지인 바이칼은 딸 앙가라를 사랑했는데 앙가라는 예니세이라는 남자를 사랑해서 도망을 쳤다. 그러자 화가 난 아버지가 도망치는 딸의 목에 돌을 던졌다. 바이칼은 끝내 딸을 용서하지 않았다. 지금도 바이칼 호수에서 그 앙가라라는 강이 울면서 예니세이를 향해 흘러간다.

아 저번에 그 바이칼호수● 역사에 대해서. 바이칼호수에 원래는 그 우리말로 그 터키, 투르크 언어로는, 어 좀, 부자는 아니지만 분부로운? 좀, 부자 호수? 그냥 부자 호수라고. 바이는 투르크어로는 부

● 바이칼 호수는 러시아 시베리아 남동쪽, 이르쿠츠크(Irkutsk)와 브랴티야(Buryatia) 자치공화국 사이에 위치해 있다. 2500만 년이라는 세계에서 가장 오래된 역사를 자랑하는 호수이다.

자라는 뜻이니까. 칼? 바이칼, 칼 말고 굴? 아니에요? 굴? 그거는 호수라는 뜻이라서. [조사자: 칼이 호수라는 뜻이 있어요? 바이가 부자. 그거 우리 처음 알았어. 바이칼이 부자 호수라 한다.] 그래서 그 캐릭터 중에도 바이라는 그런 많이 나오잖아요. 그래서 그런 뜻이에요.

그리고 이제, 원래 옛날에 바이칼이라는 영웅이 있었대요. 그 영웅이 있었고. 그리고 그 사람이 이제 딸이 있었어요. 하나. 딸 밖에, 딸 하나밖에 없었고. 그런데 이제 딸이 정말 예쁘게 크고 이제 많은 남자들이 결혼하고 싶어 하는 거예요. [조사자: 누구를?] 그 딸이랑. [조사자: 딸?] 그 딸 이름이, 딸 이름이 응 앙가라? 그 러시아에서 있는 그 강? 네.

그래서, 그래서 도망칠려고 해요. 그 여자가 예니세이라는 남자를, 남자한테 빠지고. 아세요? 아 네, 아시네요. [조사자: 조금 알아요.] 네. 그래서 이제 도망치다 보니까 아버지가 화가 나니까 던지는 거예요. 그 돌을. 가장 큰 산에서 돌을 이렇게 빼서서 던져서 목에다가 던지는 거예요. [조사자: 어디 다가?] 목, 목에. [조사자: 돌을?] 네. [조사자: 누가 누구한테?] 아버지가 딸한테. 너무 화나서. 네. 그래서 근데 용서해달라고 했는데도 용서해주지 못했던 거예요. 아버지가.

그래서 지금도 그 러시아에서 이제 바이칼에서 그 앙가라라는 강이 눈물처럼 이렇게 예니세이로 흘러간대요. 그래서 네. 울면서 막 흘러나가는. [조사자: 앙가라라는 호수에 흘러가고 있다.] 예. [조사자: 아 그 아버지가 사실 부자였잖아요.] 그거는 그냥 그런 언어의 역사? [조사자: 역사.] 단어의 역산데. 그냥. 원래 영웅이었어요. 그냥 아버지가. [조사자: 영웅이었어요. 아버지가. 그 남자는 어떻게 됐어요, 그럼?] 남자는 없었어요. [조사자: 무책임한 놈이다.] (웃음) 네.

원래 우리나라에서 좀 호수랑, 호수의 사랑 얘기가 많아요. 산이랑 산길이 아예 없어서. 이렇게 따로 따로 있는 산길이나 이렇게 같이 있지 못해서 이렇게 된 거라고. 그런 얘기 정말 많아요.

마르카콜 호수의 유래

● 구연정보

조사일시 : 2017. 05. 12(금) 오후
조사장소 : 서울특별시 광진구 화양동 건국대학교
제 보 자 : 아쑤바이에바 [카자흐스탄, 여, 1991년생, 유학 3년차]
조 사 자 : 오정미, 이원영

● 구연상황

사니아 제보자가 〈바이칼 호수와 앙가라 강 전설〉 이야기를 마친 뒤 아쑤바이에바 제보자가 준비해온 이야기 구연을 시작했다. 사니아 제보자가 청자로 참여했다.

● 줄거리

옛날에 마르카라는 어린 양이 물을 먹다가 샘에 빠졌다. 그 모습을 발견한 양치기 소년과 아버지가 힘을 합쳐서 양의 생명을 구해주었다. 양을 구하고 나니까 샘에서 흘러나온 물이 목장을 가득 채워 호수가 되었다. 그 호수는 양의 이름인 '마르카'와 호수를 뜻하는 '콜'이 합쳐져서 마르카콜 호수가 되었다.

[조사자 1: 그러면 바이칼 호수 말고도 호수에 관련된 다른 사랑이야기.] 네. 있어요. 지금 제가. 다른 호수인데. 마르카콜이라는 호수예요. [조사자 1: 마르?] 마르카콜. [조사자 1: 마르카콜.] 네. 그 콜이라는 뜻은 호수라는 뜻이죠. 네. 그래서 그 마르카콜이라는 호수의 역사인. 어떻게 생겼는지를 알려드리겠습니다.

[조사자 1: 그것도 역시 사랑 이야기인 거예요?] 이거는 사랑 이야기 아니에요. 이거는 양이랑 관련된 거예요. [청자(사니아): 양의 자식? 자식? 양의 자식.] [조사자 1: 양의 자식] [조사자 2: 아들.] 네. 네. [조사자

1: 아들. 아들의 이야기.]

그 옛날 옛날 옛날에, 어떤 사람 사이에 어떤 그 큰 샘이 있었어요. 그 큰 샘으로 급수? 물이 모이는 곳이었고, 양을 먹이는 곳이었고. 저기, 아버지랑 아들이 양을 방목했어요. 네. 그래서 한번은 그 어떤 양 떼에서 작은 양이 있었는데, 그 양 이름이 마르카. 마르카였어요. [조사자 1: 아 작은 양의 이름이.] 예. 마르카. 마르카.

그래서 한번 그 양이 그 샘에서 이렇게 물을 먹으려고 했는데, 갑자기 이렇게 빠졌어요. 물에 빠졌어요. 그래서 그걸 그 아들이 본 순간, 그 양을 이렇게 구조하기 시작했어요. 근데 막 힘이 약해서 아버지를 불렀고, 이게 다 같이 구원(구조)했죠. 그 양을 같이 구원(구조)했고.

그래서 그 순간, 그 샘에서 물이 흘러나가기 시작하고, 그 양 떼, 아니 [청자(사니아): 그 양이 많은데 많은 그 그냥 스텝 있잖아요? 많은 양을 이렇게 같이 이렇게 나가서 산책시키는 거. 산책시키는 그거.] (카자흐스탄어로 대화함.) 그거. 거기를. 아니야? [조사자 1: 힘이 모자라서. 괜찮아. 괜찮아.] 빠지시는 자리예요. 그곳이에요. 목장. 목장. [조사자 1: 목장. 목장.] 목장.

그래서. 그 샘에서 물이 흘러내리기 시작했고, 그 목장을 다 이렇게 채웠죠. 그래서 이렇게 마르카콜이라는 호수가 생긴 거예요. 네. 네. [조사자 1: 아니 근데 조금 이해가 안 가는 게. 힘이 이제 조금 모자라서 이 바보가 아버지까지 불러와서] 불러와서. [조사자 1: 어린 양을 이제 구하려고 했는데.] 구하려고 했는데. [조사자 1: 못 구한 거야?] 아니 구했어요. 같이. 네. 아버지랑 같이. 이렇게 구했죠.

[조사자 1: 같이? 양을 구했고. 구한 다음에 그 샘에서 이렇게 물이 넘쳐나서.] 네. [조사자 1: 목장이 다 샘물로.] 다 이렇게 샘물로. [조사자 1: 가득 찬 거.] 가득 찬 거예요. 네. 그래서 그 호수를 이제 그 마르카콜이라고. 네. 부르기 시작했어요. 그 마르카, 아까 그 양의 이름이구요. 네.

(청자에게) 원래 양을 마르카라고 하지 않나? 원래 그렇지 않아? [조사자 1: 아, 원래 양을 마르카라고 해요?] [청자(사니아): 들어 본 적 있는 거 같아요.]

부라바이 호수와 낙타바위

● **구연정보**

조사일시 : 2017. 12. 19(화) 오후

조사장소 : 서울시 광진구 화양동 건국대학교

제 보 자 : 조팔리나 [카자흐스탄, 여, 1995년생, 유학 2년차]

조 사 자 : 신동흔, 김정은, 황승업, 강새미

● **구연상황**

이야기판에 동석한 인도 국적 파드마 제보자와 번갈아가면서 설화 구연이 이어졌다. 조팔리나 제보자가 〈자작나무가 된 숲속의 정령〉을 구연한 후, 자연에 대한 이야기가 이어졌다. 그때 조팔리나 제보자가 카자흐스탄에 있는 아름다운 부라바이 호수에 관한 이야기라면서 구술을 시작했다.

● **줄거리**

어느 호수 근처에 '부라바이'라는 하얀 낙타가 살았다. 낙타는 똑똑해서 사냥꾼이 올 때마다 동물들에게 이를 알려줬다. 그러자 화가 난 사냥꾼이 낙타를 죽여 버렸다. 낙타는 죽어서 바위로 변해 호수를 지키는 수호신이 됐다. 그 호수는 낙타의 이름을 따서 부라바이 호수라고 부르게 됐다.

원래 이 호수 근처에 낙타 엄청 큰 하얀색 낙타가 살고 있었어요. 이 낙타에 이름이 '부라바이' 그래서 그 호수 '부라바이'•이라고 불러요. 이 낙타가 엄청 똑똑했었거든요. 근데 오래 사는데 동물을, 이 낙타가 동물을 도와주고 다 했는데.

어떨 때는 사냥꾼이 왔었어요. 근데 이 사냥꾼들이 그냥 허락받

• 카자흐스탄의 북쪽 콕시타우시 근처에 위치한 호수이다.

고 사냥한 거 말고, 그냥 자기 마음대로 하고 엄청 많은 동물들을 죽이게 돼버렸어요. 그래서 이 낙타가 엄청 똑똑해서 사냥꾼들이 어떻게 오는지 알게 돼서, 이 싸인을 알게 돼서 다른 동물들한테 사냥꾼들이 오면은 다른 동물들한테 알려줬거든요. 그래서 이 사냥꾼이 그렇게 돼서, 알게 돼서 너무 화가 나서 이 낙타를 죽이고 싶다고, 죽이려고 트랩trap도 하고 다 했는데. 결국 이 낙타를 죽이게 돼버렸어요.

근데 낙타를 죽였는데도 이 낙타가 갑자기 커졌고 바위가 돼버렸어요. 그래서 이 바위를 어떤 사람들이 이 바위가 이 호수 수호라고. 생각하는 사람들도 있어요. 자기가 죽었는데도 불구하고 아직까지 이 호수를 지키고 있는 애로, 동물이라고 해요. [조사자: 그 바위가 되고 나서도 다른 동물들 도와주고 이랬다는 이야기도 있어요?] 그런 거 없어요.

부라바이 호수와 수수께끼의 돌

● **구연정보**

조사일시 : 2017. 09. 22(금) 오전
조사장소 : 인천광역시 중구 운서동
제 보 자 : 발누라 [카자흐스탄, 여, 1986년생, 유학 2년차]
조 사 자 : 오정미, 한상효, 엄희수

● **구연상황**

제보자가 살아온 이야기를 간단하게 들려준 뒤 카자흐스탄에만 있는 전설을 들려주겠다고 했다. 제보자는 증거물로 남아있는 바위에 대한 동영상을 직접 보여주기도 하는 등 적극적인 태도로 구연에 임했다. 미리 준비해 온 자료를 보면서 구술을 이어갔다.

● **줄거리**

부라바이라는 호수에 여러 가지 모습을 보여주는 수수께끼 같은 돌이 있다. 옛날에 어느 부자의 귀하고 아름다운 딸이 사냥꾼 남자와 사랑에 빠져 도망을 갔다. 부자는 아들들을 시켜 딸과 사냥꾼을 잡아오게 했고, 결국 부라바이에서 숨어 살던 사냥꾼은 화살에 맞아 죽고 말았다. 딸은 하늘을 보며 자신을 돌로 변하게 해달라고 기도했고, 결국 여자는 부라바이의 돌이 되었다.

제가 설화 이야기에 대해서 제가 그때, 많이 생각했어요. 왜냐면 우리나라에도 이렇게 보면 설화가 되게 많지 않더라고요. 제가 조사해보니까 대부분들이 아까 러시아랑 관련돼 있거나 아니면 공통으로 쓰는 설화들이 많아요. 공통으로 쓸 수 있는 설화. 우리나라, 예를 들면 러시아, 우리나라도 우리 거, 키르키 사람도 우리 거, 우즈벡 사람도 우리 거, 다들 우리 거라고 해요. (웃음) 그래서 근데 증거 없잖

아요. 전에 교수님 말씀 하셨듯이 그건 말로 이렇게 나와 있기 때문에 증거가 없어요.

그래서 제가 설화 중에도 어떻게 보면 우리나라에 대해서 알리고 하고자 싶은 설화들을 좀 몇 개 찾아봤어요. 준비 했는데 음, 그게, 이게 왜 이 설화를 준비했냐면 이거 우리나라 거인지 증거가 있기 때문에. (웃음) 증거가 있어요. 왜냐면 누구라도 이거 우리 거라고 얘기할 수 없어요. 우리나라에 실제로 있기 때문에.

[조사자 1: 이 바위는 카자흐스탄에만 있지.] 우리나라에만 있어요. 그래서 관광객들 아니면 한국 사람들이 가도 이 설화 듣고 '아, 이거 꼭 가봐야 되는 곳이다.' 이거 우리나라의 역사랑 관련돼 있기 때문에. 그거를 조금 봤으면 싶어요. 근데 솔직히 이 우리는 아스타나에 살잖아요, 수도.

지금 제가 설화를 말씀드리고 싶고자 하는 설화, 우리가 북쪽이에요. 위치돼 있어요. 수수께끼의 돌이라고 해요. 줌박다스Жұмбақ Тас [조사자 1: 수수께끼 돌.] 수수께끼 돌이라고 하는데. 원인이 없는, 이유가 없는 돌이라고 하는데, 어떻게 생겼는지도 모르는데. 그게 줌박다스. '다스'라는 게 우리나라의 그, 돌이라는 뜻이고, '줌박', 수수께끼예요. 근데 모르겠어요 제가 나름대로 번역을 해봤어요. 이상하게 나올지도 모르겠는데. (웃음) [조사자 1: 아니에요. 너무 좋아요.]

그, 돌에 저도 몇 번 가봤어요. 근데 제가 어떻게 생겼는지, 저도 설화 몰랐어요. 이번에 제가 조사하면서 알게 됐어요. 아, 나중에 제가 그 돌을 보고, 아 그때도 보여드렸다시피 돌이 왜 이렇게 생겼는지 그냥 모르는 거잖아요. 그냥 뭐 때문에 생기고, 어떻게 생기고 여러 가지 버전이 있기 때문에 그래서 제가 이 지금 설화를 말씀드려보고 끝나고 한 번 비교해보실 수 있어요. 그래서 아, 그렇게 생겼는지. 한 번 동영상으로 보여드릴게요. 나중에 제가 따로 메일로 보내드릴 수 있어요. (동영상을 보여줌.)

옛날에 여기에서는, 이거 지금 수수께끼의 돌이에요. 줌박다스. 보시면, 옆에 보시면 산들이 많고. 이게 우리나라의 관광도시예요. 여기는. 근데 다들 모르지 않아요. 근데 카자흐스탄에서는 스위스라고 해요. 카자흐스탄의 스위스. 되게 아름다운 곳이잖아요. 이게 우리나라 카자흐스탄의 스위스라고 해요. 엄청 잘 발전되어있어요.

[조사자 1: 이게 지역명이 뭐예요?] 부라바이●. 부라바이 이게 전체 산이에요. 아, 여기 사람들 가면 여기까지 가서 사람들이 소원을 빌어요. 그런 것도 있어요. 왜냐면 조금 우리 역사 쪽으로. 그리고 거기 가시면 옛날에 아브라이 칸이라는 칸이 있었어요, 왕이. 그 왕이 있어요. 그리고 아브라이 칸이 거기에 그 와이프들이 많았, 와이프들이 많았잖아요. 그래서 그 옛날에 왕들이 어떻게 했냐면, 자기 왕이 그 집이 있으면 옆에 와이프들의 집들이 있잖아요. 그런 거를 다 있어요 거기 가시면. 아직도 역사적으로 남아있어요. 가시면 보실 수 있어요. 이게 지금 일단 수수께끼의 돌에 대해서 어떻게 설화를 시작해드릴까요? 아, 조금 어려워가지고.

옛날에 지구상에 매우 부자인 사람이 살았다고 해요. 근데 어떻게 부자냐면, 어, 그 사람이 수천 마리 말들이 많았어요. 우리나라에서 옛날에, 우리나라가 유목의 나라잖아요. 그래서 예를 들면 여름에 산에서 살고 겨울에는 초원 이런 데서 살고. 그래서 어떻게 부자냐면, 말이 동물들이 많을 만큼 그 사람이 부자예요. 그래서 그 부자의 수천 마리 말이 많았다고 합니다. 그 부자의 몇 명 아들과 딸 한 명 있었어요. [조사자 1: 부자의?] 부자의 몇 명 아들들이 있어요. 정확하게는 우리도 몰라요. 다섯 명인지, 열 명인지. 근데 딸 한 명만 있었어요. 그 집에 딸 한 명만 있었다고 합니다.

그 딸이 너무 아름다웠고 자기 아름다움으로 모든 지위를 능가했다고 하더라구요. 그리고 자기 아름다움뿐만 아니라, 연인하고 숙련된 종이 있었다고 합니다. 어머니와 아버지는 최선을 다해 딸을 보호하고 돌봤습니다.

그리고 아버지하고 엄마는 그 딸을 시집을 보내도 왕의 아들이나, 왜냐면 자기 수준까지. 아니면 비라는, 우리나라의 옛날의 판사. 비라고 우리나라에서 유명한 세 가지 비가 있어요. 돌리비, 카즈비

● 부라바이(Burbay), 카자흐스탄의 북쪽에 위치한 호수의 이름이다.

비, 아이디키비 판사예요. 여러 가지 일들이 생기면 그 사람들 판사들한테 가서 사람들이 도움을 받는 거예요. 왜냐면 그 사람 너무 똑똑하고 잘 사는 편이었어요. 왕의 아들한테 시집보내는 걸 꿈을 꿨어요. 부자의 자부심이 아무도 자기와 평등하다는 것을 인정하고 싶지 않을 정도로 강했다고 합니다.

그런데 어느 날 그 마을에 어떤 젊은 남자가 왔어요. [조사자 1: 아이구.] (웃음) 그 남자의 능력이 너무 뛰어나가지구 자기는 가수면 노래도 잘 부르구, 사냥꾼? 사냥꾼이라고 하면 사냥을 잘해요. 사냥도 잘하고 팔방미인이었으며 잘생겼던 남자라고 합니다. 그 남자는 어, 자신이 자작나무 돔브라Домбыра, 돔브라는 우리나라의 악기예요, 전통. [조사자 2: 이름이 뭐예요? 악기?] 돔브라. 돔브라. 음악의 기구라고 하나요? 돔브라에서 여러 가지 멜로디를 잘 쳤어요.

왜냐면 옛날에 남자의 능력이 만약에 노래를 잘 부르거나, 사냥을 잘 하거나, 그리고 돔브라를 잘 치면 그 남자가 음, 남자의 수당이라고 얘기해요. 남자의 수당이란 무슨 뜻이냐면, 최고의 재주. [조사자 1: 아, 최고의 재주.] 최고의 재주. 수당, 우리는 아직도 말을 해요. 예를 들면. 그리고 그런 경쟁들도 있어요 우리나라에. 예를 들면 해마다 학교에서 그런 데서 예를 들면 남자들끼리 그런 경쟁 있어요. 예를 들면 남자의 수땅, 그 남자가 자기의 능력을 다 보여줘야 되는 거예요. 그리고 그 남자가 아이트스도 잘 해요. 아이트스라는 게 우리나라에서 유명한 카자흐 시인들 사이에서의 노래 경쟁. [조사자 1: 아이트스.] 아이트스를 잘 하는 남자였어요.

아무튼 그 남자가 너무 잘생겼고, 능력도 좋고 다 하지만 근데 자기는 부자가 아니에요. 부자가 아니었어요. 그래서 그 젊은 남자가 어느 날 부자의 딸을 만나고 그들은 첫눈에 사랑에 빠졌다고 합니다. [조사자 1: 아이구.] 하하. 사랑의 불씨는 즉시 그들을 감쌌으며 아무도 꺼뜨릴 힘이 없을 정도로 열정의 불꽃이 솟아올랐다고 합니다.

[조사자 1: 어, 그런 건 대충 누라 선생님 표현으로 편하게 하셔도 돼요.] 그래요? (웃음) 근데 조금 이거 이쁘게 나오길래 말이. (웃음) 그냥 일반 말로 하면 그냥 이렇게 나오잖아요. 그래서 그 부자는 남자

가 능력이 있지만, 가난한 한 청년에 시집보내는 것을 좀 반대하고, 그 허가를 안 해줬어요. 그래서 어느 날 그 젊은이들이 스스로 자기 운명을 결정하기 위해서 집에서 도망가기로 결정했어요.

옛날에 그런 일들 많았어요. 그래서 아직까지 우리 남쪽에 이런 문화가 남아 있어요. 만약에 옛날에 우리나라에서 여자를 시집 갈 때는, 집에서 이쁘게 보내요. 그 다 친척들 다 모여서 집에서 전통 옷을 입히고 보내요. 근데 돈이 많이 들어가잖아요. 그래서 못하는 애들은 그냥 도망가요. 남자가 데리고 도망가는 것처럼. 근데 남쪽에 이거 아직까지 남아있지만 실제로 지금 그렇게 하면 감옥에 들어가요. (웃음) 법이 생겼어요. 이제 사람을 납치하는 느낌으로. (웃음) 왜냐면 남쪽에서 심하게 이용하는 거에요. 만약에 서로 그거를 약속해가지고 가면 문제가 없어요. 왜냐면 부모님들이 알기 때문에. 부모님들한테 그렇게 부담을 하기 쉽지 않았기 때문에.

근데 아 남자가 좋아한다고 아, 저 여자가 예쁘면, 저 여자가 왔어요. 놀러 왔는데 남자가 훔쳐가지고 데리고 갔어요 자기 집에. 근데 가자마자 거기 스카프 같은 거 머리에 하면 그 여자 그 집의 며느리라는 뜻이거든요. 하얀 거. 그런데 그 여자 싫어요, 거기서 살기가. 자기 남자 친구도 있는데 그래서 자기도 떠날라면 할머니 어르신 분들 문 앞에 다 앉아가지고 안 돼요.

"너 여기서 우리 몸을 떠나서 그렇게 가라."

근데 어떻게 어르신들 분들한테 못하잖아요. 그래서 그 여자가 그 집에서 살게 돼요. 어쩔 수 없이 애기도 낳아야 돼요. (웃음) 근데 행복하겠어요? 행복하게 잘 맞아서 가는 경우도 있어요. 근데 우리 엄마도 그렇게 왔어요, 집에. 그래서 엄마한테

"엄마는 어떻게 일곱 명까지 낳았어요?"

약간 장난쳐요. 우리 아버지 엄마가 35년, 37년을 같이 사셨는데. 결혼하신지. 그런 잘사는 예도 있었지만 지금은 아니잖아요. 지금은 여자들은 조금 권력도 심하니까. 남자들 감옥으로 보내요. 그런 것들이 있었어요.

아무튼 그 젊은 여자하고 남자가 집에서 도망가기로 했어요. 둘

이 도망갔다가 마을을 떠나서 며칠 후 부라바이 산, 부라바이 산기슭에 왔어요. 그들이 추격을 떠났고 그들의 불행이 지났다고 생각해서 이곳에서 살기로 결정했어요. 아까 부라바이, 아까 제가 아까 보여드렸던 전체 부라바이에서. 거기서 호수도 있고, 호수 기슭에 통통한 물고기와 매우 따뜻하고 맑은 물이 있는 작은 만이 있었다고 합니다. 거기는 너무 아름다워요. 그때부터 사람들은 그곳을 '파란 만' 이라고 불렀어요. 물 표면에 새들이, 백조들이 헤엄쳤고 깊이에 큰 물고기가 살았고, 젊은이들은 그 만 해변에 상주했습니다.

근데 둘이 거기서 이제 부부가 부모님 다 떠나가지고 자기들 너무 사랑에 빠진 상태에서 너무 행복하면서 행복함을 즐기면서 살다가 며칠 지난 거예요. 남자는 거기서 어, 아, 그, 그 남자가 사랑에 빠진 소년과 소녀는 며칠 지났는지도 몰랐어요.

근데 어느날 아버지가 딸이 도망갔다는 소식을 듣고 엄청 화가 난 거죠. 화가 났고 자기는 야생의 분노에 들어서 화를 냈고 몹시 포효하기 시작했어요. 그래서 자기가 화가 나서 아, 친밀한 사람들한테 공격하고 어떤 대가를 치르더라도 도망자들을 찾으라고 명령을 했어요. 그는 아들들에게 병력을 주었고 여러 방향으로 보냈으며 젊은이들을 찾을 때까지 들어오지 말라는 지시를 했어요.

그래서 그 아들들이 이제 몇 년, 몇 개월 지나, 아, 그 처녀를 살해, 그 처녀는(의) 남자를 살해(남자들이 딸의 남자를 살해하도록), 살해하도록 여자를 집으로 돌려보내라고 지시를 했어요. 그래서 그 아들하고 그 밑에 일하시는 분 다들 그 찾으러 갔어요. 몇 개월 지났어요.

몇 개월 지났다가 어느 날 그 몇 달 후 병사 중 하나가 부라바이에 도착한 거예요. 거기 아까 여자하고 남자가 살고 있는 데서. 도착했어요. 근데 거기서 그, 청년인 남자가 거기서 소나무? 소나무인가 그걸로 보트를 만드는 거예요. 소나무로 보트를 만드는 거예요. 그래서 보트를 이제 둘이 아, 도망자들은 추적자를 발견했고, 그들의 손에 든, 이제 도망가야 되니까 거기서 자기 물건들을 움켜잡고 호수 한 가운데를 향해 보트로 달려갔어요. 달려갔다가 추적자들은 아무도 못 잡았어요.

하지만 호수는 강이 아니었기 때문에 그가 다른 데에서 항해할 수 없었어요. 그래서 추적자들 중에서 저마다 잡을 수 있는 기회를 기다리고 해안에서 남아있었어요. 그래서 [조사자 1: 남자와 여자는 보트를 타고 도망을 간 거고.] 간 거고 추적자들은 거기에서 감시하고 있는 거예요.

그래서 자기는 그, 두꺼운 풀 숲 안에 들어가 가지고 날카로운 화살로 활을 준비했어요. 왜냐하면 아버지는 죽이지 말라고 했는데 애들은 어떻게든 잡아야 되니까. 어, 활을 준비했어요. 어느날 아까 연인들이 해안 가까이 왔어요. 가까이 다가왔는데 형제들은 이 기회를 이용하기를 주저하지 않았고 몇 개의 화살표가 청년의 가슴에 날아갔어요. 결국에는 남자가 거기에서 죽었어요. 죽었고.

[조사자 1: 누구의 화살이? 그 추격한 아들들의 화살이.] 연인 중의 남자, 청년한테 쐈어요. 그래서 번개같이 화살은 휘파람을 불고 그중 하나는 청년의 심장에 직접 관통했다고 합니다. 치명상을 입은 그는 배에서 떨어졌어요. 보트에서 떨어져가지고 호수는, 호수의 은빛 물이 그의 피로 색칠되었어요. 피가 엄청 많아가지고. 그래서 소녀는 사랑하는 사람이 죽었다는 사실을 이제 좀 알게 되고 자기는 하늘로,

"이제 나는 더 이상 못 살겠어요. 이 남자가 없으면."

그래서 하늘 갖고 '뎅그리Tengri'라고 하잖아요. 옛날에. 하늘 보고 저 이 사랑하는 사람 없이 못 살겠는 거를 이해하니까 왼손을 이렇게 하늘로 들고 자기를 괴롭히는 사람이 못 잡게 돌로 변하게 해달라고 기도했다고 합니다. 뎅그리는 그녀의 대한 연민을 나타내고 그녀의 소원을 성취했다고 합니다. 그래서 잠시 후 호수 주변에 있는 소녀와 보트가 거대한 바위로 변했어요. 돌로 돼버린 거예요.

그래서 아까 제가 돌 말씀드렸다시피. 지금은 그래서 아까 파란만 있잖아요, 파란 만의 바위를 여러 면에서 보면 그 돌이 여러 가지 모양으로 나타나요. 한 신비한 이미지로 한 번 보면 손이 한 보트와 비슷하지만 다른 면에서 보면 머리카락을 가진 소녀와 닮았고, 한쪽에서 또 가까이 보면 그녀의 애인을 위해 울고 있는 아직도 슬퍼하는 늙은 할머니처럼, 아직도 바라보는 그런 적으로 표현했어요. 그래

서 그 바위를 줌박다스, 수수께끼의 돌이라고 부릅니다. 지금 아까 그래서 제가 아까, 보시면 지금 여자처럼 나와요. 한쪽에서 보면. 제가 다 보여드릴 수 있어요. (조사자들이 사진 찍는 중) 여러 가지가 있어요, 사진들이. 그다음에. 아까 그 파란 만 있잖아요, 거기서 보시면 이렇게 나와요.

[조사자 1: 선생님 그 뎅그리가 신인 거죠?] 신이라고. [조사자 1: 신을 카자흐스탄어로 뎅그리라고 해요?] 옛날 말이었어요. 이거 아까 늙은 할머니처럼 이렇게 좀 기대하고 기다리고 있는 그런 모양이라고 하더라구요. 여러 가지. 우리도 몰랐어요. (웃음) 나중에 제가 이거 보면서 제가 알게 됐어요, 이거를. [조사자 1: 이거 바위는 유명한 관광지고.] 부라바이. 호수 안에 있는 물. [조사자 1: 바위에 관련된 이야기는 이번에 알게 되신 거구나?] 저도 알게 됐어요 이번에. 남편한테도 물어봤어요.

"이거 역사, 설화 알아요?"

했더니

"몰라, 옛날 어떤 여자가 거기 떨어졌다는 거 아니냐."고.

"그 여자가 왜 떨어졌어요?"

했더니

"누구한테 도망갔다."고.

[조사자 1: 대충은 알고 있네요.] 그래서

"아 그래요? 내가 그 여자처럼 생긴지도 몰랐어요."

여기 보시면 저희도 사진 있어요. 이 부라바이에서. 딱 거기에서 찍은 사진 있어요, 하나. 그래서 제가. [조사자 3: 근데 저기 바위 위에 사람이 올라갈 수 있어요?] 있어요. 아니 거기서 아까 보트가 제가 보여드렸잖아요.

(동영상을 보여주면서) 아까 여기서 사람들. 여기 옆에 산이고, 큰 산이고. 여기 보시면 여기 보트가 이렇게 많아요. 호텔들도 많고. 보트를 타고 여기 와요. 여기 와서 소원을 빌고 위에 가서 사진 찍고 그렇게 가요. 여기 공기가 너무 좋아요, 너무 아름다워요. 그래서 둘이 이런 데로 도망갔어요. (웃음) 공기가 깨끗하고.

아버지의 저주로 뱀에게 물린 알샤비비와 무덤

● **구연정보**

조사일시 : 2017. 12. 19(화) 오후
조사장소 : 서울시 광진구 화양동 건국대학교
제 보 자 : 조팔리나 [카자흐스탄, 여, 1995년생, 유학 2년차]
조 사 자 : 신동흔, 김정은, 황승업, 강새미

● **구연상황**

제보자는 파드마 제보자가 〈비탈의 수수께끼를 맞춘 비크람〉의 이야기를 할 동안 생각한 이야기라며, 카자흐스탄에 사랑이야기가 많다고 구연했다. 조사자 외에 인도의 파드마와 다문화 설화에 관심 있는 대학원생 2명도 함께 이야기를 들었다.

● **줄거리**

옛날 어느 부자가 살았는데 알샤비비라는 딸이 있었다. 알샤비비는 카라한과 사랑에 빠졌는데, 부자인 아버지는 가난한 카라한이 마음에 들지 않아 둘 사이를 반대했다. 결국 카라한은 마을을 떠나게 되었고, 알샤비비는 카라한을 따라 마을을 떠날 계획을 세웠다. 이를 안 부자가 얄샤비비에게 일곱 개의 강을 건널 텐데 마지막 강을 건너지 못할 거라고 저주했다. 얄샤비비는 카라한을 찾아 길을 떠나, 여섯 개의 강을 건넜다. 마지막 강을 건너려는데 아버지가 했던 말이 생각나 머뭇거리던 중 뱀에게 물려 죽고 말았다. 시간이 지나 부자가 된 카라한이 고향으로 돌아오는데 뱀에게 물려 죽은 알샤비비를 발견했다. 카라한은 슬퍼하며 그녀가 죽은 곳에 무덤을 만들었다.

알샤비비는 어떤 부자의 딸이었고, 알샤비비가 사는 지역에서 왕이 몇 명이 있었거든요. 근데 '카라한'이라는 왕. 원래 '한'은 '반'이라는 뜻이에요. 그래서 그 카라한과 알샤비비를 서로 사랑에 빠졌

는데, 알샤비비에 아버지가 카라한한테,

"자기 딸하고 결혼하지 말라."

고 했었어요. 왜냐면 카라한은 너무 거지 아니고 가난하지도 않은데, 부자도 아니었거든요. 그래서 욕심이, 알샤비비 아버지가 욕심 많아서 다른 부자에 자기 딸을 주고 싶어서 거절했어요. 카라한 프로포즈할 때 거절했어요. 알샤비비가 엄청 카라한을 좋아하고, 결국 카라한이 사는 지역에서 떠나버렸어요. 알샤비비가 엄청 좋아하고 사랑했기 때문에 떠나가려고 했는데. 알샤비비의 아버지가,

"너가 강을 일곱 개를 건너려고 하면은 일곱 번째를 못 건널 거라."고.

이렇게 했어요. 너무 화가 나셔서. 그래도 알샤비비가 떠나고, 떠나버렸는데 강을 여섯 개를 건너버렸어요. 근데 자기 아버지의 말을 기억났기 때문에 일곱 번째 강이 보이자 멈췄어요. 근데 그때는 뱀이 옆에 뱀이 있었거든요. 그래서 뱀이 이 알샤비비를 물었어요. 뱀한테 물렸기 때문에 알샤비비가 죽었어요.

그래서 그때는 카라한이 자기 사는 지역으로 돌아왔었어요. 왜냐하면 부자가 됐고, 다 가졌기 때문에 돌아왔는데. 돌아오는 길에 알샤비비를 보였어요. 너무 슬퍼서 사랑했기 때문에 알샤비비가 죽인 그런 이곳에, 이 장소에 이 묘를, 무덤을 만들어줬어요.

백조가 잠자는 동안

● **구연정보**

조사일시 : 2017. 12. 22(화) 오후
조사장소 : 서울시 서대문구 신촌동
제 보 자 : 악지라 [카자흐스탄, 여, 1997년생, 유학 3년차]
조 사 자 : 신동흔, 김정은, 황승업, 강새미

● **구연상황**

제보자가 〈코브즈 악기 유래〉를 마친 뒤에 이어서 구연했다. 카자흐스탄에서는 백조를 성스럽게 생각해서 죽이면 안 된다는 믿음이 있는데 그에 관련한 이야기라고 했다.

● **줄거리**

어느 마을 옆에 백조가 사는 호수가 있었다. 마을에 사는 부부에게 아들이 있었는데 아들이 이유 모를 병에 걸려 어떤 방법을 써도 낫지 않았다. 그러던 어느 날 점쟁이가 찾아와 백조를 죽여서 가져오면 아들의 병이 나을 것이라고 했다. 남편이 백조는 신성하기 때문에 죽이면 안 된다고 했지만 부인은 그 말을 듣지 않고 총을 쏴서 백조를 죽였다. 그러자 그 짝이었던 백조만 남고 다른 모든 백조가 날아갔다. 총소리를 듣고 한 노인이 달려와 점쟁이의 말은 거짓이라면서 집에 가서 아들의 상태를 확인해보라고 했다. 부인이 놀라 집에 가보니 아들은 죽어있었다. 부인은 괴로움에 몇날 며칠을 울다 미쳐버렸다. 백조들은 다시 그곳으로 돌아오지 않았다.

카자흐스탄에서 이제 어떤 호수가 있는데, 그 호수에는 백조가 없어요. 산 한 가운데에 있는 호수인데, 그래서 그거에 대해서 사람들이 지어낸 거죠. 여기에 왜 백조가 없을까, 그래서 백조들이 잠들었을 때, 백조들이 잠들 때, 〈백조가 잠자는 동안〉이라는 얘기가 있어요. 제가 학교 때 배웠었어요. 이것도 이제 시로 이렇게 되어있는 건데. 여기서 하는 얘기가, 처음에 백조에 대해서 얘기를 하고.

그다음에 어떤 그 백조가 사는, 살고 있는 호수 옆에 어떤 마을이 있었어요. 그 마을에 이제 부부 둘, 부부가 있었는데, 그 부부 아들이 있었어요. 아들이 심하게 아팠어요. 아들이 심하게 아프고, 원인도 모르고, 어떻게 해도 낫지 않고 이랬는데. 어떤 약간 점쟁이 같은 분이 오셔가지고, 아 얘는 백조를 죽여서, 백조, 흰 백조를 놔가지고 옆에 이제 약간 이렇게 하는 게 있어요.

"백조를 이렇게 한 바퀴를 두르고 이렇게 하면 얘한테 무슨 안 좋은 게 다 없어질 거다."

이렇게 얘기를 해요. 그럼 백조를 이제 죽여서 가지고 오라는 거잖아요. 그래서 그때 그렇게 하고 나서, 이제 부인이 말해요.

"오늘 그 점쟁이가 얘기하는 걸 듣지 못했냐. 백조를 죽이고 오라고 하잖아. 가서 거기, 내가 거기 아는데 산 한 가운데 호수가 있는데 거기 갔다 와라. 죽이고 와라. 거기 백조가 있대."

얘기해요. 남편이,

"내가 어떻게 죽이겠냐. 그 성스러운 것을. 백조들이 잘 때 나무도 움직이지 않는다는데 내가 어떻게 하겠냐."

이렇게 얘기를 해요. 그럼 인제 부인이,

"너의 아들의 목숨보다 소중한 거냐?"

하면서 부인이 너무 화나가지고 총을 챙겨서 그쪽으로 가요. 이제 그 산 쪽으로, 그 호수로 가요. 호수로 갔는데 백조 두 마리가 있어요. 근데 두 마리가 너무 예쁘고, 하얗고 이런 거예요. 근데 이제, 저 하얗고 예쁜 걸 보면서도 자기 아들 생각하면서 엄청 괴로워하다가, 자기도 모르고 눌러버려요. 자기도 모르게 (방아쇠를) 눌러버리는데 백조 한 마리가 죽어요.

근데 백조들에 대한 얘기가, 또 백조들이 사람처럼 한 번 서로 만나고 사랑에 빠지고, 한 번 만나게 되면 절대로 헤어지지 않고, 백조 한 마리가 죽으면 두 번째 마리가 그 자리에서 평생 있대요. 절대로 다른 백조 만나지 않고. 그래서 한 백조를 죽였으니까 그 백조 영원히 그 속에서 있는 거잖아요. 근데 백조들이 시끄러워서, 거기서 시끄러워서 한 번 다른 백조 다 날라 갔겠죠, 있는 백조들은. 백조들 시끄러워서, 한 번 그 잠자는 거에서 깨면 다시 돌아오지 않는대요. 그 호수로. 그래서 이제 모든 백조들은 다 날아가고, 새들도 다 날아가고, 그 백조 한 마리만 딱 남아요. 그 총소리를 들은, 들어서 어떤 할아버지가 뛰어서 와.

"넌 지금 무슨 짓을 한 거냐? 무슨 짓을 했는지 아는 거냐?"

이렇게 얘기를 해요.

"너 지금 이 성스러운 것을 어떻게 죽였냐?"

하면서 그 부인이 이제 너무

"아 내가 일부러 한 거 아니다. 내가 지금."

다 얘기를 해줘요.

"아들이 있는데 아들이 아프다. 이거를 치료할 수 있는 방법 백조밖에 없다고 했다."

하면서 했는데 이제 할아버지가,

"너무 안 됐다. 그 점쟁이가 다 한 말이 다 거짓말이다. 지금 당장."

그때 하는 얘기가 카자흐스탄에서 안 좋은 일이 있으면은 자기 피를 이렇게 흐르게 하라는, 잘라가지고.

"그럼 죽이고 나서 바로 그런 거라도 했냐?"

그랬더니,

"생각을 못 했다. 그런 것도 못 했다."

얘기해요.

"지금이라도 당장 집에 가 봐라. 너는 지금 너의 아들한테 치유할 수 있는, 치유를 준 건지 죽음을 준 건지 모른다."

이렇게 얘기를 해서 바로 집에 갔더니 아들 죽어있었어요. 근데 죽어있는 아들을, 근데 그 부인이 자기가 너무 괴로운 거예요.

'아 내가 왜 죽였지?'

이렇게 생각하면서도 그 죽인 백조들이, 그때 그 예쁘고 아름다웠던 백조들이 계속 눈앞에 보이고. 그래서 약간,

"아들아 기다려봐라. 내가 지금 백조를 죽이고 오겠다."

라고 얘기하기도 하고, 또 어쩌다가 엄청 울고 되게 약간 좀 정신이 안 좋은, 마을에서 좀 정신이 없는 상태로 유명해져요. 아들은 죽고, 인정하기 싫고. 그래서 그 백조 한 마리는 계속 거기 있다가 죽고, 그 거기는 다시 백조들 돌아오지 않았어요.

코브즈 악기 유래

● **구연정보**

조사일시 : 2017. 12. 22(화) 오후

조사장소 : 서울시 서대문구 신촌동

제 보 자 : 악지라 [카자흐스탄, 여, 1997년생, 유학 3년차]

조 사 자 : 신동흔, 김정은, 황승업, 강새미

● **구연상황**

제보자가 〈비단 같은 여자 카즈주덱과 돌라겐 형제의 사랑〉를 구연한 후, 코브즈 이야기를 이어갔다. 코브즈는 두 줄이 있는 악기로 바이올린 같은 소리가 나는 카자흐스탄의 전통 악기이다. 제보자가 살던 지역에서 코브즈가 만들어졌는데 거기 얽힌 이야기가 있다며 구연을 시작했다. 코브즈를 만든 사람의 이름은 코르크트인데, 제보자가 살던 지방에서 매우 유명해서 그의 이름을 딴 대학교와 거리가 있다고 한다.

● **줄거리**

코르크트는 3년 동안 엄마 배 속에 있었는데, 태어나는 날 하늘이 까매지고 바람이 많이 불었다. 코르크트는 어려서부터 죽음을 두려워하고 죽기 싫다는 생각을 했다. 그러던 중 꿈에서 세상의 중심을 찾으면 영원히 살 수 있다는 말을 듣고 그곳을 찾아 여행을 떠났다. 코르크트는 세상의 중심을 찾아 이곳저곳을 돌아다녔는데, 그가 가는 곳마다 사람들이 땅을 파면서 코르크트를 위한 무덤을 파고 있다고 했다. 코르크트는 악기를 만들면 예술을 통해 영원히 살아남게 된다는 걸 깨닫고 고향으로 돌아와 코브즈를 만들어 연주하며 살았다.

이것도 여러 가지 설이 되게 많아요. 한 사람에 대해서. 일단 이 사람이 태어날 때 엄마가 뱃속에 3년 동안 배고 있었대요. 3년 동안 배고 있었는데, 근데 3년 동안 배고 있다가 태어났을 때는 갑자기 막 하늘이 까매지고, 바람이 엄청 많이 불고. 그래서 되게 정말 사람들이 되게 공포를 심어준 그런 날이었대요.

그래서 이 사람이 태어났을 때 이 사람 이름은 '코르크트'이라고 지어졌는데, 이 사람 코르크트가 여러 가지 뜻이 있는데. 좀 무섭게 하다? 네 그런. 근데 이거는 오히려 좋은 뜻으로 해석하는 사람들도 있는데, 옛날 카자흐어에서. 근데 제가 아는 건 이 정도예요. 그래서 무섭게 하다 이정도 얘기를 해요.

그래서 이 사람이 태어나고 좀 자랐는데, 처음부터 다른 생각 가지고 있었어요. 죽음에 대한 두려움이 있었어요. 자기,

'나는 죽기 싫다.'

이렇게 생각을 하고, 꿈에서 이런 꿈을 봐요.

"너는 죽음에 대해서 언급만 하지 않으면 너는 영원히 살 수 있다."

이렇게 얘기를 해요. 또 다른 날에는,

"너는 세상에 끝, 딱 한 가운데를 찾으면. 세상에 중심, 아 중심을 찾으면 너는 죽지 않고 거기서 영원히 살 수 있다."

그렇게 생각을 해요. 그럼 이 사람이 젊은 나이에 여러 가지 곳을 돌아다니면서,

"나는 세상에 중심을 찾겠다."

하면서 여행을 혼자 떠나요. 그래서 이제 이 사람이 여행을 떠나는 과정에서 여러 가지 사람들에 약간 만들어진 소리 있는데. 그중에서 막, 과정 잘 기억이 안 나요. 아무튼 여러 가지 과정을 이렇게 보면서. 아 가는 길마다 사람들한테 물어보면, 맨날 사람들이 뭘 파고 있대요.

"너는 뭘 파고 있냐?"

그러면,

"나는 코르크트를 위한 무덤을 파고 있다."

이렇게 얘기해요. 그래서 카자흐 사람들 실제로 이런 얘기해요. 어디가도 똑같은 게 나오면

"코르크트 무덤 파기네."

이렇게 얘기를 해요. 어딜 가나 똑같은 거 나오면, 왜냐면 자기

가 어디 마을에 가도, 어디 멈춰도,

"사람들이 뭘 하고 있고 뭘 하고 있냐?"

라고 물어보면,

"나는 코르크트를 위해 무덤을 파고 있다."

이렇게 얘기를 해요. 자기는 엄청난 공포가 있는 거죠. 그래서 계속 세상에 중심을 찾겠다고 여러 가지 곳을 많이 돌아다니는데 찾지는 못해요. 그래서

'아 영원히 사는 방법이 없구나.'

라고 다시. 자기, 제가 사는 지역 그 스다리아강 그쪽으로 다시 돌아와요.

돌아와서 그때 깨달음을,

'아 영원히 살 수 있는 방법이 있구나.'

이 사람이 생각해낸,

'악기를 만들겠다. 나는 예술을 통해서 영원히 살 수 있게 되겠다.'

하면서 악기를 만들고, 그다음 다시 세상 여기저기 다니면서 악기. 이 표지에 악기를 하면서 자기 소리를 넓게, 최대한 넓게 모든 곳에 퍼지게. 악기, 좀 죽을 때까지 계속 악기 연주만 하다가 죽어요. 그래서 우리가 하기에는,

"아, 이 사람 정말 영원히 살고 있구나."

얘기를 해요.

돔브라 악기 줄이 두 개인 이유

● 구연정보

조사일시 : 2016. 11. 12(토) 오후
조사장소 : 강원도 횡성군 횡성읍 읍하리
제 보 자 : 우쿠자노바 디나 [카자흐스탄, 여, 1981년생, 결혼이주 13년차]
조 사 자 : 박현숙, 김현희, 김민수

● 구연상황

제보자가 〈제비 꼬리가 갈라진 이유〉 구연을 마친 뒤, 조사자가 이야기에 흥미를 보이자 조사자에게 카자흐스탄의 악기를 아는지 물었다. 조사자가 모른다고 하자 제보자는 조사자에게 '돔브라' 악기명과 기능을 설명한 뒤 구연을 시작했다. 제보자는 구연 끝 무렵에 스마트폰으로 악기 연주 소리를 들려주기도 했다. 제보자를 소개한 오숙민 작가와 베트남 국적의 누구엔티미두이엔 제보자가 청자로 참여했다.

● 줄거리

옛날에 사냥을 좋아하는 왕자가 살았는데, 어느 날 사냥을 나갔다가 죽었다. 당시에는 왕자가 죽었다는 것을 말로 옮기는 사람은 죽임을 당했다. 한 신하가 왕에게 왕자의 죽음을 알릴 방법을 고심하다가 돔브라 악기를 연주하여 알렸다. 왕은 연주를 통해 왕자의 죽음을 알아차렸다. 왕은 돔브라가 더 이상 왕자의 죽음을 알리는 연주를 하지 못하도록 끓는 쇳물을 부었다. 그때 돔브라의 여러 줄이 끊어져 두 개만 남게 되었다.

카자흐스탄 악기를 아세요? [조사자 1: 몰라요.] '돔브라'라는 악기가 있는데, [조사자 1: 돔브라?] 네, 그 악기로 이제 가사 없는 그냥 멜로디 있잖아요. 그냥 악기가 내는 소리로만 이야기를 들을 수 있다. 만약에 옛날에는 카자흐스탄 사람들은 누가 돌아가시거나 제일 가까운 사람이 돌아가거나 죽을 때는 말로는 알려주지 못했어요. 왜냐면 그때 이제 왕이라 그래야 되나? 왕한테 만약,

"아들이 죽었다."

라고 들려주면 그 사람 머리가 잘려야 되거든요. [조사자 1: 비밀이니까?] 네, 비밀은 아니고 자기 아들을 죽었다는 안 좋은 소식을 들려주는 사람은 [청자: 죽임을 당하는구나.] 네, 죽였어요. 그래서 그럴 때는 그 악기를 통해서 악기를, 연주를 하면서 들려주고. [청자: 그걸 어떻게 알아? 악기를 통해서 어떻게 이야기를 해?] 그런 이야기가 있어요.

그러니까 옛날에 왕이 있었는데 그 왕이 사냥을 많이 다녔었어요. 근데 그 왕이 아들 딱 한명이 있었어요. 그래서 어느 날 아들이 사냥을 나갔어요. 사냥을 나가서 사냥을 하고 있는데 꽃사슴을 보는 거죠. 꽃사슴을 보는데 그 꽃사슴을 좀 약간 다리를 절뚝거리는 꽃사슴이었는데요, 그 꽃사슴을 아마도 그 꽃사슴 아기를 잡으려고 했을 때 그 어미가 와서 어떻게 발로 차거나 해서 그 아들이 죽었거든요.

근데 그 아들이 죽어서 하루 지나서 안 오고 이틀 지나서 안 오고 그러다가 이제는 왕한테 들려줘야 하는데, 왕한테는 들려줄 수가. [청자: 수가 없으니까.] 수가 없어요. 왜냐면 들려주는 사람은 무조건 죽어야 되니까. 그래서 어떻게 할까 하다가 고민을 하다가,

"그 악기를 통해서 들려줍시다."

하면서 이제 그 악기도 다룰 줄 알고 연주도 할 줄 아는 사람이 들려줘야 되거든요. 그래서 가서 악기를 들려주는 거예요.

악기로 연주를 하는데 왕이 들으면서 근데 그거 연주를 들어보면 조금씩 느낌이 와요. 왜냐면 그 소리 날 때 뭐 말이 뭐 '달그닥 달그닥' 소리 나고 말이 뭐 뛰어가는 소리랑 그 뭐 자연, 자연의 풍요로움과 또 그다음에 그렇게 잘 되다가는 그때는 안 좋은 소식이 있다는 거를 다 알게 돼 있어요. 연주를 통해서. 그래서 그렇게 해서 하는데 이제 악기를 통해서 들려줬으니까 왕이 알겠는 거예요.

'아, 내 아들이 죽었구나.'

그래서 그럴 때 이제 악기를 이야기하는 거는 사람이 아니고 악기잖아요. 그래서,

'어떻게 할까?'

고민하다가 악기에다가 그 뭐라 그러지? 저거 '쇠' 있잖아요. 철을 녹여서 [조사자 1: 쇠를 녹여서?] 네. 쇠를 녹여서 악기 이렇게 구멍이 있어요. 이렇게 보면 나무로 된 건데 나무로 이렇게 되고 구멍이 있고 안이 텅 비어 있거든요. 거기다가 뜨거운 그걸 부어버린 거예요.

[청자: 그 악기 이름이 뭐라구요?] 돔브라. [청자: 돔브라? 근데 진짜 그런 소리가 났었어요?] 제가 지금 한번 나오면 들려봐 드릴까요? '악사콴'이라 그러거든요. 저도 어릴 때 많이 들은 거라서.

[청자: 그래서 부어서 어떻게 됐어요?] 부어서 그래서 저도 잠깐 그거는 [청자: 악기 모양이 변했나?] 악기 모양 그래서 아마 거기 원래 구멍이 돼 있는 건지? 했는지? 잘 모르겠는데 한번 제가 찾아봐야 돼요. 자세한 내용은 이제 어렸을 때 듣고 그냥 넘어가니까 신경은 안 썼죠. 어떻게 해서 어떻게 됐는지. 근데 이랬다는 거만 알지 다른 거는.

(제보자가 스마트폰에서 영상을 찾아 조사자에게 약 7분가량 음악을 들려줌.)

아, 더이상 연주를 안 하게끔 만들어 버렸구나. 얘는 원래 많았었는데 지금은 두 개만 있거든요? [청자: 아 줄이?] 줄이, 줄이 두 개만 있어요. 원래 좀 많았었나봐. [조사자 2: 그 이유를 설명하는.] 네. [조사자 1: 그러니까 지금은 두 줄인 거죠?] 네. 지금은 두 줄이에요. (스마트폰에서 나오는 소리를 들려주며) 이게, 이게 소리예요, 이거.

돔브라 악기 구멍이 두 개인 이유

● **구연정보**

조사일시 : 2017. 12. 19(화) 오후
조사장소 : 서울시 광진구 화양동 건국대학교
제 보 자 : 조팔리나 [카자흐스탄, 여, 1995년생, 유학 2년차]
조 사 자 : 신동흔, 김정은, 황승업, 강새미

● **구연상황**

인도의 파드마 제보자가 〈밤낮이 구분되고 달이 생겨난 유래〉를 구연한 후, 조팔리나 제보자가 카자흐스탄 전통 악기 돔브라에 관한 이야기라며 구연했다. 이야기가 여러 개 전해지는데 그중 두 개가 생각났다며 들려주었다. 돔브라 사진을 보여주면서 구멍이 생기게 된 이유가 있다고 했다. 파드마 제보자가 함께 이야기를 들었다.

● **줄거리**

카자흐스탄의 전통악기 돔브라에는 두 개의 구멍이 있다. 이 구멍과 관련하여 두 개의 이야기가 전해지는데, 첫 번째 이야기는 다음과 같다. 옛날 어느 왕이 살았는데 전쟁으로 막내아들을 잃었다. 왕은 너무 슬퍼서 아들의 죽음을 말하는 사람이 있으면 목에 쇳물을 붓겠다고 했다. 한 돔브라 연주자가 돔브라로 왕자의 죽음을 표현했다. 화가 난 왕이 돔브라에 쇳물을 부었고 그 후로 돔브라에는 두 개의 구멍이 생기게 됐다. 또 다른 이야기는 다음과 같다. 옛날 어느 왕국에 형제 왕이 살았는데 열심히 일하는 형과 달리 동생은 매일 돔브라를 연주하며 놀았다. 화가 난 형이 큰 돌로 돔브라를 부숴고 돔브라에는 두 개의 큰 구멍이 생겼다. 시간이 지나 구멍 난 돔브라를 발견한 사람들이 그 모양대로 악기를 만들기 시작했다.

우리 카자흐 사람들이 옛날부터 엄청 싸움을 많이 하고, 전쟁도 엄청 많았는데. 왕도 엄청 많았잖아요. 그래서 이 왕의 아들도 엄청 많고, 한 왕의 아들, 막내아들이 어디 전쟁 나가서 죽어버렸어요. 근데 싸움에서 죽어버렸어요.

근데 이 왕이 자기 백성에다가, 자기 사람들한테,

"소원 나한테, 나의 아들에 죽음에 대한 이런 얘기를 하는 사람한테 목에다가."

(단어가 기억나지 않아 잠시 구연을 멈춤.)

쇠를 엄청 뜨거운 곳에다가 넣으면은, 아 녹은, 녹은 쇠. 네 녹은 쇠. [조사자: 쇠를 녹여서.] 네.

"쇠를 녹여서 나의 막내아들 주변에다가, 얘기를 하는 사람 목에다가 이 녹은 쇠를 줄 거라."

그렇게 생각했어요. 근데 이렇게 말했어요. 그래서 아무도 이것에 대해서 이야기를, [조사자: 할 수가 없었던 거죠.] 할 수가 없었잖아요.

원래 돔브라가 구멍이 없었거든요. 그래서 한 '아큰', 아큰은 그 돔브라 치고 노래하는 사람, 아큰. 한 아큰이 나와서 돔브라 치고 아무 말 안하고 그냥 돔브라 치고 멜로디만으로 이 얘기를 했었거든요. 그래서 왕이 이 아큰한테,

"너가 이 얘기를 해서 너의 목에다가 이 녹은 쇠를 부어야 된다."

고 했는데 이 아큰이,

"내가 한 것도 아니고 내가 한 말도 아니고. 내 악기가 했던 말이라 거기에다가 너 부어라."

그렇게 해서 이렇게 구멍이 생겼다고 해요.

두 번째 이야기는 너무 짧은 건데. 왕이, 형제 왕이 있었거든요. 그래서 형은 뭐가 엄청 큰 거 만들고 싶었는데, 막내 그 동생은 그냥 돔브라 치고, 맨날 돔브라 치고 아무것도 안했거든요. 그래서 형은 너무 화가 나서 돔브라를 가지고 그냥 다 부셔버렸어요. 어떤 큰 돌에다가 이렇게 해서 다 부셔버렸는데.

몇 년 지난 후에 다른 사람들이 거기 와서, 이 돌에다가 이 돔브라에 인프린트가 남아 있었구요. 그래서 몇 년 후에 다른 사람들이 와서 이 인프린트 대로 다른 돔브라를, 악기를 만들기 시작했어요. [조사자: 그걸 가지고.] 네. 그렇게 두 가지 얘기를 했었어요.

돔브라 악기에 구멍이 생긴 이유

● 구연정보

조사일시 : 2018. 01. 29(월) 오후
조사장소 : 대구광역시 북구 경북대 앞
제 보 자 : 굴지라 [카자흐스탄, 여, 1994년생, 유학 1년차]
조 사 자 : 김정은, 황승업, 강새미

● 구연상황

제보자가 〈제비 꼬리가 갈라진 이유〉를 마친 뒤 바로 이어서 구연했다. 카자흐스탄에서 전해지는 전설이라는 설명을 덧붙였다.

● 줄거리

카자흐스탄은 오랫동안 칭기즈칸의 아들 조시한의 지배를 받았다. 조시한이 죽자 사람들은 그 소식을 알리면 칭기즈칸이 화가 나서 자기네들을 죽일까 봐 걱정이 됐다. 그때 전통악기 돔브라를 연주하는 음유시인 겟부가 나서서 자신이 소식을 알리겠다고 했다. 겟부는 칭기즈칸을 찾아가 말없이 돔브라를 치며 노래를 불렀고 칭기즈칸은 그 노래가 아들이 죽었다는 소식임을 알아차렸다. 화가 난 칭기즈칸은 돔브라에 쇳물을 부었고 그 후로 돔브라에는 구멍이 생기게 됐다.

그 '겟부'가, 우리말로는 그 '겟부'가 이름이에요. 그 옛날에 전통악기를 (기타는 치는 듯한 손동작을 하면서) 그거 하는. [조사자 1: 그 전통악기 있었죠. '겟부가'라고 해요 그거를?] 아뇨. 그 전통악기는 '돔브라'*라고 했는데요. 그 돔브라하고 하고 싶은 이야기를 이렇게 음악

* 돔브라(Домбыра)는 카자흐스탄의 전통 현악기로, 줄이 두 개인 것이 특징이다.

으로 같이 하는. [조사자 1: 그걸 겟부라고 그래요?] 아뇨 그런 사람을. [조사자 2 : 음유시인 같은.] 네 음유시인 같은 거.

그거 겟부라는 사람이 있는데. 우리 역사적으로 카자흐스탄은 몇 년 동안 칭기즈칸 아들, 첫 아들 조시, 우리나라로 '조시한' 밑에 있었고. 그래서 그 조시한 돌아가실 때는 그 사람들이 무서워가지고,

"칭기즈칸에게 어떻게 이 말을 전할 수 있느냐."

근데 이 말을 전달을 하면 그 칭기즈칸 그 사람 우리를 (목을 베는 동작을 하면서) 자를 것 같아서. 그런 거 있어서 그 겟부가,

"제가 할 수 있다."고.

그래서 겟부가 그 칭기즈칸 앞에 가서 그냥 악기로. 그 말을, 전달하고 싶은 말을 악기로 노래 부르면서 전달해요. 근데 말을 안 하고 그 음악, 음성으로, 음성으로 전달을. [조사자 1: 이게 노래하는 것처럼.] 노래하는 것처럼 불러요.

그래서 그 칭기즈칸 그거 이해해서, 근데 그전에 누가 저한테 그런 소식 말 전달하면 머리를 잘린다고 했잖아요. 근데 전달하는 소식은 악기라서, 그 악기에 원래 구멍이 없었어요. 근데 악기한테 뜨거운 그런, 그런 거 있잖아요. [조사자 1: 뜨거운 물? 아 이런 쇠? 뜨거운 꼬챙이? 뭐라 그럴까. 뜨거운 쇠? 쇳물?] (포크를 들고서) 이거. [조사자 1: 이거를 녹인 물? 철을 녹인 물?] 네 철을 녹인 물로 이렇게 해서, 그래서 구멍이 생긴 거예요. 그래서 그러고 나서 그 악기에 소리가 더 좋게 됐어요.

[조사자 1: 구멍 몇 개예요?] 지금 한 개예요. 그때부터 한 개.

악사 코르쿠트와 40명의 여인

● 구연정보

조사일시 : 2017. 09. 22(금) 오전
조사장소 : 인천광역시 중구 운서동
제 보 자 : 발누라 [카자흐스탄, 여, 1986년생, 유학 2년차]
조 사 자 : 오정미, 한상효, 엄희수

● 구연상황

제보자가 카자흐스탄 전통의 대부 문화와 결혼 풍습에 대해 이야기한 후, 자신이 직접 다녀온 시르다리아 강 주변에서 새롭게 알게 된 전설을 구연했다. 이야기와 관련된 음악을 노트북으로 들려주는 등 조사자들의 이해를 돕기 위한 적극적인 태도를 보였다.

● 줄거리

카자흐스탄의 전통 악기 코브스를 쉬지 않고 연주하는 코르쿠트 아따라는 악사가 있었다. 그가 연주하는 멜로디는 사른이라고 하는데 이 사른은 건너 마을에 있는 여인들의 마음을 이끌었다. 40명의 여인들은 음악소리를 따라 험난한 여정을 떠났는데, 길 가는 과정에서 39명의 여인이 죽었다. 마지막으로 살아남은 절름발이 여인 한 명이 코르쿠트 아따를 만나 결혼해서 행복하게 살았다. 그곳에는 여인의 무덤이 있으며, 지금도 그 평원에는 사른 멜로디가 들린다고 한다.

우리나라에 아까 말씀드렸다시피 그 전통 기구가 있다고 했잖아요, 돔브라(Домбыра). 악기. 그 돔브라 그거 유명해요 카자흐스탄에. 돔브라를 못하는 남자가 카자흐스탄 사람 아니라는 말도 있어요. 카자흐인 아니라는. 왜냐면 그만큼 해야 되고, 우리 전통문화예요. 그래서……

[조사자 2: 그 악기가 어떻게 생겼어요? 피리 같은 거예요?] 지금 보여드릴게요. 있어요. 돔브라 있고 그다음에 코브스 있어요. 돔브라는 (휴대전화로 돔브라의 사진을 찾으며) [조사자 2: 음, 비파같은 거구나.] 돔브라, 그다음에 두 번째, 이것도 나무로 돼요. 두 번째 이거. (휴대전화로 찾은 사진을 보여주며) 이것도예요. 이거 코브스. [조사자 1: 아까 이거는 코브스고.] 이거는 돔브라. 이거 돔브라 집마다 있어야 돼요. 우리 집에도 아버지들, 집에 예를 들면 복도에다가 이렇게 걸어놔요. [조사자 1: 근데 이 돔브라는 남자들만 연주해요?] 남자들도 하고, 여자들도 해요. 근데 남자는 무조건 해요. 그래서 우리나라 아까 '아이스트' 이거 돔브라로 하는 거라 너무 굉장히 유명해요. 여자 한 명 남자 한 명 앉아가지고 둘이 경쟁을 해요 이 돔브라로.

그다음에 제가 하나 아까 음, 왜 이 설화를 했냐면 이것도 역사적인 것인데 제가 한 2, 3년 전에 '설다리아(시르다리아Syrdarya)'라는 우리나라에 큰 강이 있어요. 설다리아. 그 카스피해랑 연결되어 있거든요? 그래서 제가 거기 갔는데 거기도 역사적인 초원? 아무것도 없어요. 평, 평 뭐라고 하죠? [조사자 1: 평야.] 아무것도 없어요. 그런 곳이에요. 거기서 아까 좀 낙타 같은 것도 많이 하거든요. 항상 어떤 소리가 나요. '딩- 딩-' 노래나요. [조사자 1: 평야에서? 소리가 나요?] 음악 소리가 나요. 그래서 제가 너무 궁금했어요. 제가 궁금해가지고 물어봤어요. 이거 어떻게 왜 나냐고 했더니 그때 이 얘기가 나온 거예요.

그래서 제가 생각나가지고 그것도 해드려야지. 왜냐면 언젠가 거기 가시게 될 지 모르겠지만 거기는. 그게 '사른'이에요. 그 멜로디를 '사른'이라고 해요. 어, 근데 그 사른을 우리나라에서 유명한 '코르쿠트 아따Korkut Ata'라는 작가? 돔브라, 코브스 해주는 사람 뭐라고 하지? [조사자 2: 악사?] 악사? 그 사람을 '코르쿠트 아따'. [조사자 1: 아 악사를 코르카타라고 해요?] 그 코르쿠트 아따가 이 사른을 하면서 자기 배우자를 만났고, 그 사른의 여자 40명을 이끈 멜로디라는 그런 설화가 있어요. [조사자 1: 아, 악사가 돔브라를 연주하면서.] 40명 여자를 이끈 그런. [조사자 1: 40명의 여자를 그 사른 멜로디로 사랑에 빠뜨리고.] 아니에요. 지금 그거 구체적으로 나올 거예요. 그 설화가.

근데 일단 제가 그 음악을 한 번 제가 틀어주고 싶었어요. 왜냐면 아셔야 되니까. 어떻게 그게 나왔는지. (노트북으로 음악 영상을 찾는 중) [조사자 1: 이 이야기는 카자흐스탄 사람들이 다 아는 이야기예요?] 이거 알아요. 코르쿠트 아따 유명해요. 너무 유명해요. 이거 옛날에 코르쿠트 관련된 건데 보시면 옛날 우리나라 사람들 나와 가지고. 이거 옛날 아까 이 음악이 나와요. 코르쿠트. 이 코르쿠트, 코르쿠트 아따가 그 코브스를 들고 있을 때는, 들고 있을 때는, 아, 죽임이 오지 않는다는 뜻이에요.

코르쿠트, 이 아저씨 코르큳이에요. 코르쿠트 아따가 악기 아까 있잖아요. 그거를 가지고 있을 때 죽임이 오지 않는다는. [조사자 1, 2: 죽음이 오지 않는다?] 항상 코르쿠트 악기를 치고 있는 거예요. [조사자 1: 아, 저걸 연주하고 있으면 죽지 않는다?] 죽지 않아요. '절대 죽임이 오지 않는다.' 그런 식으로. 그래서 제가 이 지역이 유명해요. 자기는 이 낙타를 타면서 항상 그 코브스를 치고 그렇게 다녔다고 그렇게 얘기를 나와요. 근데 지금 여기보다 저는 이거 더 궁금해요. 음악은, 사른. 그래서 지금 평원에 아무것도 없잖아요? 지금 이 아저씨 코르쿠트 무덤 있어요. 거기 지나가면 항상 음악이 나와요. 어떻게 그게 자연의 법이라고 하나요? 모르겠어요. 이렇게 앉아있으면 항상 나와요. 거기서 아직도 사람들, 관광객들 갈 때 음악소리 나와요. [조사자 1: 지금도?] 자연으로. [조사자 1: 자연으로?] 몰라요. 그게 어떻게 나오는지는. 너무, 누가 거기 음악을 해 놓는 것도 아니에요. 항상 그 나무의 뭔가 산에서 그 바람 속으로 소리가 나와요 항상. 그래서 증거가 있어요. (웃음) 그래서 제가 이 설화도 어떻게 이거 관련 설화가 있다고 하시길래 그것도 너무 궁금해가지고 그거를 해드릴게요.

이 음악, 사른. 사른, 여자 40명을 이끈 멜로디라고 해요. 그, 지금 코르쿠트 아따가 유명한 사람인데요. 코르큳은 강 중간에 있는 담 위에 앉아서 코브스를 계속 연주하면서 죽음에 복종하지 않았다고 합니다. [조사자 1: 돔브라가 아니라 코브스?] 코브스. 돔브라도 있고 코브스도 유명하고요. 그는 위대한 코브스를 치는 동안 죽음은 그에게 다가갈 수 없었다는 그런 좀 얘기가 있습니다.

코브스 소리는 너무 강하고 아름다워서 설다리아에서, 설다리아, 아까 강이에요. 설다리아, 아까 제가 보여드렸던 강이거든요. 설다리아 강에서 7일 걸리는 곳에서 들렸다고. 7일 걸리는 곳에서 들렸다는 소리가. 이 소리는 주변의 모든 곳을 아름다움과 조화의 마법세계에 몰두시켰다고 합니다. 그래서 어느 날 사랄까 마을, 아까 설다리아 옆에 마을이 있어요. 그 사랄까 마을에서 40명 여자가 소녀들이 멋진 코브스 소리를 들었다고 합니다. 멜로디 소녀들이 무의식적으로 끌려들 정도로 그들이 마음에 깊이 들어갔으며 그녀들이 누구인지 잊어버렸어요. 자기도 잊어버리고 그 노래에만 빠지는 거예요. 그들은 소리의 근원에 이르고 싶은 욕망으로 강했어요. 그래서 모두 다들, 모두들 한 마디로 그 소리가 나오는 곳으로 그냥 가기로 결정한 거예요 40명이. 그냥 음악 소리만 듣고 그쪽으로.

그래서 코브스 소리가 점점 더 많이 들려왔고 이들은 소리가 자기를 이끄는 것 같다고 했습니다. 그런데 그 40명 여자가 목적에 도착을 못했어요. 그전에 40명이 밤낮 멈추지 않고 다녔다고 합니다. 길을 알지 못해서 그녀들은 강 사이의 넓은 평원, '빗박달라'라고 해요. 그 평원을, 우리나라에서 초원 '빗박달라'라고 하거든요? 생명이 없는 대초원에서 길을 잃었습니다. 그래서 그들은 옷은 닳았고 신발은 찢어졌고 음식과 물이 다 떨어졌어요. 그 떨어져 갈증을, 물이 없는 대초원에서 그들을 괴롭혔어요. 그러나 대초원에서부터 들리는 코브스 멜로디에 그들은 갈수록 강하게 이끌어냈다고 합니다.

그래서 굶주림, 굶어서 그다음에 옷도 다 떨어져, 옷도 찢어졌고 음식도 다 떨어졌기 때문에 49명 소녀가 사망했어요. [조사자 1: 49명?] 39명. 원래 40명이잖아요. 39명의 소녀가 사망했고, 그중에 1명이, 절름발이 여자가 설다리아 강에, 설다리아 강 있잖아요? 강에 달성했다고 합니다.

그녀의 목구멍이 건조되었고 다리는 염증으로 부식되었지만 그는 코르쿠트를 찾아왔으며 그를, 코르쿠트를 보자 바로 의식을 잃었다고 합니다. 그래서 코트쿠트 아따는 그녀를 정신 차리게 했고, 차리게 했고, 물, 밥을 갖다 주면서 좀 약도 발라주면서 다 이제 그 여자가 정신을 차리면서 물어봤어요. 어디서 왔는지 다 묻기 시작한 거예요. 그는 여자가 한 명뿐만 아니라 40명 친구들과 코브스 소리를 듣고 우리가 왔는데, 몇 주 계속 가다가 중간에 일어났던 일들이 얘기 해가지고 해서 39명이 사망했고 저 혼자 여기까지 왔다는 얘기를 듣고 코르쿠트가 놀랐다고 하더라구요. 나중에 코르쿠트가 사랄까에서 온 그 절름발이 여자에게 사랑에 빠지고 결혼했다고 합니다.

그 여자한테. 사랄까까지 들린 40명의 소녀를 이끌었던 우울하고 매력적인 멜로디는 사른이라고 합니다. 아까 제가 말씀했던. 아, 현재도 알랏따우 산기슭이 사랄까 대초원에서 사른 멜로디가 들린 장소라는 명칭이 있어요. 아까 제가 말씀했다시피 알랏따우 산이 있잖아요? 아까 보셨잖아요, 산도 있고, 강도 있고. 항상 그 멜로디가 나온다고 하더라구요. 거기서. 그런 설화. 그래서 사른으로 40명의 여자를 이끌으면서 39명이 돌아, 사망했잖아요? 39명, 아, 돌아가신 여자들의 그것도, 무덤도 있어요.

[조사자 1: 아까 그 산은 이름이 뭐예요?] [조사자 3: 알랏따우?] 알랏따우. 그 알랏따우 너무 유명한 산이에요. 음악도 있어요. 거기서 우리 어렸을 때 불렀어요. 그래서 지금은 코르쿹 아내가, 아 그래서 현재도 알랏따우 산, 아까 그곳에서 사른 멜로디가 들린 장소라는 명칭과 그 관광객들 많이 가고. 코르쿠트 아내가 된 절름발이, 소녀의 무덤은 설다리아 강 북쪽에 있어요. 지역 주민들은 그곳을 '절름발이 소녀의 영묘'라고 합니다. [조사자 1 영?] [조사자 2: 영묘.] 무덤으로 하는 거요.

그래서 사른 산부터 코르쿠트의 무덤 방향으로 떠나면 서쪽의 아릇시라는 모래에서 '크스카우간'이라는 장소가 있대요. 크스카우간이라는 게 그곳의 여자들이 남은 곳이, 아까 39명 여자가 남아 있잖아요? 크스카우간이라는 장소도 있다고 하더라고요. 이곳은 생명이 없고 접근이 어려운, 생명이 없는 곳이고 거기 사람들 못 살아요. 너무 어려운 곳이고 거기서 제일 음, 어떻게 하냐면, 신기하는 게 새도 안 날라, 새들도 여기서 날지 않고 동물도 안 간대요. 그거 조금. [조사자 1: 희한하네요.] 신기하다고 하더라구요. 그때부터 모래와 사막이 조상들의 역사를 보존한다고 하더라구요.

그래서 아까 이거 좀 들어보시면 아, (음악을 틀며) 아직도 언젠가 가시면 여기 설다리아 가보시면 이게 있어요. 저도 왜냐면 저기 가면서 한 번 들었기 때문에, 당연히 외국인들한테. [조사자 1: 이게 아까 알랏따우 산이에요?] 알랏따우 산, 아까. 옛날에 아까 보셨다시피 우리나라 남자들이 옷에다가 그런 걸 해요 항상.

[조사자 1: 지금 알랏따우 산은 현재 유명한 관광지?] 알랏따우 산 유명하고 거기서 알랏따우 산에서 나오는 꿀이 너무 유명해요. [조사자 1: 꿀.] 왜냐면 거기서 자연에서 나오는 것이 많이 있기 때문에 약도 많이 만들어요. 여기서는. 이거 코르쿠트. [조사자 3: 약간 할아버지. 젊은 사람은 아니네요.]

그래서 이 사른, 사른은 인터넷에 잘 없는데 이거 나오드라구요. 사른이라는, 이 멜로디라고. 근데 이렇게, 거기 가시면 초원이에요. 차로 가야 되거든요? 그냥 조용히 계시면 음악이 나와요, 이런 좀 슬픈, 슬픈. 근데 저는 너무 신기했어요. 이거 어디서 나와? 그래서 거기 풀도 많고 숲도 많잖아요. 그리고 강 있잖아요. 그 소리로 나온다고 하더라구요. 이 코르큩이 계속 거기 앉아서 한다고. 그래서 이런 설화도 있다고 하더라구요. 40명 여자 이끈 멜로디고 거기서 한 명이 자기 와이프로 되고. 39명이 거기서 죽었다는 그런.

재미있어요. (웃음) 모르겠어요. 재미있는지 재미없는지. [조사자 1: 완전 재미있어요.] [조사자 3: 가보고 싶어요.]

스승 야사오이의 무덤을 만든 타밀란한

● **구연정보**

조사일시 : 2017. 12. 19(화) 오후
조사장소 : 서울시 광진구 화양동 건국대학교
제 보 자 : 조팔리나 [카자흐스탄, 여, 1995년생, 유학 2년차]
조 사 자 : 신동흔, 김정은, 황승업, 강새미

● **구연상황**

제보자가 〈아버지의 저주로 뱀에게 물린 알샤비비의 무덤〉을 마친 뒤 다른 무덤에 얽힌 이야기가 있다며 구연했다. 인도의 파드마 제보자가 함께 이야기를 들었다.

● **줄거리**

옛날 타밀란한이라는 사람이 살았다. 타밀란한은 죽기 전에 자신의 무덤을 세우려고 했는데 그럴 때마다 무덤이 무너졌다. 이를 이상하게 여긴 타밀란한이 학자를 찾아가자, 그는 스승인 야사오이의 무덤을 먼저 세워야한다고 했다. 깨달음을 얻은 타밀란한은 야사오이를 위한 큰 무덤을 만들었다.

야사오이는 유명한 아랍 학자였는데, 야사오이 그 학생 한 명은 '타밀란한'이었거든요. 그래서 이 타밀라한은,

"자기가 죽기 전에 자기의 무덤을 세우라."고.

"세우라."고.

말하고 했는데. 근데 다 부셔버려요.

"뭐가 문제가, 문제가 뭐냐?"고.

다른 학자한테 물어봤더니 이 학자가,

"너가 너의 선생에 무덤을 안 세우고 자기의 무덤을 세우려면

그렇게 할 거라."고.

"그렇게 할 거야. 그래서 너가 먼저 자기 선생의 무덤을 세운 후에, 자기의 무덤을 놓아야 된다."고.

해서 타밀라한은, 그래서 타밀라한은 (사진을 보여주며) 이런 무덤을 만들게 됐었어요. [청자: 꼭 타지마할처럼 생겼어요.] 네.

투르크 민족의 전사 알파무스

● 구연정보

조사일시 : 2017. 03. 24(금) 오후

조사장소 : 서울특별시 광진구 화양동 건국대학교

제 보 자 : 아쑤바이에바 [카자흐스탄, 여, 1991년생, 유학 3년차]
사니아 [카자흐스탄, 여, 1992년생, 유학 6년차]

조 사 자 : 오정미, 이원영

● 구연상황

제보자들이 카자흐스탄 부족의 혼인 풍습과 정절 의식에 대해 들려준 뒤 조사자가 카자흐스탄에 영웅과 관련된 이야기가 없는지 질문했다. 그러자 두 제보자가 서로 상의 후 투르크 민족의 영웅 중 한 명인 '알파무스'에 대한 이야기를 구술했다.

● 줄거리

알파무스는 신의 힘을 받아 태어났다. 알파무스는 아버지 친구의 딸과 결혼을 약속했는데, 어른들 사이가 나빠져서 약혼자의 아버지가 결혼을 반대했다. 그러던 중 적들이 쳐들어와서 알파무스의 약혼자와 강제로 결혼하려고 했다. 알파무스는 그 적들을 물리치고 약혼자와 결혼했다. 그 후 알파무스는 다시 적들이랑 싸우다가 잡혀가게 되었고, 7년 동안 집을 비우게 되었다. 그 사이 다른 남자가 알파무스의 아내와 강제로 결혼하려고 했다. 마침 알파무스가 돌아온 날이 결혼식 날이었다. 알파무스는 그 남자를 물리치고 자신의 아내를 되찾을 수 있었다.

사니아 : 그것도 좀 중앙아시아나 좀 투르크 족들의 좀 영웅이에요.

조사자 2 : 거기도 게세르 같은 노래로 영웅들의 얘기를 읊어서 막 하는.

사니아 : 네. 있어요. 알파무스.

조사자 2 : 거기 다른 데는 게세를 이런 식으로

(제보자들이 카자흐스탄어로 대화함.)

아쑤바이에바 : 전설이랑 비슷한데.

사니아 : 좀 시처럼 이렇게 이야기하는.

조사자 1 : 외워서 하는.

사니아 : 네. 맞아요.

아쑤바이에바 : 서사시.

조사자 2 : 서사시, 영웅서사시 거기에 보면 인제 뭐 유명한 민족의 영웅들 같은 전사들 나오고 이렇게 하는 거죠.

사니아 : 이거 그거고요. 알파무스.

조사자 2 : 이거 아직도 전승은 되고 있는 건가요? 그 나라에서?

사니아 : 네. 네. 네. 그거 원래는 말로는 표현했는데, 말로만 외우고 외워서 했는데 근데 인제 글이 되니까 그래서 글로도 있어요.

조사자 1 : 그 얘기 해줄 수 있어요?

조사자 2 : 엄청 길죠?

사니아 : 네. 네.

조사자 2 : 그걸 어렸을 때 혹시 아이들 보통 사람들도 접하나요? 그 얘기를 알아요?

아쑤바이에바 : 뭔가 그 이름만 듣고.

사니아 : 맞아요. 맞아요.

아쑤바이에바 : 근데 내용은 정확히 몰라요.

사니아 : TV에서 뭐 영화처럼 보기도 하는데.

아쑤바이에바 : 영웅으로 알고 있는데 근데 왜 영웅으로 생각하는지.

조사자 1 : 구체적으로 몰라도 돼. 그냥 대충 디테일하지 않아도 되니까. 대략적으로 생각나는 대로.

조사자 2 : 등장인물이나 사건들 이런 것들.

사니아 : 잠깐만요. 아 그거 알파무스라는 사람이 우즈벡어로 알파무시므 다양해요. 근데 우리는 알파무스라고 불러요. 그것도 몽골에서도 온 거 같기도 하고 원래는 어떤.

아쓰바이에바 : 원래 어떤 그 아이가 없었던 남자 가족에서 태어났는데 태어난,

사니아 : 신의 도움으로 이제 애기가 생긴 거예요.

아쓰바이에바 : 태어날 때부터 신의 어떤 힘을 가지고 있었어요. 그때 태어난 순간 그 알파무스 아버지의 친구 남자인 친구의 딸이 있었어요. 그 딸이랑 그렇게

사니아 : 같이 약속한 거예요.

아쓰바이에바 : 어렸을 때부터 이렇게 약혼, 약속을 하고 네 근데 나중에 아버지와 딸 아버지의 사이에서부터 뭔가 생기고 좀 싸워서 싸우기 시작한 거예요. 그래서 다시 딸, 아버지가 이렇게 반대하시고 어느 순간 어떤 그 적들이 와서, 아니 어떤 다른 부족들 부족들이 와서 그 여자랑 결혼해달라고. 결혼시키고 싶어서 알파무스 영웅이 뭔가 와서 이렇게 구해주는 거예요. 그 적들이랑 싸우기 시작하고

사니아 : 그 다른 적이 그 여자의 가족을 이제 이렇게 나쁘게 해서 그래서 도와주고 살려준 그렇게 하고 그리고 결혼해요.

조사자 1 : 도와줘서 결혼해요.

사니아 : 그리고 아, 근데 그 사람 그다음 결혼한 후에 다시 적들이랑 싸우게 됐는데 그 잡혀가요. 알파무스가 그래서 7년 동안 집에 없어요.

아쓰바이에바 : 잡혀있어요. 7년 동안 그리고 그러고 나서 그냥 떠나, 떠나고 떠난 후에 집에 귀국하고.

사니아 : 그 다른 남자 이제 아내가 아내를 다른 남자가 이제 결혼하라고, 강제로.

아쓰바이에바 : 강제로 결혼시키고 싶어하고.

사니아 : 바로 그 오는 날, 돌아오는 날에 결혼한 날에, 좀 드라마 같아요.

조사자 1 : 알파무스가 돌아오는 날?

사니아 : 네.

아쓰바이에바 : 결혼식을 하려고 하는 순간 그 결혼식에 이렇게 들

어가서 들어간 순간.

사니아 : 결혼을 안 하는 거죠. 좀 드라마 같아요.

조사자 1 : 그래서 결혼하지는 않았어.

사니아 : 그래서 잘 된 거예요. 다.

조사자 1 : 그래서 잘 살았다.

사니아 : 근데 좀 더 구체적인 거 아마 있을 거예요.

아쓰바이에바 : 그리고 여기서 이렇게 아 신화? 신화가 원래 투르크 민족들에서 비롯된다고 몽골 사람들도 몽골들도 이런 이야기 있다고.

사니아 : 있다고 이름도 비슷비슷해요. 사람 이름이.

아쓰바이에바 : 알파무스, 알파무슈.

조사자 2 : 여기보니까 '알파미시'라고, 우즈벡 쪽도 같이.

사니아 : 우즈벡 쪽도 맞아요.

조사자 1 : 그런데 이 알파무스 이 사람이 민족적으로 나라를 구하거나 그런 거는 아니고?

사니아 : 그냥 족들끼리 부족들끼리 이렇게 네.

아쓰바이에바 : 그 지역에 사는 그냥 그 민족들.

사니아 : 그때 서로끼리 너무 많이 싸워서.

낙타가 열두 띠에 들지 못한 이유

● 구연정보

조사일시 : 2018. 01. 29(월) 오후
조사장소 : 대구광역시 북구 경북대 앞
제 보 자 : 굴지라 [카자흐스탄, 여, 1994년생, 유학 1년차]
조 사 자 : 김정은, 황승업, 강새미

● 구연상황

제보자가 〈슬픔과 불행이라는 이름의 오누이〉를 구연한 뒤, 카자흐스탄은 옛날부터 유목생활을 해서 낙타를 매우 중요하게 여긴다고 했다. 그런데 열두 띠에는 낙타가 속해 있지 않아서 그 이유를 설명하는 이야기라면서 구연했다.

● 줄거리

열두 띠에 속하는 동물과 낙타가 모여 해가 뜨는 모습을 본 순서대로 띠 순서를 정하기로 했다. 키가 작은 쥐가 꾀를 부려 낙타의 혹에 올라가 기다리다가 해가 뜨면 낙타에게 알려주겠다고 했다. 낙타가 쥐의 말을 믿고 잠이 들었고, 해가 뜨자 쥐가 제일 먼저 해를 봤다고 소리쳤다. 쥐의 속임에 넘어간 낙타는 열두 띠에 들지 못하게 됐다.

모든 열세 마리 모여서 그 열두 간지 있는 것(동물)과 낙타 같이 모여서 해가 먼저 뜨는 것을 누가 먼저 보면 그거 첫 번째이고, 순서대로 되는 거라고. 이렇게 계속 있는데 근데 쥐가 키가 너무 작아서,

'어떻게 보면 될까, 어떻게 보면 될까?'

이렇게 해서. 그 낙타한테,

"니가 너무 피곤했잖아요. 그래서 너의 이거 혹 올라가서 거기에 기다리겠다. 그리고 해가 뜨면 너한테 말 해주겠다."

그래서,

"같이 보라."

고 했는데 얘기 안 해주고, 이렇게 올라가서 자고 있을 때 먼저 보고 그래서,

"내가 먼저 봤다! 먼저 봤다!"

그다음에 소가 보고, 그다음이 호랑이 이렇게. 그래서 이렇게 그 낙타가 못 보게 된 거. [조사자: 낙타는 볼 수가 없다.] 놓쳤어요. 쥐 때문에.

카자흐스탄의 동물 띠 이야기

● **구연정보**

조사일시 : 2017. 02. 07(화) 오후
조사장소 : 서울시 광진구 화양동 건국대학교
제 보 자 : 아쑤바이에바 [카자흐스탄, 여, 1991년생, 유학 3년차]
조 사 자 : 오정미, 이원영, 이승민

● **구연상황**

조사자들은 제보자를 만난 뒤 설화 조사의 의의와 취지를 설명했다. 제보자는 몇 개의 이야기를 준비해 왔다며, 먼저 여섯 개의 동물 띠에 관한 이야기를 시작했다. 정확한 기억은 아니라고 했다. 함께 온 사니아 제보자가 청자로 참여했다.

● **줄거리**

카자흐스탄에는 총 여섯 개의 동물 띠가 있다. 말, 소, 개, 닭, 양, 쥐로, 이 중에서 먼저 해를 본 동물이 한 해의 시작이 된다. 그래서 낙타 등 위에서 해를 먼저 본 쥐가 한 해의 시작이 되었고, 낙타는 결국 띠 동물에서 제외되었다.

대표적인 동화 중에서 하나를 좀 준비해 왔는데요. 이 한 해의 시작이라는 동화예요. 이게 한국에 있는 것처럼 양띠 뭐 이렇게 말띠 이런 거 있잖아요? 왜 그렇게 시작했는지 왜 그 순서대로 하는지 설명하는 동화예요. 그 옛날에는 모든 동물들이 이렇게 한 해의 시작이 되기 위해서 싸우기 시작했대요. 그래서 그때는 말은 말했습니다.

"나는 먼 곳을 이렇게 가까운 곳을 가듯이 빨리 다닐 수 있고, 힘이 세고 풀을 먹습니다. 그리고 내 털로 이렇게 실을 만들고 줄을 만듭니다. 이런 식으로 사람에게 나만큼 유익한 동물이 없다."

이런 식으로 해가지고.

“저는 한 해의 시작이 되어야 합니다.”

이렇게 하는 거예요. 그래서 그때는 낙타가 말했습니다. 저는 이렇게.

“너는 사람에게 도와주는 이유가 먹고 싶은 음식을 먹기 위해서 하인처럼 일한 거잖아? 나는 네가 들지 못하는 화물을 멀리까지 운반합니다. 그리고 나는 배고프다고 음식을 주라고 말하지 않고 물도 오래 안 마시면서 이렇게 다닐 수 있다.”고.

이렇게 하는데. 그리고,

“제가 해의 시작이 되어야 합니다. 돼야 맞습니다.”

라고 하는 거예요. 그때는 이렇게 소가 말하기 시작하는 거예요. 소가,

“사람은 경작하기 위해서는 내 도움을 받아서 심고, 나의 우유를 마십니다. 그리고 보트도 만들 수 있고요. 내가 년의 시작이 되어야 합니다.”

이런 식으로 하는 거예요. 그때는 이제 양이 이렇게 시작합니다. 말합니다.

“내가 없으면 요르다를 어떻게 만듭니까?”

그래서 그때 그 요르다는 카자흐스탄어로 집 이름이에요. 몽골인들이 사는 그 (잠시 생각함) [조사자 2: 유목민들이 쓰는 집?] 네 맞아요! 유목민들이 쓰는 집이에요. 그래서.

“내 털로 요르다를 만들 수 있고 옷을 짜고 줄을 만들고 이렇게 털실 만들 수 있습니다. 그리고 나 우유는 버터도 만들 수 있습니다.”

이런 식으로 하는 거예요. 그래서 그때는 개가 말합니다.

“내가 없으면 너희들은 지금 살아있지 않고 죽어있을 거야. 늑대가 너희들을 잡아먹고 소화물도 없을 것입니다. 나는 그 긴 밤 동안 도둑과 늑대에게 너희들을 지킵니다. 그래서 나는 해의 시작이 되어야 합니다.”

이런 식으로 하는 거예요. 그때는 닭이 말합니다.

“아! 내가 없으면 사람이 일찍 일어나지 못합니다. 계속 잠자고

있을 겁니다. 나는 일찍 일어나서 새벽이 와서 벌써 해가 떴다고 통보를 합니다. 그래서 나는 해의 머리가 돼야 합니다."

이런 식으로 하는 거예요. 그래서 그때는 쥐가 쥐는 어떤 생각을 해서 말을 해야 될지 몰라서 조용히 있었습니다. 그는 이렇게 한 꾀를 생각해서 모든 동물에게 말했습니다.

"이렇게 싸우면 소용이 없습니다. 우리가 해를 기다리면서 누가 먼저 보면 그 동물이 해의 시작이 될 것이다."

이런 식으로 하는 거예요.

[조사자 1: 어떻게?] 해를 먼저 본 동물이 그 년의 시작이 되는 거예요. 그래서 음, 모든 동물이 보고 있는 순간에 낙타가 아, 자기 키가 크다고 생각해서

'누가 나보다 먼저 년을 못 볼 거야.'

하고 쥐의 생각을 이렇게 동의했어요. 모든 동물들이 이렇게 동의해서 새로운 해가 오는 것을 기다리고 있었습니다. 그런데 그 순간에 쥐는 낙타 등에 이렇게 올라가서 편하게 이렇게 앉았습니다.

"내가 먼저 봅니다."

라고. 모든 동물들이 모여서 싸우고 있을 때 쥐는 해를 먼저 보고 해가 뜬다고 통보했고 해의 시작이 되는 것이에요. 그래서 낙타가 키가 크다고 잘 믿었지만, 해를 먼저 보지 못했습니다. 그래서 동물들 중에 해에 관련한 자리도 잡지 못했습니다. 이런 식으로.

[조사자 1: 아 그래서 아예 낙타는 띠속에 들어가지도 못했고.] 네. 이게 끝이에요. (웃음)

[조사자 1: 질문 있는데 그 저기 그럼 카자흐스탄에도 띠를 믿어요? 나이마다 띠가 있어요?]

아, 네! [조사자 1: 그럼 아이다(아쑤바이에바의 애칭)는 무슨 띠야?] 저 양띠예요. [조사자 1: 아! 그럼 그 띠에 대해서 믿고?] 네. [조사자 2: 어? 그럼 91년생이면 우리나라의 양띠랑 똑같네요?] 네!

(조사자 3이 한국에도 비슷한 이야기가 있다며 열두 동물의 시합 이야기를 함.)

[조사자 1: 신기하죠?] 네. 신기해요. [조사자 1: 우리가 하면 되게 웃

긴 게 각 나라의 특징이 나오는 독특한 이야기도 있지만 어떻게 이렇게 비슷하지? 내가 수업 시간에도 했잖아? 선녀와 나무꾼 비슷한 거 있듯이. 어. 그렇구나.] [조사자 3: 그런데 낙타는 진짜 특이해요.] [조사자 1: 낙타는 실제 낙타가 있지?] 네, 있어요! [조사자 1: 그러니까.] 그래서 많이 키워요.

[조사자 2: 우리는 띠가 12개거든요. 거기도 이렇게 있어요? 몇 개 있죠?] 그게 순서는 잘 기억 안 나지만 12개 아니고요, 7개 있는 것 같아요. [조사자 1: 지금 이 이야기에서만 보면 말 나오고 소, 양, 개, 닭, 쥐, 낙타는 없다고 그랬어. 낙타는 끼지 못했지. 이렇게 6개인데 이 이야기 속에는.] 아! 여섯 개인가요? 아, 네! 여섯 개인 것 같아요.

[조사자 1: 꼭 맞아야 되는 거 아니야 부담 없이 이야기해도 돼. 어, 우리나라는 12간지라고 하거든 12개인데 여긴 6개. 그러면 우리나라 같은 경우는 왜 띠에 따라서 약간 그 사람의 성향, 캐릭터가 있다고 생각을 하거든. 똑같아? 카자흐스탄도?] 네! 똑같아요. [조사자 1: '양띠면 되게 순하다.' 이렇게 생각해?] 네! 이런 식으로 생각해요. [조사자 1: 아! 여기는 범띠는 없어? 호랑이?] 호랑이는 없어요. [조사자 1: 아! 우리나라에는 있는데.]

그리고 제 생각에는 왜 이 동물들 나왔는 것은 그 대표적인 그 동물들이에요. 카자흐스탄에서 이런 말이 있어요.

'이 동물들을 키워야 행복할 수 있다.'고.

'다 가축들을.'

[조사자 2: 우리나라는 상상의 동물 용도 들어가 있거든요. 용띠고 있고. 여기는 가축들만.] [조사자 1: 아, 이런 동물을 키워야 잘산다?] 잘산다는 뜻이에요 네. 복이 온다는 뜻이에요. [조사자 3: 그러고 보니 우리나라는 가축이 아니네요. 쥐, 소, 호랑이, 토끼, 뱀, 용.]

[조사자 1: 돼지도 있고.] [조사자 3: 돼지는 가축이죠.] [조사자 1: 돼지는 없는 거죠?] 네, 저희 이슬람 국가라서. [조사자 1: 아! 돼지를 안 먹으니까!] 네, 네, 네! [조사자 1: 아! 이슬람 국가지. 참, 맞다.]

제비 꼬리가 갈라진 이유 [1]

● 구연정보

조사일시 : 2016. 11. 12(토) 오후
조사장소 : 강원도 횡성군 횡성읍 읍하리
제 보 자 : 우쿠자노바 디나 [카자흐스탄, 여, 1981년생, 결혼이주 13년차]
조 사 자 : 박현숙, 김현희, 김민수

● 구연상황

베트남 국적의 누구엔티미두이엔 제보자가 〈오빠와 결혼했다가 바위가 된 여인〉 전설 구연을 하는 동안 다음 이야기를 준비하고 있던 우쿠자노바 디나 제보자가 조사자가 구연을 요청하자 제비 이야기라면서 구연을 시작했다. 구연을 마친 뒤, 이 이야기는 여러 각편이 있는데, 그중에 뱀이 제비 꼬리를 물었다는 것도 있다고 설명을 덧붙였다. 오숙민 작가와 누구엔티미두이엔 제보자가 청자로 참여했다.

● 줄거리

옛날에 머리가 셋 달린 용이 병에 걸렸다. 용의 병이 나으려면 아기의 피를 먹어야 했다. 그 무렵 한 부부가 어렵게 가진 아이를 요람에 눕혀 두었는데, 용이 모기에게 아기의 피를 빨아오게 했다. 모기가 용의 궁전으로 아기 피를 가져가는 것을 보고 제비가 쫓아가서 모기를 잡아 도망쳤다. 그때 용이 도망치는 제비의 꼬리를 물어서 제비 꼬리가 갈라졌다.

제비 이야기인데요. [조사자: 제비?] 응, 제비. 카자흐스탄 사람들은 제비를 아주 좋다고 생각해요. 그래서 봄이 되면 제비가 날아오잖아요. 집에다가 집을 짓고 하면 좋은, 좋은 그 뭐라 하죠? [청자: 징조.] 네, 징조. 징조라고 갑자기 생각이. (웃음) 좋은 징조라고 생각을 하는데.

이제 그 제비 꼬리는 이렇게 돼 있잖아요? 왜 갈라져 있잖아요? [조사자: 네.] '왜 갈라졌을까'라는 이야기인데. [청자: 그거 몽골 이야기도 있던데] 있어요? [청자: 근데 원래 카자흐스탄 이야기예요?] 그거는 이제 제가 박사가 아닌 이상. (웃음) [조사자: 그냥 원래 알고 있던 이야기?] 그냥 어렸을 때부터 들었으니까. 이제 그게 원산지는 어딘지 모르겠네요. 몽골인지 어딘지.

근데 그 이야기는 이제 옛날에 뭐 한 부부는 오랫동안 아이를 못 가져서 아이를 가지게 돼요. 아이를 가지게 되는데 근데 그때는 아기 요람이 있잖아요? [조사자: 네.] 아이 요람에다가 아이를 눕혀 놓고 엄마가 이제 집안일 하는 동안 아이를 그 모기가 물으려고 하고 왜냐면 모기는 그때는 한 머리가 세 개 달린, 모기가 머리가 세 개 달린 건 아니고요. 이제 뭐라고 그러더라. 갑자기 생각이 안 나네요. [청자: 모기 모양이 어떤데?] 모기 말구요. 모기 아니고. 옛날에는 그 불을 내뿜는 [청자: 공룡?] 공룡 말고. [조사자: 용?] 용. 용! 머리 세 개 있는 [청자: 머리가 목이 세 개 달린 용이.] 네. 목이. [조사자: 그러니까 머리가 세 개 달린 용인 거죠.]

용이 병이 걸려서 아기 피를 마셔야 되는 상황인데 근데 그때 아기 피를 마시면 병이 나아진다 해서 이 그 모기를 불러서 모기한테,

"너는 가서 아기의 피를 빨아서 가지고 와라."

왜냐면 그때는 용이 아주 지배를 하니까. 그래서 모기가 가서 아기 피를 엄마가 한눈 파는 사이에 아기의 피를 빨려고 했을 때 이제 제비가 와서 피를 가져가는 도중에 끝까지 쫓아 와가지고 용의 궁전에 들어가는 거예요. 피를 다시 가져오느라고. 왜냐하면 이게 아기 무는 것도 그렇고, 이제 그렇게 복수를 하려 그런 건지 아기를 끝까지 보호해 주는 차원에서 궁전에 들어갔는데 이 용이 꼬리를 물어서 거기에 짤려 나가서 모양이 그렇게 갈라졌다고 우리 어렸을 때부터 많이 했거든요? 근데 보니까 여러 가지 버전이 있더라구요.

[청자: 용이 꼬리가 갈라진 이유?] 아니요, 제비가. 제비 꼬리가 갈라진 이유는 이제 용이 물어서 그랬다. [조사자: 그런 말도 있고 또 어떤 말도 있어요?] 또 어떤 말도? 음, 또. 뭐 용이 말고 저기 뱀이요. [조사

자: 뱀?] 뱀이 아이를 물으려고 했을 때 끝까지 뱀이랑 싸워서 이 뱀이 물었다는 이야기도 있고.

제비 꼬리가 갈라진 이유 [2]

● 구연정보

조사일시 : 2018. 01. 29(월) 오후
조사장소 : 대구광역시 북구 경북대 앞
제 보 자 : 굴지라 [카자흐스탄, 여, 1994년생, 유학 1년차]
조 사 자 : 김정은, 황승업, 강새미

● 구연상황

조사자들과 제보자와 만나 인사를 나눈 뒤 제보자가 처음 구연한 이야기다. 어릴 때 동화책에서 많이 읽었던 이야기라며 구연했다. 이야기에 등장하는 요요는 여우라고 했다.

● 줄거리

옛날 어느 왕국에 세 용왕이 살았는데 나이 들어 병에 걸리자 여우에게 약을 구해 달라고 부탁했다. 여우는 모기를 불러 용왕의 병을 고치려면 아기의 피가 필요하니 갓 태어난 아기의 피를 가져오라고 했다. 이 소식을 들은 제비가 용왕이 다시 힘을 얻는 것을 막기 위해 맞서 싸웠는데, 그 과정에서 용왕이 제비 꼬리를 잡아서 V자 모양으로 갈라지게 했다. 용왕은 제비에게 진 이후로 뱀이 되었다고 한다.

그 옛날에는 그 왕국에 세 마리 용왕이 있었고 그 왕이 너무 평범한 왕이어서 그 시간이 지나가서 나이가 먹어서 아픔을 걸려서 그 용의 신하들이 그 약을, 치료할 약을 찾아요. 근데 그 요요(여우)한테, 요요한테 부탁해서 그 요요가 이제,

"최근에 태어난 아이의 피가 필요하다."고.

"치료할 수 있다."

고 말해요. 그다음에 그 요요가 모기한테,

"그 피를 가져오라."

고 말해요. 그래서 어떤 마을에서 최근에 탄생한 아이를 찾고 그 피를 가져가려고 하는데, 그거를 제비가 봐서 그래서 다시 그 용이 힘이 생기면 안 된다고. [조사자: 아 제비는.] 네 그래서 그 모기를 따라가요. [조사자: 제비가요?] 네 따라가요. 그거 잡아서 먹고 싶어서.

근데 계속 그 왕국까지, 왕의 궁궐까지 가서 그 왕과 같이 싸워요. 근데 그 왕 세 마리 용왕이 그 꼬리를 잡아서 (손으로 V자 모양을 하면서) 이렇게. 이렇게 된 거래요. [조사자: V자로?] 네 V자요.

[조사자: 누가 이겼단 얘기는 없어요? 끝에?] 이렇게 싸울 때 제비가 이겨서 다시 평범하게 왕국이 잘 살게 됐어요. 그 용, 세 마리 용이 뱀 세 마리가 됐어요. 돼버렸어요. [조사자: 뱀이 됐구나, 용은.] 네.

용감한 엘링케 장군의 죽음

● 구연정보

조사일시 : 2016. 11. 17(목) 밤
조사장소 : 강원도 횡성군 횡성읍 읍하리
제 보 자 : 우쿠자노바 디나 [카자흐스탄, 여, 1981년생, 결혼이주 13년차]
조 사 자 : 박현숙, 김현희

● 구연상황

제보자가 얼굴과 감정에 관한 카자흐스탄 속담들을 설명한 뒤, 아래 설화 구연을 시작했다. 제보자가 구연 말미에 조사자가 제보자의 '털' 발음을 '돌'로 잘못 알아듣자, '털'이라고 바로 정정해 주었다.

● 줄거리

옛날 카자흐스탄에 용맹한 엘링케 장군이 있었다. 적국의 왕은 엘링케 장군을 생포한 뒤 그에게 미인들을 보내서 그의 용맹한 유전자를 자기 나라에 남기고자 했다. 하지만 엘링케 장군은 차라리 떳떳하게 죽겠다면서 미인들을 모두 거절했다. 왕은 계획이 수포로 돌아가자 엘링케 장군의 심장을 가져오게 했는데, 그 심장에는 털이 있었다. 그때부터 카자흐스탄 사람들은 용감한 사람은 심장에 털이 있다고 말한다.

옛날에 징기스칸 할 때, 징기스칸 그전에도 아마, 그전에 이야기인데요. 그때는 전쟁이 많았었잖아요. 지금 같은 전쟁이 아니고, 인제 왕, 왕들이 서로 막 정복할라고 했을 때 카자흐스탄에 엘링케라는 장군이 있었어요.

이 장군은 항상 도망가고 그런 거는 자기 성격에 없던 거예요. 무조건 나가서 싸워야 되고 그런 성격을 가지고 있어서, '나한테 한

순갈의 피가 남을 때까지 싸울 거다'라는 정신을 갖고 있었어요. 그래서 그런 정신을 갖고 있다가는, 그때 이제 적의 왕은 쳐들어온 거예요. 쳐들어와서 엘링케 장군은,

"계속 싸워야 되겠다."

라고 해서, 이 왕은 엘링케 장군에 대해서 많이 들어요.

"그렇게 용감하고 잘 싸운다."고.

그래서,

"그 장군을 죽이지 말고 살아있는 채로 데리고 와라."

라고 자기 부하들한테 명령을 해요.

명령을 하는데, 이제 살아있는 채로는 데리고 오긴 하는데, 싸우고 힘이 없을 때, 그래도 살아있으니까 데리고 왔어요. 데리고 왔는데 이 왕이 인제,

"힘이 없고 많이 다치고 그랬으니까 일단 치료를 해서 살려보고 하자."고.

해서 치료도 하고 해서 얘를 건강하게 만들어요. 건강하게 만들고 왜냐하면 이만큼 용감하고 그런 사람을 못 봐서, 이 엘링케 장군의 씨를 받고 싶어 해요. 왜냐하면 그 좋은 말 있잖아요? 달리기 잘하는 말이나 그런 건 씨를 받아서 수정해서 또 기르잖아요. 그런 식으로 이 왕도 엘링케 장군의 씨를 받아서 낳은 아이를 훌륭히 키우고 싶다는 거죠.

그랬는데 살려 놓고 치료해 주고 난 다음에 맨날 예쁜 아가씨들 한 명씩. 매일 밤 예쁜 아가씨들 한 명씩 보내는 거야. 걔한테. 걔한테 보내서 술 마시고 해서 씨를 어떻게든 받아낼라고. 그런데 이 엘링케 장군은 그걸 알기에 오는 여자마다 아주 예뻐도 가까이 가지도 않는 거예요. 그 왜냐면, 그 이유는,

"이제 나한테 남은 씨가 나중에 나한테는 다시 적으로 나타날 거 아니냐? 왜냐하면 내가 얘네들이랑 싸우고 내 씨를 남기면 나한테 다시 적으로 돌아오니까. 그럴 바에는 나는 그냥 떳떳하게 죽겠다."

해서 오는 아가씨들마다 건드리지 않고 그냥 그대로 끝까지 고집을 부려서 이 왕이 그러는 거예요. 이제 왕도 기다렸다가 도저히

얘는 씨를 안 주는 걸 알았어요. 그래 갖고서는,

"그럼 안 되겠다. 그럼 얘를 죽여서 얘 심장이나 가져와라. 얘 심장이 어떤 사람이길래 이 심장이 어떻게 생긴지, 사람 심장인지 아닌지 보고 싶다."

그래서 죽여서 심장을 부하들이 왕한테 가져가요. 가져갔더니 거기서 원래 심장에는 뭐 털 같은 거 없잖아요. 근데 심장에 털 같은 게 있는 거예요.

그래서 털 같은 게 있어서, 카자흐스탄에는 그런 말이 있어요. '아주 용감한 사람들이 심장에 털이 있다'라는 이야기가 있어요. 그래서 그때부터 '심장에 털이 있다', 용감한 사람들을 이야기하는, 그때부터 나왔던 거래요. 그래서 표현을 심장이 털이 있다고 그러했는지, 심장이 일단은 매끄럽고 아무것도, [조사자: 강심장. 용기 있는 사람보고 강심장을 지녔다고 그러거든요.] 네. 근데 카자흐스탄에서 인제 '심장에 털이 있다', 털. [조사자: 돌.] 돌은 아니고, 털. [조사자: 털?] 네. 털이 있다. 왜냐면 그래서 카자흐스탄에는 그런 말을 많이 해요.

"쟤는 심장에 털 있다."

"털 심장을 가진 사람이다."

지하국 사람을 물리친 쿨라타이 장군

● **구연정보**

조사일시 : 2016. 11. 17(목) 밤

조사장소 : 강원도 횡성군 횡성읍 읍하리

제 보 자 : 우쿠자노바 디나 [카자흐스탄, 여, 1981년생, 결혼이주 13년차]

조 사 자 : 박현숙, 김현희

● **구연상황**

제보자가 〈용감한 엘링케 장군의 죽음〉 구연을 마친 뒤 바로 이어서 지하국 대적퇴치 설화와 유사한 이야기를 구연했다. 구연 도중 카자흐스탄에서 제작한 동화집을 종종 펼쳐서 내용을 확인하기도 했다. 제보자는 구연을 마친 뒤 카자흐스탄에는 내용이 긴 이야기가 많다고 했다. 조사자가 구연에 참고한 동화집은 어떤 책인지 묻자 용감한 장군 이야기 모음집인데 장군이 성공하는 과정에서 훌륭한 말의 도움을 받는 내용이 많다고 했다.

● **줄거리**

옛날에 아이를 간절히 바라는 부부가 있었는데, 어느 날 그 집의 말(馬)이 사람 아이를 낳았다. 부부는 그 아이의 이름을 쿨라타이라고 짓고 잘 키웠다. 사냥을 잘하는 쿨라타이는 길에서 만난 두 사람과 의형제를 맺었다. 쿨라타이와 의형제는 매일 그들의 고기를 빼앗아 먹는 작은 귀에 긴 수염을 가진 사람의 발자국을 쫓아가 작은 구멍을 발견했다. 쿨라타이가 작은 구멍으로 내려가 지하국에 이르러 보니 세 명의 공주가 잡혀와 있었다. 쿨라타이는 세 공주에게 청혼하는 사람들을 모두 죽인 긴 수염 가진 사람을 죽이고 세 공주를 구출한 다음 지상으로 먼저 올려 보냈다. 그런데 의형제를 맺은 사람들이 쿨라타이를 배신하고 공주들만 데리고 가 버렸다. 쿨라타이는 지하국에서 새를 도와준 뒤 새를 타고 지상으로 나와 의형제들을 만났다. 그들은 공주들과의 결혼식을 준비하다가 쿨라타이를 보고 놀라며 용서를 구했다. 쿨라타이는 그들을 용서하고 행복하게 잘 살았다.

옛날에는 아주 부자가 있었어요. 부자가 있었는데, 부자한테는 말이 있었어요. 아주 귀한 말이 한 마리가 있었는데요, 근데 몇 년 살아도 이 부부에게는 아이가 없었어요. 그래서 항상 이 말은 거의 매일 아기를 낳았대요. 말을. 망아지를 낳는데. 어느 날 부부들이 둘이,

"우리는 이렇게 나이 먹도록 살았는데도, 자식이 하나도, 하느님이 우리에게 자식을 한 명도 안 줬네."

하고 있을 때 이 말이 아이를 낳은 거예요. 아기를. [조사자: 망아지가 아니라.] 네. 망아지가 아니구. [조사자: 사람 아기를 낳았다는 거예요?] 네네.

"이제 우리가 늙어서 죽을 때가 다 되었는데도 하느님이 우리한테 아이 한 명을 안 줬네요."

라고 둘이 슬퍼했었어요. 그래서,

"우리 하느님한테 아이 한 명 좀 달라고 기도 좀 해 보자."

라고 그래서, 매일, 매일 하는 식으로 아침에 일어났어요. 아침에 일어나서 말한테 가봤더니 말이 아기를 낳은 거예요. 망아지가 아니고 아기를 낳았어요. 인제 하느님이 보내준 거죠.

그래서 둘이 할머니랑 할아버지가 아기를 보고 많이 기뻐해서 아기를 집에 데리고 와서 키우게 돼요. 근데 키우게 됐는데 이 아이는 보통 아이들처럼 일 년에 얼만큼씩 크는 게 아니고 날마다 크는 거예요. 육 년 동안은 아주 청년이 된 거죠. 청년이 돼서, 이름을 '쿨라타이 장군'이라고 불렀어요. 쿨라타이는 이름이에요.

근데 이 사냥도 잘하고 용감하고, 어디 사냥 가면 하루에 뭐 사슴도 몇 십 마리 해서 주변에 가난하게 사는 마을 다 먹여 살릴 정도로 사냥을 잘 한 거예요. 그러니까 하루에 사십, 사십 마리 정도 잡아서 사슴이건 꽃사슴이건 그래서. 그렇게 해서 이 할머니 할아버지도 옛날에 한 마리 말이 있었잖아요. 맨날 망아지를 낳아줬는데 그걸 먹고 살았어요. 그런데 그때부터는 인제 할머니 할아버지나 그 주변에 가난하게 사는 말들은 다 이 애가 매일 사냥을 해서 먹여 살렸어요. 그리고서는, 그러다가는 또 이 말이 맨날 낳으니까 말 수가 더 많아지고, 말의 수가 많아지고 해서 아주 부자가 되고.

어느 날 그래서 이 쿨라타이 장군은 말들을 돌보고 다시 돌아오는 길에 한 사람을 좀 만나게 돼요. 그래서 그 사람한테 둘이 이야기를 하게 돼요.

"어디 갔다 오냐? 어디서 오는 사람이냐?"

하면서 이야기를 했는데,

"우리 그럼 같이 다니자!"

하면서,

"너는 쿨라타이 장군이면 나는 니 형 되겠다."

하면서, 서로 잘 지내게 되면서 인제 같이 가고 있는데, 어느 날 또, 또 다른 사람을 만나게 돼요. 또 다른 사람 만나게 돼서 그 사람이 이 사람이 쿨라타이 장군인 줄 모르고,

"여기 근처에 그런 사람이 있더래, 그래서 거 어디 사는지 좀 알려 달라."

그랬는데, 이 쿨라타이 장군은,

"그 사람은 나야."

라고 이야기를 해요. 그래서,

"그럼 우리 나는 같이 다녀도 되느냐?"

하면서, 서로 형, 아우가 돼서 지내기로 약속을 해서 맨날 사냥을 같이 하기로 약속하고, 같이 지내게 돼요.

그래서 어느 날, 인제 세 명이니까,

"한 명이 인제 밥을 하고, 우리 두 명은 저기 사냥 갔다 온다."

하면서 아까 형이 되겠다는 사람을 놔두고 둘이 사냥을 나가요. 그 사냥을 나가는데 이 사람이 인제, 카자흐스탄 사람들은 고기를 삶아 먹잖아요. 그렇게 고기를 삶아먹고 있는데 어떻게 귀가 자그만, 자그맣고 수염이 좀 긴 사람이 들어와요. 그래 갖고 들어오자마자,

"나한테 고기를 달라."

그렇게 이야기해요. 그랬더니 형이,

"너한테 줄 고기는 없다. 나는 내 동생들 주려고 만들고 있다."

라고 얘기를 해요. 그랬더니, 귀 조그만 사람은,

"그러면 너는, 니 손으로 안 줄 거면 내가 뺏어먹겠다."

하면서 때려잡고 깔아서 앉아요. 그래 갖고 고기를 다 먹고 가버려요. 고기를 다 먹고 가서 저녁때가 됐으니까 이 장군이 들어와요. 들어와서,

"고기는 어딨냐?"

라고 얘기를 하는데,

"아까 귀가 조그맣고 수염이 긴 사람이 들어와서 다 먹고 갔다."고.

다 이야기를 해 줘요. 그랬더니,

"알았다."

그러면서 그다음 날 또 사냥을 나가게 되는데, 두 번째 사람을 또 두고 가게 돼요. 그다음 날도 똑같이 이 사람이 저녁때쯤 됐을 때 귀가 조그맣고 수염이 긴 사람이 들어와서,

"고기를 달라."

그래요.

"왜 내가 너한테 고기를 줘야 하냐? 이유가 뭔데 얘기를 해 봐라."

해요.

'아, 이 사람 역시 안 주겠다.'

하면서 이 귀가 조그만 사람은 얘를 또 때려잡고 깔고 앉아서 또 고기를 다 먹고 가요. 저녁때 오니까 장군이 오니까 또 고기가 없는 거예요. 그래서,

"고기는 어디 갔냐?"

했더니.

"어제 왔던 사람이 와서 또 먹고 갔다."

이야기를 해요. 그러면,

"아. 그렇구나."

하면서, 다음날은 장군이 남고 이 두 사람을 사냥을 보내요. 그래 갖고 사냥을 보내는데 기다려요.

'언제 오나?'

하고 기다리는데, 이 형들이 나간 다음에 솥에다가 고기를 이만큼 담아서 삶고 있는데, 이 사람이 또 오는 거예요. 그래 갖고,

"나한테 고기를 달라."

그래요.

"나는 이 고기를 너를 위해서 하는 게 아니야. 내 형아들을 위해서 하고 있으니까 너한테 고기를 못 주겠다."

얘기를 해요. 그랬더니 이 사람 또 화가 나서 또 얘를 때려잡아서 깔고 앉고 고기를 먹고 싶었는데, 얘는 장군이잖아요. 못 때려잡는 거예요. 둘이 싸우게 되고, 싸우게 돼서 귀가 조그만 사람은 장군이 잡아서 나무에다가 걸어 놔요. 걸어 놔요. 걸어 갖고서는 고기를 삶아서 형들이 와서 고기를 주고 있을 때, 형들이 물어봐요.

"그 사람 왔다 갔나?"

그랬더니,

"거기 밖에 나무에 걸어 놨다."

고 그래요.

"어 그거 없던데."

그랬더니 수염을, 수염을 끊어서 도망간 거예요. 그래 갖고,

"우리 얼른 빨리 찾으러 가면 찾을 수 있을 거야."

라고 세 명이서 길을 나가요. 길을 나가서 이게 발자국, 이 사람이 가는 발자국을 따라갔다가는 어디 지하 같은 데 구멍을 발견해요. 거기서 발자국이 끊어졌으니까,

"여기로 아마 들어갔을 거다."

하고 딱 보니까 진짜로 거기 줄 같은 게 있는 거예요. 잡고 올라가고 잡고 내려가는. 그랬더니 이 쿨라타이 장군은 형아들한테,

"형들이 이 위에서 기다리고 있어. 내가 내려가서 이 줄을 당길 때 나를 올려 줘라."

라고 얘기를 해서 자기는 내려가요. 딱 내려가다 보니까 거기는 하얀 집 세 개가 이렇게 있는 거예요. 세 개 있는데. 그 집을 향해서 걸어가요. 이 장군이. 그래서 맨 먼저는 중간에 있는 집으로 들어가요. 가까이 다가가는데 그 안에 아가씨 세 명이 앉아 있더래요. 또 이 아가씨들 옆에는 아까 그 귀가 조그만 사람이 있고. 장군을 보자마자 이 귀가 조그만 사람은 화가 나서,

"너는, 너는 뭐하는 사람인데 왜 남의 집에 허락도 없이 들어오

냐?"

라고 막 화를 내요.

그랬더니 알고 보니까, 이 다른 집에서 따로 살고 있는, 그때 칸이라 그랬잖아요, 왕. 왕의 아들이래요. 이 세 명 아가씨는 그 동생들. 그 아들의 동생들. 딸이죠. 공주들이죠.

따로 살고 있는 이유는 왕의 아들은 여동생들은 시집 안 보낼라고. 왜냐하면 오는 사람마다 맘에 안 들고 해서 오는 종류들마다 오면 다 죽인대요. 그래 갖고 또 아가씨들한테 결혼하고 싶어서 오는 사람들 다 죽여서, 이 장군도 죽이고 싶어서 밖으로 데리고 나와요. 근데 그때 얘도 그걸 알아 가지고서는 왕의 아들을 때려잡아요. 때려잡아서 땅에다가 막 한 번 때려잡는데, 얘가 인제 정신을 잃은 거죠, 거기서.

그래 갖고, 그래 갖고 이 세 명의 아가씨들과 거기 있는 인제 모든 재산. 옛날에 뭐 많았잖아요. [조사자: 보물.] 예. 보물 같은 거, 보물 같은 거를 다 가지고 땅위에 올라가기로 해서 줄을 당겨요. 줄을 당겨서 먼저 보물과 아가씨들을 올려 보내요. 그랬더니 아가씨들이 다 오른 다음에 장군이 올라가야 되는데 이 형들이 보니까,

"얘가 나오면 제일 예쁜 여자를 자기 아내를 삼겠다. 그럴 바에는 얘는 안 나오는 게 낫겠다."

하면서 얘를 거기다가 줄을 던져 갖고서는 하니까 얘가 뚝 떨어진 거예요. 다시. 뚝 떨어졌는데. 그리고 보니까 호숫가에 떨어졌는데 어디 아프지도 않고 편안하게 떨어지기는 했지만 편안하게 아픈데 없고 다친데 없고 떨어졌어요. 그래 보니까 옆에 뭐 큰 나무그루, 나무가 한 그루 있는 거예요. 거기 보니까 새 둥지에 새 새끼 세 마리가 있는 거예요. 두 마리는 웃고 있고, 한 마리는 울고 있더래요. 그래서 가까이 다가가서,

"너희들은 왜 웃고 있고, 얘는 왜 울고 있어?"

라고 물어봤더니,

"우리 엄마는 매년 새끼 세 마리는 낳는데 근데 항상 용한테 잡아먹힌다. 잡아먹혀서 얘가 울고 있는 이유는 얘가 먼저 잡아먹히거

든. 우리는 얘가 잡아먹히는 동안은 우리는 이 세상을 또 살 수 있어서 우리는 웃고 있다."

라고 얘기를 해요.

"그럼 너희들은 그 용이 언제 나타나는지 나한테 알려 줘라. 그러면 내가 그 용을 잡아주겠다."

라고 얘기를 해요. 장군이. 새 새끼들은,

"앞으로 한 시간쯤 있으면 올 것이다."

라고 얘기를 해 줘요.

그래 갖고 얘는 인제 검을 꺼내 갖고서는 용이 나타날 때까지 딱 숨어서 기다리고 있어요. 기다리고 있다가는 보니까 용이 나타난 거예요. 용이 가까이 나타났을 때, 가까이 다가왔을 때에 얘가 나타나 갖고 이 용을 그 칼로 죽였어요. 그 머리를. 칼로 잘라버려 갖고 그 머리를 어떻게라고 그러죠? 머리를 그러니까 사분의? 사분의? [조사자: 네 등분?] 네. 네 등분으로 그냥 잘라버린 거예요.

그래 갖고 그 새끼들이 먹으라고. 얘네들도 그걸 배불리 먹고 있다가는 보니까 뭐 하늘이 까매지구 막 무슨 바람이 또 많이 불구 그래서, 무슨 일인가 하고 보니까 얘네 엄마가 날라 오는 거예요. 날라오고. 엄마는 날라 온 다음에 또 하늘이 환하게 또 해도 나고 그랬답니다. 그리고 얘가 와서 새끼들이 살아있는 거 보고 아주 기뻐해요, 새는. 그래 갖고,

"너희들은 어째서 이렇게 살아 있냐? 니네들은 무슨 일인지 말해 봐라."

라고 얘기를 해요. 그래서 새끼들이,

"그럼 우리가 얘기해 주면 그 사람을 잡아먹지 않겠다고. 약속해."

그래요.

"그래, 알았다."

라고 얘기하는데 거기 있다고 보여 줘요. 그랬더니 새는 금세 또 장군을 삼켜버린 거야. 삼켜버리는데 아이들이, 이 새끼들이 울어요.

"엄마가 안 삼키겠다고 얘기했잖아."

그랬더니 얘는 다시 뱉어서. 아, 삼킬 때, 새끼들이 엄마 목을 해서,

"더이상 삼키지 말고 뱉어라. 얘는 우리를 살려줬으니까 엄마도 얘를 좀 잡아먹지 마라."

그리고 해서 얘가 나와요. 장군이. 그래 갖고 새가,

"너는 내 새끼들을 살려놨으니까 너도 한 가지 소원을 말해 봐라. 소원은 뭔지, 내가 들어 줄게."

그랬더니,

"나는 소원은 없고 원하는 건 딱 한 가지 있는데, 나를 지상으로 데려다 줘라."

그랬더니,

"그럼, 그럼 내가 들어주마. 그 대신 너는 내가 거기 도착할 때까지 먹을 양의 참새 백 개, 백 마리와 많은 양의 물을 준비를 해라."

라고 얘기를 해요. 그래 갖고 얘가 인제, 아. 팔백 마리의 참새. 팔백 마리의 참새와 팔백 톤의 물을 준비를 하는 거예요. 그래 갖고 그다음 날 그렇게 준비한 다음에 인제 얘네들이 길을 나서게 돼요.

길을 나서게 되는데, 이 새가 장군한테,

"내 등에 올라 타."

그래 갖고 올라타라고 해서 얘가 올라타요.

올라타는데,

"내가 때가 될 때, 내가 때가 됐을 때 오른쪽으로 머리를 돌릴 때, 오른쪽으로 머리를 돌릴 때, 사백 마리의 참새를 입에다 넣어라. 왼쪽으로 돌릴 때는 사백 톤의 물을 입에다 넣어 줘라."

라고 얘기를 해요. 오후가 돼서 이 새가 머리를 오른쪽으로 돌려요. 오른쪽으로 돌렸을 때 이 쿨라타이 장군은 사백 마리의 참새를 입에 넣어주고, 또 그다음에 사백 톤의 물을 입에다가 넣어 주고 해요. 왼쪽으로 돌렸을 때. 그다음에 인제 해가 지기 전에 얘네가 도착해요. 도착을 해서 새가,

"그럼 이걸로 만족을 해서 내가 데려다 주는 걸로 만족하라."고.

"나는 이제 가겠다."

고 해서 날라 가요. 날라 가서 다시 아까 나오는 지하로 다시 들어가게 돼요. 인제 지상으로 나오니까 이 쿨라타이 장군은 걸어서,

걸어서 가고 있는데, 걸어서 며칠은 가요. 며칠을 가고 있더니, 축제나 행사가 있는 거예요. 그래서,

'무슨 일인가?'

하고 가서 거기 있는 사람들한테,

"여기는 누구의 마을인가? 어떤 마을인가?"

라고 물어봐요. 그리고 알아보니까 아까 그 두 명의 형이 그 아가씨들하고 사는 마을이래요. 그래고 보니까 이 형들이 쿨라타이 장군이 죽었다고. 그날이 인제 그 아가씨들을 아내로 삼아서 결혼식이나 그런 거 하려고 하는 날이었대요.

그렇게 하려고 하고 있는 도중에 이 장군이 때마침 도착을 한 거죠. 그래서 이 형들이 이 장군이 아무 일 없이 건강하게 돌아온 거 보고 깜짝 놀래요. 깜짝 놀래 갖고서는 따로, 인제 보면 카자흐스탄에도 이 존경스럽고 대단한 분들이 왔을 때 따로 집을 장만해서 따로 뭐 가축을 잡고 해요. 그렇게 대접을 하면서,

"우리를 용서를 좀 해 줘라. 우리가 잘못했다."

하고 잘못을 빌어요. 그랬더니,

"형들이 잘못을 스스로 인정을 했으니까 내가 용서를 해 주겠다."

하면서 용서를 해 줘요. 그래 갖고 그래서 이 세 명의 형제가 그 다음부터 행복하게 잘 살았답니다.

용감한 갠다바이와 애마(愛馬) 캐르쿠와

● 구연정보

조사일시 : 2016. 12. 16(금) 밤
조사장소 : 강원도 횡성군 횡성읍 읍하리 자택
제 보 자 : 우쿠자노바 디나 [카자흐스탄, 여, 1981년생, 결혼이주 13년차]
조 사 자 : 박현숙, 김민수

● 구연상황

제보자가 〈용과 외눈박이 물리친 자르뜨스트크〉 이야기 구연을 마친 뒤 조사자가 또 구연해 줄 이야기가 있는지 묻자 〈선녀와 나무꾼〉과 비슷한 이야기라며 구연을 시작했다. 제보자는 구술을 마친 뒤 이야기가 너무 길어서 힘들었다고 말했다.

● 줄거리

옛날 어느 가난한 부부가 아이를 낳아 이름을 갠다바이라고 지었다. 힘이 세고 사냥도 잘 하는 청년 갠다바이는 늑대에게 공격을 당한 어미 말 뱃속에서 새끼 망아지를 구했다. 망아지 캐르쿠와는 시간마다 아주 빠르게 자랐고, 갠다바이와 캐르쿠와는 친구가 되었다. 갠다바이와 캐로쿠와는 멀리 사냥을 갔다가 용왕에게 잡혀간 양치기 부모의 사연을 듣고 양치기 부모를 구하기 위해서 길을 떠났다. 갠다바이는 여섯 마리 백조의 공격을 받은 뒤 백조를 찾아간 호수에서 망아지의 금꼬리를 획득했다. 금꼬리를 확인한 용왕은 두 아들과 갠다바이에게 금꼬리 망아지를 찾아오라고 명령했다. 갠다바이와 캐르쿠와는 머리 일곱 달린 외눈박이와 커다란 사자, 마녀를 무찌르고 금꼬리 망아지를 데리고 돌아왔다. 용왕은 기뻐하며 큰 잔치를 벌였고 양치기의 부모를 풀어주었다. 그리고 갠다바이가 찾고 있던 백조의 신발 주인인 막내딸을 갠다바이를 결혼시켜 주었다. 갠다바이는 아내와 많은 가축을 데리고 고향으로 돌아가 부모님과 함께 행복하게 살았다.

이것도 '캐르쿠와'라는 거는 이 말의 모양을 따서. 말의 그 종을, 종이면 말이면 종류 있잖아요. [조사자 1: 종류? 말 종류?] 네. 말 종류나 말 생김새나 그런 거를 보면서 말의 이름을 지어주거든요. 그런 말을 타는 '갠다바이'라는 이야기인데요. [조사자 1: 갠다바이?] 네. 갠다바이, '캐르쿠와아트 갠다바이'. '캐르쿠와'는 인제 말의 이름이고, '아트'라는 거는 인제 그런 말을 타는 갠다바이라는 얘기예요.

이 이야기도 옛날옛날옛날에는 어, 또 '카장갑'이라는 저기 부자가 있었어요. 이분도 부자였는데, (앞의 말을 정정하며) 아니야. 이분은 또 부자가 아니네. 이분은 참 가난했어요. 이분은 아주 가난해서 옷도 막 그거 해서 그 뭐라 그러죠? 바느질해서 [조사자 1: 누더기, 누더기 옷?] 네. 누더기 옷. 막 그거 하면 고치고. [조사자 1: 꿰매 입고.] 꿰매 입고 네. 이렇게이렇게 붙이고. 그렇게 해서 겨우겨우 음, 겨우겨우 살았대요.

근데 어느 날 이 아내는 저 임신하게 돼서. 또 9개월 9일 됐을 때 이 진통이 와서 통통한 아이를 낳게 돼요. 근데 이 부모는 아이를 낳게 돼서 너무너무 행복해서 즐거워하고 기뻐하고 하는데 이 아이는 크면서 또 아주 그냥 힘도 세고 그런 청년으로 자라게 돼요. 누구랑 싸워도 진 적이 없을 정도로. 그니까 힘이 장사인 거죠. 힘이 장사여서. 그리고 아이가 이제 자라면서 아버지한테 많이 도와주고 아버지를. 그리고 사냥도 아주 잘 할 정도로. 그 사냥 할 때에도 그 뛰어가는, 그 뛰어가는 가축도, 그 뭐라 그러죠? 못 도망가게끔 그 정도 사냥실력이 아주 뛰어났대요, 이 아이는. 근데 그렇게 하면서 이 아이가 주변에 있는 마을을 다, 주변에 있는 마을을 다 먹여 살리고, 사냥하면서.

근데 어느 날 사냥을 나갔는데 좀 무서운 현상을, 아. 무서운 광, 광경?

[조사자 1: 광경을 봤다고?] 네. 무서운 광경을 보게 돼요. 보니까 거기는 어떤 그 늑대가 임신하는, 새끼 가진 어미 말을 죽여서 먹일라고 하고 있대요. 근데 그걸 본 순간 이 갠다바이는 그 늑대를, 꼬리를 잡아서 땅으로 내리쳐서 죽여요. 그렇게 죽였는데 보니까 그 어,

어미 말은 죽었고 하니까 배를 잘라서 그 아이를 그 안에 있는 새끼 말을 꺼내게 돼요. 보니까 그 새끼 말은 남자, 남자 망아지였어요. 남자 망아지였는데 이 남자 망아지를 집에 데리고 와서 키우게 돼요.

이 남자 망아지는 또 맨날, 날마다 크는 거 아니고 시간마다, 매시간마다 크게 되는 거. 그런, 그런 망아지였대요. 근데 6개월 만에, 6개월 만에 아주 이렇게 큰 말이 되는 거죠. 아주 큰 말이 돼서 그 이름을 '캐르쿠와'라고 지어주는 거예요. 근데 이 말을 길들이면서, 갠다바이는 이 말을 길들이면서 맨날 말을 타고 다니고. 그럼으로써 이 말은 달리기 아주 잘하는 그 정도에, 그 정도에 실력이 아주 뛰어난 말이 되었어요. 근데 이 말을 타면 그 새를 타는 것처럼 눈을 뜨고 감을 그 시간도 없이 아주 어느 곳에든 그 빠른 시간 안에 도착할 수 있는 정도에 달리기를 잘했대요.

근데 그러다가는 이 갠다바이는 항상 사냥을 하고, 항상 마을마다 다 찾아다니고, 또 그만큼 자기가 많이, 많은 것을 베풀으고, 주는 걸 좋아하고 하니까 소문이 난 거예요.

'이, 이런 아이는 있는데 아주 좋은 아이.'

라고. 그 이 갠다바이를 모르, 모를 마을이 없을 정도로 소문이 난 거예요.

그래서 어느 날 그 갠다바이는 사냥 나가요. 사냥 나갔는데 좀 멀리 나가게 돼요. 멀리 나가게 되는데 이 양치기 소년을, 양치기 소년을 만나게 돼요. 근데 양치기 소년 막 울고 있어요.

"왜 울고 있느냐?"

라고 물어봤을 때,

"사랑하는 엄, 어머니가 돌아가실 때, 돌아가는데 어떻게 안 울 수 있느냐?"

라고 얘기를 해요.

"그리고 또 아버지까지 잃었으니 안 울 수가 없다."

라면서 또 엉엉 울어버리게 돼요, 아이는. 근데 갠다바이는 아이한테 또,

"울지 말고 진정을 해서 자세히 좀 말 해 줘라."

라고 말하게 돼요. 근데 아이가 얘기를 해요.

"나는 '옐갠바이'라는 그 장군의 외동아들이었는데 지금은 여섯 살이에요. 근데 우리 마을을 적이 쳐들어 와서 음, 지금은 가축도 안 남았고 남는 게 아무것도 없어. 근데 그 후에 한, 한 4년이 지났어요. 우리 아버지는 원래 장군인데 한 번 잠을 자면 쉽게 일어나지 못했어요. 그 한 번 잠을 자면 6일 동안 잤대요. 6일 동안 잤는데 그렇게 잘 때는, 그렇게 잘 때는 적들이 잡아갔다."

고 얘기를 해요.

"이제는 나는 이렇게 막 그 고아로 남아서 먹을 것도 없고, 입을 것도 없고, 남의, 그 남의 양을 돌보면서 살고 있다."

라고 얘길 해서 눈물을 흘려요. 그랬더니 그럼 이 아이가 이렇게 얘기해요.

"나는 내 눈에는 눈물이고, 내 마음에는 음, 걱정이다, 항상. 그렇게 살고 있다. 나는 내 부모를 생각해서 운다. 근데 부자는 자기 말을 생각해서 운다."

라고 얘기를 해요. 그랬더니 이 갠다바이 장군은 말을 해요.

"너는 울지 마라. 내가 니 부모를 찾아서, 니 부모를 찾아다 준다."

그랬다니 아이가 고맙다고,

"형아! 고마워."

라고 얘기를 해서,

"근데 지금은 저하고 같이 가세요."

라고 얘기를 해요.

"우리, 우리 양치기들과 같이 며칠 동안 좀 쉬었다가 가시라."

고 얘길 해요. 그랬더니 갠다바이,

"알았다."

고 해서 같이 가서 한 며칠 밥도 먹고, 사냥하면서 잡았던 그, 그 사슴 같은 거를 갖다가 그 요리를 해서 먹고 같이 쉬고 그래요.

그랬더니 또 저녁때쯤은 그 양치기들은 다 인제 돌아올 때가 됐는데 근데 보니까 그 아이는 없는, 안 돌아오는 거예요. 계속 기다렸다, 기다렸다 보니까 안 돌아와요. 그래갖고 이 양치기들이나 다른 사람들 다 밥을 먹고 잠이 들어요. 아, 그 갠다바이는 그냥 한쪽에 누워서, 누워서 있었을 때 누가 막 그 오는 소리를 들은 거예요. 그랬더니 보니까 아이가 왔어요.

"근데 왜 이렇게 늦었냐?"

고 물어보니까,

(제보자가 아이가 시청하는 방송의 볼륨을 줄이러 나가는 관계로 잠시 구연을 멈춤)

그랬더니 아이가,

"그냥 배가 아파서 늦었다."

고 얘길 했는데, 또 그다음 날도 그 똑같은 현상이 일어난 거예요. 똑같이 아이가 늦어서 오지 않고. 근데 오지 않고 기다렸다가 또 안 오니까 다 나서서 아이를 찾아요. 아이는 정신 잃어서 쓰러져 있었대요. 정신 잃어서 쓰러져 있었는데 아이가 깨어난 다음에,

"무슨 일이 있었느냐? 말해 봐라."

라고 했을 때, 아이는 아무 말 안 하고,

"그냥 괜찮다, 아무 일 없었다."

고 얘기를 해요. 그랬더니 갠다바이는 진짜 화를 내는 거예요.

"사실대로 말하라."고.

"무슨 일이냐?"고.

그랬더니 어제부터 그 있었던 일들을 아이가 다 이야기를 해줘요. 그랬더니 이렇게 이야기를 해요.

"그 백조 여섯 마리가 내 머리 위를 날라다니면서 갠다바이는 어디 있냐?"고.

"말은 갖고 있느냐?"

고 하고 물어봤대요. 그래서 내가 이렇게 대답했다고.

"갠다바이는 나라고. 말은 내가, 내 말은 내가 갖고 있다고 얘기를 했답, 얘기를 했습니다."

라고 얘기를 해요.

"그랬더니 그 백조들은 나를 날개로 그냥 때리고 나를 넘어뜨리고 갔다."고.

“그때 나는 정신을 잃었다.”

고 얘기를 해요. 그 세 번째 날에도 셋째 날에도 그 갠다바이는 그 아이 옷을 입고 나가요. 이번에 자기가 양치기 소년인 것처럼 그 양을 그거 데리고 나가요. 나갔을 때 보니까 그 여섯 마리 벡조가 나타난 거예요. 여섯 마리 백조가 나타나서 이 머리 위에 갠다바이 머리 위에서 또 똑같이,

“갠다바이는 어디 있느냐? 말을, 자신의 말을 갖고 있느냐?”

라고 물어봐요. 그랬더니, 그랬더니 이 얘가 아무 대답을 안 하고 그냥 딴 대답을 하는 거예요. 그랬더니 이 백조 여섯 마리가 화가 나서 그 날개로 얘를 막 치고 막 때리고 그래요. 그랬더니 갠다바이는 또 한 마리의 백조의 다리를 잡아요. 다리를 잡았을 때 이 백조가 날아가요. 날아갔을 때 그 백조의 그 신발. 신발이 갠다바이 손에 남게 되는 거예요. 그래서 보니까 거기 어떤 글자가 새겨져 있는데, 새겨져 있는데 그 후에는 갠다바이는 이 백조들을 며칠간 기다려요. 기다렸는데 이 백조들은 오지 않는 거예요. 근데 오지 않으니까 갠다바이는 이 양치기 소년과 양치기 소년들과 다 그거 작별인사를 하고 집으로 돌아가요. 집에 돌아가서, 집으로 와서 부모한테 그 뭐 있었던 일들 다 이야길 해줘요. 그리고서는 길을 나서요. 길 나서는 걸 부모님한테 알려요. 그랬더니 부모님이 너무 화가 나서, 너무 화가 나서 말리는데도, 말리다가는 결국에는 그냥 축복을 해줘요.

“잘 다녀오라.”고.

그래갖고 그 갠다바이는 부모의 먹을 것을 다 장만해놓고, 자기 옷을 갖춰 입고 자기 필요한 도구, 뭐죠? 그 뭐라 그러지? 그것들을? [조사자 1: 활?] 이거 다 뭐라 그래요 [조사자 1: 무기?] 무기. 네 필요한 무기를 가지고 길을 나서요.

근데 이 말이 새처럼 그냥 날라가요. 날라가서, (적절한 단어를 생각하며) 그, 이건 어떻게 표현해야 되지? 그러니까 눈앞에 있는 새가 이 날개를 피기도 전에? 피기도 전에. [조사자 1: 날개를 이렇게 펴기도 전에?] 네. 펴기도 전에 이 얘는 벌써 그 위를 넘어가고 있을 정도로. 그 정도에, [조사자 1: 빠르다고.] 빠르다는 표현이에요, 네. 그

정도 빠르, 빠르게 다, 달려가는 거죠. [조사자 1: 그니까 날개 짓을 하기도 전에? 다른 새가 날개짓을.] 네. 다른 새가 날개를 이렇게 피기도 전에 얘는 그 위를 넘어가고 있다. 그 정도. 네, 너무 빠르다는 거죠. 고속도로 달리고 있는 거. (웃음)

그리고, 그리고 그렇게 달리면서 뭐 밤낮으로 달려서 일주일도 넘고, 한 달도 넘고 했을 때 어떤 그 높은 산을, 높은 산에 오게 돼요. 근데 그때 그 높은 산에 오게 될 때 말이 말을 하게 되는 거죠.

"친구, 갠다바이! 인제 나를, 인제 네가 찾는 게 그리 멀지 않아. 두 가지 길을 다 찾을 수 있어. 이 산만 넘으면, 이 산만 넘으면. 그 산 넘어서 개울, 개울을 볼 거야. 개울이 보일 거야. 그 개울 한 중간에는 호수가 있다. 그 호수에는, 그 호수에는."

(카자흐스탄어로 잠시 중얼거리고) 그 호수에는 그 뭐죠? 물 안에 거 뭐라 그러지? [조사자 1: 물 안에 있는 거?] 왕. 물의 왕을 뭐라 그러지? [조사자 1: 아, 용왕?] 네.

"용왕이 있다. 용왕이 그 호수에 살고 있다. 니 손에 있는 이 금 신발은 그 용왕의 딸의 신발이다. 거기 있는 글자는 그걸 가르킨다."

라고.

"그걸 알린다."

라고 얘길 해요.

"그리고 그 양치기 소년의 부모도 그 용왕에, 그 용왕의 손에 있다. 근데 지금 갇혀있다."

라고 얘길 해요.

"그리고 그 산을 넘으면 소를 돌보고 있는 사람을 볼 거다. 근데 그 사람도 지금 갇혀있는 사람이다. 그래서 너는 그 사람한테 니 옷을 입히고 그 사람을 역할을 너가 해라. 그래야 니가 그 용왕이 있는 데로 들어갈 수 있다."

라고 얘길 해요. 그랬더니,

"그럼 그렇게 해서 일단은 그 사람을. 아, 지금은 일단은 내 꼬리 한 가닥을 가져가서 너의 무기를 내 등에 다 실어라. 그리고 너는 가서 그 소를 돌보고 있는 사람을 먼저 그 먼, 가서 먼저 풀어줘라."

라고 얘길 해요.

"그래갖고 내가 필요할 때 이 한 가닥의 내 꼬리털에다가 불을 붙여라. 그럼 내가 달려오마."

라고 얘길 해요.

"다른 나머지는 다 니가 거기 가서 볼 수 있다. 거기 가서 알 수 있을 거다."

라고 얘길 해서 가요.

근데 이 갠다바이는 그 말이 하는 이야기를 다 그대로 말을 해, 그대로 따라 해요. 그대로 다. 그리고 그 소●를 돌보고 있는 사람한테 돈을 주고 자기 옷을 그, 그 애가 입혀놓고 풀어주는 거예요. 풀어줘 갖고서는 이 소들을 호수에다가, 개울가에다가 하나씩 하나씩 다 던져요. 근데 이 소들은 그 호수에다 하나씩 하나씩 다 빠지는 거예요. 근데 그걸 보는 그 다른 반대편에 있는 왕의 딸은 그거를 보고,

"무슨, 뭘, 뭘 하는 것이냐?"고.

"무슨 뜻이냐?"고.

"이 소들은 다 죽을 거 아니냐?"

고 얘길 해요. 그래서,

"왜 매일, 매일같이 하는 그 말을 하지 않느냐?"고.

"'이 개울한테 갈라져라' 하면 갈라지는데 왜 그 말을 안 하고 다, 소를 다 개울가에다가 던지고 있느냐?"

라고 얘길 해요. 그랬더니 그거를 들은 갠다바이는,

"갈라져라!"

라고 얘길 했을 때 물이 갈라져요. 물이 갈라져서 거기서 길이 생기고. 그 길이 생기고, 길이 생기고 그날부터는 갠다바이는 이 소, 소들을 돌봐 주고서는 항상 거기서 그 어떻게 무슨 일이 이뤄지고 있는 거를 다 파악을 하게 돼요.

파악을 하게 되면서 어느 날, 그 집에 검정색 그 어미 소가 있는데 그 어미 소가 항상 이게, 새끼를 가지면서, 가지면서도 새끼를 안

● 제보자는 이어지는 내용 뒷부분에서는 일관되게 말(馬)로 지칭하고 있다.

난대요. 근데 이번에도 아홉 번째, 아홉 번째 새끼 가진 건데 그 낳는 날 새끼 없어진대요.

"새끼가 없어져서 이번에 밤에 새끼 낳는 날인데 이번에는 새끼 낳는 거를 잘 지켜 보라."고.

"그래갖고 새끼를 가져오라."고.

그 왕이 아들들한테 얘기하는 거를 갠다바이가 들어요. 들어 갖고서는 이 왕의 두 명의 아이들이 그 말이 새끼 난(낳은) 거를 지키라고 나가요. 나갔다가, 그 뒤에서는 또 조심스럽게 갠다바이도 따라가요. 따라가다가 한밤중이 됐을 때, 밤중이 됐을 때 왕의 아들 두 명은 잠이 들어버려요. 잠이 들어버려요. 그래다가 갠다바이는 잠을 안 자고 끝까지 버텨요.

그때 보니까 그 새벽 무렵에 이 어미 말이 망아지를, 새끼를 난 거죠. 새끼를 낳는데 보니까 이 새끼 꼬리는 금으로 된 새끼를 낳는 거예요. 금으로 된 새낀데 그때 하늘에서 까만 저기 구름이 몰려와서 이 망아지를 데리고 새끼를, 말 새끼를 데리고 가는 거예요. 근데 그거를 잡을라고, 그걸 잡을라고 꼬리를, 이 새끼 꼬리를 잡았을 때 꼬리가 끊어지고 그 갠다바이 손에 남아요. 금 꼬리가. [조사자 1: 금 꼬리가.] 네. 꼬리가 그, 금이잖아요. 근데, 근데 그 금 꼬리는 이 옷 속에다 집어넣고서는 누워있을 때 잠이 들어요.

그래갖고 보니까 그다음 날 왕이 두 명의 아들을 불러갖고서는,

"밤에 뭘 봤느냐? 새끼는 낳느냐? 어떻게 됐느냐? 얘기를 해보라."

그랬을 때 아들들은,

"아니요. 새끼를 낳지 않았고 밤에 아무 일도 없었다."

고 얘기를 해요. 그랬더니 갠다바이가,

"자기는 하고 싶은 말이 있다."고.

"말하게 허락 좀 해 달라."

고 얘기를 해요. 근데 그랬더니,

"말을 해, 해 달라."

고 얘기를 해요. 그래서 얘가 얘기를 해요.

"당신 아들들이 하는 말은 다 거짓이라고. 밤에는 어미 말이 새

끼를 낳았고 이렇게 이렇게 해서 새끼는 그 하늘에서 몰려오는 까만 구름이 데려가고, 데리고 가고, 그리고 제가 잡고 싶었지만 잡지는 못했습니다."

라고 얘기를 해요.

"근데 꼬리는 내 손에 남았다."

라고 얘기를 해서, 했더니 왕이,

"그럼 그게 사실이면 꼬리를 보여 달라."

라고 얘길해요. 그랬더니 이 갠다바이는 꼬리를 보여줘요. 근데 꼬리를 꺼내는 순간 그 주변이 다 환하게 비쳐요. 왜냐면 금이라서. 그래 갖고 그걸 보는 순간 그 왕의 아들들은 너무 쑥, 부끄러워서. 부끄러워서 어쩔 줄 몰랐답니다. 그랬더니 왕이 명령을 내려요.

"지금 세 명 다 길을 나서라. 길 나서서 그 새끼를 찾아와라. 내 명령을 만약에, 내 명령을 그 들어, 안 들으면 내 주변에 가까이도 오지 말라."

라고 화를 내요. 근데 갠다바이는 나가자마자 그 꼬리에 불을 붙여요. 꼬리에 불을 붙였는데 말은 달려와서 앞에 벌써 와있는 거예요. 그 말을 타서 갠다바이는, 갠다바이는 길을 나서요. 근데 어느 정도 오다가 그 말이 멈춰서 갠다바이한테 말해요.

"그쪽 보면 거기 보이는 불은 어, 하늘을 솟아내는 저거라고. 불, 불호수라고. 근데 니가 가는 곳은 그곳이라고. 그곳이, 그곳을 넘어야 된다."고.

"왜냐면 니가 찾으러 나온 말의 새끼들은 다 그곳에 있다."고.

"왜냐면 그거를 그 말 새끼들을 다 데리고 가는 새가 또 따로 있다."고.

"너는 지금 눈을 감고 내가 뜨라고 할 때 눈을 떠라. 떠라."

라고 해서 날라가요.

갠다바이는 눈을 감고 둘이서 계속 날라가다가, 날아가다가 그 가는 내내 뜨거운 열기? 뜨거운 열기를 느끼면서 어느, 많은 시간이 지난 후에는 이 말은,

"눈을 뜨라."

고 얘길 해요. 그랬더니 갠다바이는 눈을 뜨고 주변을 이렇게 쳐다봐, 주변을 보니까 그 바다에 중간에 있는 호수 같은 곳에 와 있대요. 그 호수에, 그 호수에는 꼬리가 금으로 되는 여덟 마리의 망아지가 있고 또 꼬리가 없는 망아지 한 마리가 또 있어 물을 먹고 있대요. 그때는 말이, 말은 또 말을 하게 되는 거죠. 이야기를 하게 돼요, 말은.

"그, 거기 보면 그 큰 나무가 있는데 그 큰 나무는 너무 높아서 그 하늘을, 하늘까지 솟아나 있다."

고 얘길 해요.

"거기 가면, 어, 거기 가면 새가 있다."고.

"그 새는 그 6개월마다 밥을 찾으러 떠난다."고.

"먹을 거 찾으러 떠난다."고.

"그래갖고 떠난 후에 15일 이후에는 다시 돌아온다."고.

"지금은 그 새는 먹을 걸 찾으러 나갔다."고.

"다시 돌아올라면 한 다섯, 여섯, 한 5, 6일 정도 더 걸린다."고.

"그러니까 우리는 그 새한테 잡혀먹이지 않고 싶으면 우리가 한 여섯 시간에, 여섯 시간에, 여섯 달. 다닐 수 있는 길을 다녀야 된다."고.

"그래야 우리가 살아남을 수 있다."

고 얘길 해서,

"그렇게 가면 이 망아지들도 우리 뒤를 따라온다."

고 얘길 해요.

"근데 문제는 그 호수를 가로질러서 갈 수가 없다."고.

"우리가 돌아서 나가야 된다."

고 얘길 해요.

"우리는 왔을 땐 빨리 왔지만 나가는 길은 또 멀다. 또 멀다."고.

"또 가다가 보면, 가다가 보면 우리 앞에서는 많은 장애물들이 있다."

고 얘길 해요.

"그러니까 시간 낭비하지 말고 빨리 떠나자."고.

"떠나자."

고 얘길 해서 그 꼬리 없는 망아지를 차에 싣고, (앞 내용을 정정하며) 아, 차에 말고 말에 싣고 떠나게 돼요. 떠나고 가다가는. 아니 그거 말고. 떠나고 가다가는 그 높은 산을 보게 돼요. 그 높은 산이 보니까 여기 일곱 머리가 달려 있는 외눈박이들의 사는 곳이래요. 그래서 음, 이 방망이로, 이런 방망이 이름 뭐죠? [조사자 1: 철퇴?] 철퇴. [조사자 2: 철퇴.] 네. 철퇴로 한 백 번은 때려서 죽였답니다. 그리고 이렇게 죽여서 싸워 갖고선 다 죽이고. 아니 한 번에, 한 번. 백 번은 아니고 한 번에 내리칠 때 한 명의 머리를 자를 정도로. 일곱 번을 내렸을 때 일곱 마리의 머리가 날라간 거죠.

그리고 그렇게 잡아서 가고 있었을 때 그 거인의 외눈을 갖다가 자기 머리, 자기 속에다가 넣어요. [조사자 1: 어디다 넣어? 갑옷?] 갑옷 말고 짐. 가방. 짐가방에 넣고 가주 가요. [조사자 1: 그럼 눈은 일곱 개가 되겠네요?] 네. 일곱 갠지, 하나라고. (제보자가 자료를 잠시 살펴보고) 그 눈을, [조사자 1: 그 외눈박이 눈을?] 네. 외눈박이 눈을 가방에 넣고 자기가 가져가요.

그래갖고 돌아가고 있을 때는 아, 돌아가다가, 다시 돌아가다가 그 거인, 아까 일곱 머리의 거인을. 일곱 머리 달린 거인을 자기 말에다 싣고 다시 가요. 가다가는 아주 빨리 달려가면서 보니까 어느 순간에 사자가 나타난 거예요.

사자가 나타나는데 이 갠다바이가 보는 것은 그 사자의 입이었어요. 입이 아주 커서 그 빨아들일 때 그 속도는 아주 어마어마했답니다. 근데 검을 꺼내서 한 번 내리칠 때 이 사자를 두 번에 갈라지게 죽여요. [조사자 1: 어디가 갈라지게?] 한 번 이렇게 내리칠 때 두 번에. [조사자 1: 아, 두 번. 반 이렇게 딱 갈라지게?] 네 반반. 갈라지게 죽여요. 근데, 그리고 사자를 죽여서 이 사자의 가죽을 [조사자 1: 가죽을.] 가죽을 [조사자 1: 벗겨?] 벗겨서 가주가요.

가죽을 벗겨서 가주가서 또 계속 가고 있었을 때 많은 길을 달려가고 많은 산을 넘고 많은 고개를 넘고 갔었을 때 음, 그 하늘이 까만 그 [조사자 1: 구름?] 구름으로 덮이고 저 그, 온 세상에 까맣게 되는 거예요. 근데 보니까 그 아까 그 말 새끼들의 꼬리가 금이었잖아요. 그 꼬리들이 가는 길을 막 비치고 있대요.

비치고 있어서, 환하게 막 비치고 있어서, 그때 그렇게 환하게 비쳤을 때 구름이 막 몰려가고, 하늘이 막 환해지면서 예쁜 아가씨 한 명이 나타나요. 근데 이 갠다바이는 말에, 말에서 내려서 그 아가씨한테 다가가요. 근데 그 아가씨는 장군의 얼굴을 막 쳐다, 막 너무 쳐다보게 되는 거예요. 그래 갖고 막 이렇게 말을 해요.

"너무 먼 길을 달려오셔서 지쳐 보이십니다. 우리 이 사는 곳을."

뭐라 그러지, 그거를? 그러니까 콩고 같은 건데, 자기가 사는 곳으로 와, 가서 좀 쉬었다 가라고 얘길 해요. 그랬더니 이 이쁜 아가씨는 원래 마녀 할머닌지 잘 몰라서 그냥 따라가는 거예요. 따라가서 근데, 따라갔었을 때 근데 이 말이 또 이야기를 해줘요.

"이 아가씨는 아가씨가 아니고, 그 마녀 할머니고, 그 마녀 할머니 집에 들어가는 사람은 다시 나오지 않는다."고.

근데 이 장군은,

"내가 지치는 게 사실이다. 나도 쉬고 싶은데 먼저 가시라."

고 얘길 해요. 근데 이 아가씨는 길을 먼저 나서고, 인제 앞장서고, 갔었을 때 이 장군, 갠다바이 장군은 자기 검을 꺼내서 그 아가씨를 내리쳐요. 근데 거기서 막 불이. 불, 불이 이렇, 내리칠 때 불이 환하게 이렇게 나오는 거예요. 그때는 또, 또다시 하늘이 까만 구름이 몰려오고. 또 그 온 세상이 까맣게 되는 거예요.

그 후에 다시 구름이 물러났을 때 그 아가씨가, 아가씨가 아까 있었을 자리에는 양쪽에 갈라지는 마녀 할머니가 보이는 거예요. 그 할머니도 자기 그 가방에 넣고 가져가요. [조사자 1: 그 할머니의 죽은 시체를?] 네. 죽은 할머니 시체도 네, 자기 가방에 넣고 가져가요, 이 갠다바이 장군은. 그리고 이 할머니한테 한 번 잡힌 뭐 날아다닌 새건, 아니면 뛰어다니는 뭐 가축이건 다 그냥 살아서. 살아서 갈 수 없었대요.

근데 여기서 인제 장군은

"여기서 한 3, 4일은 쉬었다 가자."

고 자기 말한테 얘기를 해요. 그리고서는 거기서 한 3, 4일은 쉬고 이 마녀 할머니에 재산이건 보물이건 다 그 다 이렇게 걷어 갖고서는 가방에 넣는 거죠. 그리고서는 아까 그 금 꼬리가 달린 말 새끼들을 데리고.

그리고서는 길을 나섰을 때는 음, 길을 나서게 돼서 아까 그 용왕이 사는 곳으로 다 가져가요. 다 가져가서 이걸 보는 용왕은 너무 기뻐해서 잔치를 벌여요. 잔치를 벌여서 보니까 좀 시간 지난 후에 그 왕의 아들 두 명이 아주 마르고 지치고 그 지친 상태에서 돌아와요. 그 잔치가 치러질 때 돌아오는 거죠. 근데 이 용왕은 갠다바이를 앉혀놓고서는,

"이름이랑 자기소개를 해 달라."

고 얘길 해요. 누군지, 어디서 왔는지. 근데 갠다바이 이렇게 얘기를 해요.

"나는 왕의 아들이 아니고 사람의 아들입니다. 내 이름은 갠다바이고, 사람들이 나를 캐르쿠와를 타는 갠다바이라고 부른다. 근데 이 용왕이 사는 곳에 오는 이유는 그냥 심심해서 오는 거 아닙니다. 음, 두 가지, 두 가지 필요한 것을 찾으러 왔다."

고 얘길 해요. 그랬더니 용왕이,

"그럼 말해봐. 필요한 것이 뭐냐?"

고 얘길 해요. 그랬더니 이

"몇 년 전에는, 몇 년 전에 당신의."

그 뭐지? 아 뭐지 잊어버렸어요. 음, 당신의 [조사자 1: 뭐 어떤 거죠?] 아 부하들. [조사자 1: 신하?] 네. 당신의 부하. 용왕의 부하들이, 아니면 용왕의 군대? [조사자 1: 군사들이?] 네.

"몇 년 전에 당신에 보낸 부하들은 우리 장군을 잡아가지고 갔다."고.

"그 장군을 제가 풀어서 데려가고 싶다."고.

"그게 첫 번째 이유고, 두 번째 이유는 어느 날 내가 가축을 돌보고 있는데 내 머리 위에서 여섯 명의 아, 여섯 마리의 백조가 날아다녔다."고.

"그중의 한 명에 신발은 내 손에 남았다."고.

"그 주인을 찾으러 왔다."고.

"그 주인을 찾으러 오는 이유는 그 신발을 전해주고 싶어서."

라고 얘기를 해요. 그리고 그 신발을 용왕에게, 용왕에게 줘요. 그랬더니 용왕이,

"그래 잘했다."고.

"당신의 사는 곳 사람과, 사람을 데리고, 사람과 말을 다 데리고 가주고 가는 그게 사실이다."고.

"그 당신에 찾아오는 장군은 아내와 함께 나의 감옥에 있다."고.

그랬더니 거기서,

"내가 원래 그 장군한테 '나에게 충성을 하면 내가 너를 풀어준다'라고 사람을 보냈는데 걔는 거절을 했다. '나는 적한테 충성을 하지 않는다'라고 얘기를 했다. 근데 '내 팔다리를 풀어주면 그 후에는 이야기 하겠다'라고 얘기를 전해줬다."

라고 얘길 했어요, 용왕이.

"근데 그렇게 풀어주고 싶었지만 우리는 무서워서 못 풀어줬다. 왜냐면 우리의 목표는 너를 우리한테 풀리는, 니가 우리한테 오는 것이었어요."

라고 용왕이 얘기해줬어요. 그래갖고,

"왜냐면 그 이유는, 네가 여기 왔으면 하는 이유는 또 매년, 매년 낳는 새끼가 매년 낳는 새끼를 찾아서 그 새를 죽이기 위해서였다."

라고 얘길 해요.

"그리고 만약에 진짜. 진짜 니가 양심 있고 진짜 니가 니 그게 그 니 성민한테 충성을 다하는 사람이면 언젠간 찾아오겠지 하면서 내가 일부러 사람을 보내서 니가 사는 곳의 사람과 니가 사는 곳의 가축을 다 데리고 오는 이유였어."

라고 얘기를 했어요.

"그랬더니 너는 2년, 2년 지나도 너는 오지 않았다. 그리고 여섯 명의 내 딸은 너희를 찾으러 갔었었다. 아, 니 손에 있는 이 신발은 나의 막내딸의 신발이다. 근데 내가 너한테 딱 한 가지 할 조건이 있어."

라고 얘기했어요.

"이 세상에는 일곱 머리 달리는 거인이 있고, 또 거대한 사자가 있고 또 마녀 할머니가 있다. 근데 이, 이것들의 하는 행동을 말로 전할 수가 없다. 이것들을 죽여서 이 무리들을 내 앞으로 가지고 오면 이 내 조건을 들어주고 내 조건을 다 이루어주면 니 장군을 풀어주마."

라고 얘기를 했어요.

"그리고 너한테 데리고 온 말들도 다 돌려주겠다."

라고.

"그리고 원하면 내 막내딸도 네 아내로 보내주겠다. 시집을 보내주겠다. 너한테."

라고 얘기를 했어요.

그랬더니 갠다바이는 그거를 듣는 순간 자기가 가지고 있는 가방을 꺼내서 그 안에 있는 아까 그 외눈박이의 [조사자 1: 눈?] 눈과 사자의 [조사자 1: 가죽?] 가죽. 그리고 그 마녀 할머니 머리를 왕의 앞에 갖다 놔요. 근데 그거 보는 순간 너무 기쁜 그 용왕은 그 장군과 그 아내를 풀어줘요. 또 그 나머지 다른 사람들도 풀어주고.

그리고 자기가 그때 데리고 왔던 가축들도 다 돌려주고. 그리고 잔치를 열어요. 열어요, 잔치를. 잔치를 열어서 삼십 일 동안 (카자흐스탄어로 잠시 중얼거리다가) 삼십 일 놀고 사십 일 잔치하고 그렇게 또 많은 선물들을 주고 그리고 갠다바이 장군을, 장군에게 자기 막내딸을 같이 시집을 보냈어요, 갠다바이한테. 그리고 이 장군은 그 가축들을 다 데려가면서 그 주인한테 다 돌려줬고. 그리고 가서 자기 부모님을. 부모님과 만나게 되고 서로 또 기뻐하면서.

그 갠다바이가 있을 때는 그의 사는 곳과 그 주변에는 아무 적이 쳐들어오지 못했고, 그리고 주변에 있는 사람과 성민과 말은 다 이 캐르쿠와아트 갠다바이에,

[조사자 1: 자손들이에요?] 자손은 아니고 이 그의 그니까, 얘가 거의 왕이라는. 그거를 차지한 거잖아요. 그 주변에 거는 다 이 장군의 것이다. 사람이고 말이고, [조사자 1: 영토도 다.] 네. 영토. 그렇게 해

서 행복하게 살았답니다.

이거 너무, 너무 길다 이거. 아! 졸 뻔했네. (웃음)

카즈바히의 세 가지 요술 물건

● **구연정보**

조사일시 : 2016. 12. 16(금) 밤

조사장소 : 강원도 횡성군 횡성읍 읍하리

제 보 자 : 우쿠자노바 디나 [카자흐스탄, 여, 1981년생, 결혼이주 13년차]

조 사 자 : 박현숙, 김민수

● **구연상황**

제보자는 〈노인과 지혜로운 젊은이의 동행〉 이야기 구연을 마친 뒤, 이어서 구연할 이야기는 어렸을 적에 여러 번 들었던 것이라면서 준비한 이야기 내용을 먼저 훑어보고서 구연을 시작했다. 구연 도중에 이야기 내용과 적절한 단어를 생각하느라고 잠시 멈추기도 했지만, 끝까지 침착하게 마무리했다.

● **줄거리**

옛날에 가난한 노부부가 매일 낚시를 해서 먹고 살았는데, 어느 날 오리 한 마리가 그물에 걸렸다. 오리가 할아버지에게 자신을 풀어주면 일 년 뒤에 할아버지가 원하는 것을 가지게 해주겠다고 제안하자 할아버지가 오리를 풀어주었다. 할아버지는 일 년 뒤 오리를 찾으러 길을 떠났다. 할아버지는 길에서 우연히 만난 목동에게 '카즈바히'가 지닌 세 가지 요술물건에 대해 듣게 되었다. 카즈바히 집에 도착한 할아버지는 카즈바히에게 청해서 갖은 음식이 나오는 신비한 솥, 금을 토하는 당나귀, 때리는 방망이를 차례로 받아갔다. 할아버지가 솥과 당나귀를 각각 받아서 돌아갈 때 동네 아이들이 속임수를 써서 신비한 요술물건을 바꿔치기해 가로챘다. 할아버지가 카즈바히에게 방망이를 받아서 돌아갈 때 동네 아이들이 또 물건을 바꿔치기하려다가 방망이에 두들겨 맞았다. 할아버지는 방망이 덕분에 세 가지 요술물건을 모두 되찾아 집으로 돌아와 행복하게 살았다.

아주 옛날에 할머니와 할아버지가 살았어요. 그 할머니와 할아버지는 너무 가난해서 매일 그 개울에서 물고기를 잡고서는 그걸 먹고 살았어요. 그 낚시. 망을 던져서 하는 낚시 있잖아요. 그런 낚시를 해서 살았고.

어느 날 그 할아버지가 개울가에 가서 그 망을 던지고 있었을 때, 어떤 오리가, 오리가 그 망에다 걸리게 돼요. 그랬더니 할아버지가 그 오리를 풀려주면서. (기억을 떠올리면서) 아 그, 아 맞아요. 그 망에서 할아버지가 오리를 꺼내 갖고서는 인제 맨날 물고기만 먹고 사니까 이 오리도 잡아먹고 싶어서 이게 잡을라고 했을 때 이 오리가 말을 해요.

"나를 잡아먹지 말고 그냥 놔줘라. 그러면 나한테 원하는 거 얘기하면 일 년 후에 받을 수 있다."

라고 얘기를 해요. 그랬더니 할아버지가 생각해 보니까 괜찮은 것 같기도 해서,

"그래 그럼 알았다. 나는 너를 그 풀어줄 테니까 일 년 후에 내가 원하는 거 해 줘라."

라고 풀어 줘요.

그래 갖고 집에 와서 할머니한테,

"나는 아까 망을 던지다가 오리를 잡았는데 근데 오리를 잡으려고 하다가 오리가 말을, '원하는 거를 말해봐라. 그럼, 일 년 뒤에 해 줄 수 있다'라고 해서 풀어줬다."

라고 얘기를 해요. 그랬더니 할머니가, 할머니가 화나서,

"아니 왜 풀어주냐"고.

"우리가 잡아먹으면 되잖아. 잡아먹을 걸 왜 풀으냐?"고.

"풀어주냐?"고.

화가 나서 할아버지를 나무라게 해요. 나무라게 했는데, 음 할아버지가,

"아이 당신 아무것도 몰라. (잠시 기억을 더듬으면서) 아. 당신 아무것도 몰라 그냥 내가 더 잘 아니까 그냥 아무 말 하지 말고 그냥 가만히 있어라."

하면서 자기도 아내의 잔소리를 안 듣고 그냥 가버려요. 가버려 갖고 한 일 년, 일 년이란 시간이 지나요. 일 년. 일 년이 지나서 이

할아버지가 오리를 찾으러 가게 돼요. 그래서 가다가 가다가 보니까. 그 많은 한 무리 낙타, 낙타들이 밖에 풀을 뜯어 먹고 있더래요. 그랬더니 그 옆에 또 양치기, 양치기라고 그래야 되나? 그 돌보는 사람을? 낙타를, 낙타, 오리를 돌보는 사람을 누구라 그러죠? 양치기? [조사자 1: 양치기? 또는 목동?] 목동? 음 네. [조사자 2: 마구간지기 아니야?] [조사자 1: 마구간지기?] [조사자 2: 양, 양, 낙타, 오리라 그랬죠.] 네, 오리. 낙타, 오리. [조사자 2: 그러면.] [조사자 1: 어쨌건 목동 아니야? 목동. 양, 양을 치거나 그쪽에서 동물들을 이렇게.] 네. [조사자 2: 방목하나, 낙타?] 네. [조사자 1: 그러니까.] 네.

그 그런 아이를 보게 돼요. 그랬더니 아이한테,

"이 낙타는 누구 낙타냐?"고.

할아버지가 물어봐요.

"아 이 낙타는 '카즈바히'라는 사람의 낙타예요."

라고 대답을 해요. 그랬더니 할아버지가,

'아 카즈바히. 옛날 오린가 봐.'

라고 생각을 해서, 생각을 해서 다시 계속 가게 돼요. 가게 돼요. 가다가 어느 곳에 머물게 되는데, 어떤 또 양이, 많은 양의 오리. 양, 오리를 보게 되는데 그 양치기한테 가서,

"그, 이 많은 양이 누구 양이냐?"

라고 물어보는데 그 아이가 이 양도. 이 양은 '카즈바히'라는 사람의 양이라고 애길 해요. 그랬더니 할아버지가,

'아, 아까도 카즈바히라는 사람의 낙타이고, 얘도 이 많은 양도 그 사람의 양이고. 어떻게 된 일인가.'

라고 생각을 하고 잠깐 머물게 되는데 이 아이가 할아버지한테,

"있잖아요, 할아버지. 그 '카즈바히'라는 사람이 세 가지 좋은, 좋은 물건 가지고 있다."

고 그 얘기를 해요.

"첫 번째 물건은 이렇게 밥솥인데, 돌솥인데 그 돌솥한테 명령을 해서 '요리를 만들어라' 하면 요리를 만들어준다. 또 두 번째는 그 당나귄데, 그 당나귀한테 '토해'라고 애기하면 그 당나귀가 금을 토

한다."

고 얘기를 해요. 그래 갖고,

"세 번째는 방망이인데 그 '때리라. 방망아!'라면 방망이가 때린다."

고 얘기를 해요. 그랬더니 할아버지가,

"아. 알았다."고.

해서 다시 가게 되는데. 그 아까 '카즈바히라'는 사람이 사는 마을로 도착해, 도착하게 돼요. 그랬더니 이 카즈바히는 할아버지를 맞이해요. 맞이해서 집으로 들어가서 식사를 대접해요. 그래갖고 식사 대접하기 전에 이 할아버지가,

"자기 그 요리를 만드는 돌솥을 달라."

고 말을 해요.

돌솥을 달라고 하는데, 카즈바히는 그거를 알았다고 해서 할아버지한테 주게 돼요. 할아버지한테 줘서 할아버지가 그거를 가지고 집으로 가고 있는 도중에 그 놀고 있는 아이들을 보게 되는데 그 아이들이,

"할아버지! 우리 밥 먹고, 우리 식사하고 가세요."

라고 얘길 해요. 그랬더니 할아버지가 인제 거기서 식사를 하게 머물면서 집으로 들어가게 돼요. 그 집에 들어가면서. 집에 들어가고 있다가는 할아버지가 아이들한테,

"아이들아! 있잖아. 거기 있는 돌솥에다가."

그냥 돌솥은 아니고 솥, 솥 그 밥솥 같은 거 있죠? 옛날 그런 건데. 할아버지가 아이들한테,

"있잖아, 아이들아! 그 솥, 솥한테는 '요리하라'라고 말하면 안 된다."

라고 말을 해요. 그래갖 고 그런 이야기를 해서 집을 들어가요. 할아버지가 집을 들어가게 되는데, 보니까보니까 아이들이 밖에서 솥한테 명령을 하고 있더래요.

"밥을 만들, 아, 요리를 하라."고.

그랬더니 그 솥이 다양한 요리를, 다양한 요리를 해서 그 아이들

이. (내용을 정정하면서) 아. 할아버지가 못 들은 거네요. 할아버지가 못 들었어요. 그 아이들이 할아버지한테 할아버지가 아까,

"밥을 만들지 말라. 아, 요리를 하라, 명령을 하지 말라."고.

그랬는데 아이들이 그런 말 안 듣잖아요. 궁금하니까,

'왜 그렇게 말했을까?'

해서 궁금하니까 오히려,

"그거 만들어라. 아, 요리를 하라."

라고 명령을 했더니 여러 가지 맛있는 요리를 만드는 거예요. 그랬더니,

"아. 할아버지 없을 때 우리가 바꿔놓자."

해서 솥을 바꿔놔요. 바꿔놔서 할아버지는 그것도 모르고 거기서 식사를 하고 인제 집에, 집에 솥을 가지고 집에 가요. 집에 가서,

"요리를 만들어라."

해서 명령을 하는데, 아무 요리도 안 만들어지는 거예요. 그랬더니 할아버지가 이 솥을 가지고 다시 그 '카즈바히'라는 사람 집으로 다시 가는 거예요. 그래갖고,

"아니. 이 솥은 아무 요리도 안 한다."고.

"내가 아무리 해 봐도 요리를 안 하니까, 이거를 가지고 그냥 그 낙타, 낙타, 어 당나귀를 나한테 줘라."

라고 얘기를 해요. 그랬더니 카즈바히는 솥을 가지고. 낙타, 당나귀를 할아버지한테 주게 돼요. 할아버지는 그걸 가지고 또 집으로 가고 있는 도중에 어떤 아이들이,

"할아버지 여기서 식사하고 가세요."

라고 얘기를 해요. 그랬더니,

"아. 그래 알았어. 그럼 내가 식사하고 갈게."

해서 자기 그 타고 있던 당나귀에서 내려서 집으로 들어가요. 집에 들어가면서 또 아이들한테,

"애들아! 이 낙타, 이 당나귀한테는 '토하라'라고 명령하면 안 된다. 그렇게 말하면 안 된다."

라고 집에 들어가요.

할아버지가 집으로 들어간 다음에 아이들이 또 말 안 들어서 이 당나귀한테,

"토하라."

고 명령을 하는 거예요. 그랬더니 이 당나귀가 금을 토하고, 네 금을 토해요. 그랬더니 아이들이 이번에도 또 당나귀를 갖다가 다른 당나귀랑 바꿔놔요. 다른 당나귀랑 바꿔놓고 그거 뭔 할아버지가 또 당나귀를 자기 집으로 데려가는 거죠. 자기 집으로 데려가서 자기 할머니한테,

"나는, 나는 금을 토하는 당나귈 가져 왔다."

라고 얘기를 해요. 그랬더니, 그랬더니 할머니가,

"뭘 토한다."고.

"아무것도 하지 않는다."고.

"무슨 금, 금은, 금도 안 토하고 이게 나를 뭐 거짓말하고 그러느냐"고.

"뭐를 가지고 왔느냐?"고.

할머니가 또 나무라게 돼요, 할아버지를. 그랬더니 할아버지가,

"아유 그럴 수가 없다."고.

"내가 해보면 할 수 있다."고.

해서 당나귀한테 명령을 해요.

"토하라."고.

"당나귀야! 토해."

그랬는데도 아무것도 토하지 않는 거예요, 당나귀가. 그랬더니 이 할아버지가 또 당나귀를 가지고 다시 그 '카즈바히'라는 사람을 찾아가요. 그래갖고,

"아이. 이 당나귀는 아무것도 안 토한다."고.

"그래서 이걸 가지고(가져가고). 그냥 나한테 그 때리는 그 방망이를 달라."

고 얘기를 해요. 그랬더니 그 카즈바히는 이번에도 그 바꿔줘서 그 방망이를 할아버지한테 줘요. 또 방망이를 가지고 오면서 보니까 그때 그 아이들이 또 놀고 있더래요. 그래서 그 아이들 놀고 있는데

또 이번에도 아이들이,

"할아버지 여기서 식사하고 가세요."

라고 얘기를 해요. 그랬더니,

"알았다"고.

"그럼 여기서 내가 식사하고 갈게."

하면서 할아버지는 집에 들어가게 돼요. 이번에는, 이번에도,

"애들아! 이 방망이한테 '때리라'고 하면 안 된다."

라고 얘길 하면서 집에 들어가는데 이번에도 아이들이 말을 안 듣고. 어 그때 또 좋은 구슬 많이 가져, 가져서 아이들이 이번에도 좋은 걸 가질 줄 알고 방망이한테 때리라는 명령을 해요. 그랬더니 방망이가 아이들을 다 때리는 거예요. 계속 때리고, 때리고 또 때리고. 그랬더니 아이들이 할아버지한테,

"할아버지!"

부르면서,

"할아버지! 제발 얘한테 좀 때리지 말라고 해 주세요. 우리가 요리 만드는 솥도 다시 돌려주고, 금을 토하는 당나귀도 다시 도로 줄 테니까 제발 얘 좀 멈추게 좀 해 주세요."

라고 애들이 울어요. 그랬더니 할아버지가,

"그래? 그럼, 그 요리 만드는 솥과 금을 토하는 당나귀를 줄 거야?"

라고 얘기를 해요 그랬더니,

"그래요. 줄게요. 그냥 이 방망이, 이 때린 방망이만 멈추게 좀 해 주세요."

라고 얘길 해요. 그래서 할아버지가 그걸 멈추게 해서 자기 물건 세 가지를 다 찾아서 집으로 와요. 그래 갖고 집으로 와서 그것들을 금이 필요하면 당나귀한테 토하라는 명령을 하고, 밥이 필요하면 솥단지에 요리하라는 명령을 하면 되고 해서 할아버지랑 함께 행복하게 오래오래 잘 살았다고 합니다. 이런 이야기예요.

[조사자 1: 마치 애들 다 이길 것 같았는데.] 네. 애들이, 예. 다 할아버지를. [조사자 1: 근데 당하네.] 네.

용과 외눈박이를 물리친 자르뜨스트크

● **구연정보**

조사일시 : 2016. 12. 16(금) 밤
조사장소 : 강원도 횡성군 횡성읍 읍하리
제 보 자 : 우쿠자노바 디나 [카자흐스탄, 여, 1981년생, 결혼이주 13년차]
조 사 자 : 박현숙, 김민수

● **구연상황**

제보자가 〈카즈바하의 세 가지 요술 물건〉 구연을 마친 뒤, 간식을 먹느라 잠시 구연이 중단됐다. 간식시간이 끝난 후 제보자는 아이가 안 생겨서 귀한 기운을 가진 장소를 찾아다니는 노부부에 관한 이야기라면서 구연을 시작했다. 제보자는 구연을 마친 뒤 자신이 구연한 이야기는 책에 등장하는 인물이고, 망치나 외눈박이는 인물의 영웅적인 면모를 부각시키기 위해서 등장한다고 설명을 덧붙였다.

● **줄거리**

옛날 어느 마을에 부자 부부가 살았는데 자식이 없었다. 부부는 1년 동안 귀한 기운을 가진 장소를 찾아다니면서 열심히 기도를 한 뒤, 집으로 돌아가는 길에 들판에서 하룻밤 묵게 되었다. 그때 아내의 꿈에 신령이 나타나서 서른 명의 아들과 서른 명 만큼의 아들 한 명 중 무엇을 원하는지 물었다. 아내는 서른 명 만큼의 아들을 원한다고 대답했다. 그 후 아내는 임신을 해서 아들을 낳았다. 부부는 아내가 말린 고기 반 조각을 삶아 먹고 낳은 아이라고 하여 아이의 이름을 '반 조각'이라는 뜻의 '자르뜨스트크'라고 지었다. 자르뜨스트크는 열다섯 살이 되어 길을 떠났을 때 뱀에게 잡아먹힐 위기에 처한 새끼 새 두 마리를 구해주었다. 자르뜨스트크가 외눈박이 괴물을 물리치고 싶다고 하자 어미 새는 그를 괴물이 사는 곳으로 데려다주었다. 그는 외눈박이 괴물을 물리쳤고, 돌아오는 길에 사람들을 괴롭히는 용도 물리쳤다. 어미 새의 도움으로 무사히 고향으로 돌아온 자르뜨스트크는 약혼녀를 되찾아 가족과 함께 행복하게 살았다.

아주 옛날에, 아주 옛날에, 그 부자가 있었는데요. 그 부자는 뭐 가축도 많고, 가진 것도 많고 해서 뭘 먹고 뭘 입으냐 그런 걱정 없이 살았답니다. 근데 뭐, 부족하단 게 뭔지, 뭐 모를 정도로 부자였는데, 한 가지 걱정은 인제 자기가 낳은 자식이 없어서 그게 걱정이었답니다.

근데 어느 날 그 부자가 자기 아내한테,

“할멈아! 당신도 이제는 늙었고 나도 늙었고, 이 많은 재산을 어디다 남기고 가냐, 둘이서. (자녀의 요구에 응대를 한 후에 구연을 이어서) 그리고 이 많은 재산을 어디다 남기고 가냐. 우리는 그러지 말고 우리는 귀한 곳을 좀 찾으러 갔다 오자. 그런 곳에 가면 혹시나 모르지 아이가 생길 수도.”

하면서 둘이서 길을 나서요. 그리고 길을 나서서 일 년 동안은, 일 년 동안은 막 많은 곳을 찾아서 그 들린 곳마다 기도하고.

“아이 한 명 좀 달라.”

고 기도하고 그렇게 다니는데, 그런데도 아무 효과가 없어서 둘이 이제는 포기를 하는 거예요. 포기를 해서 할머니 할아버지가,

“인제 그냥 여기서 끝내고 어쩔 수 없으니까 그냥 포기해서 집으로 돌아가자, 우리.”

하면서 둘이 가고 있었는데, 음 어느, 가고 있었는데. 길에 어떤 약간 그 나무도 아니고 뭐라 그러죠? 나무가 아니고 무슨 그 풀이 나는 곳이 있었대요. 그런 곳에서,

“우리 여기서 쉬었다 가자. 여기서 하룻밤 자고, 그리고 내일 또 올라가자.”

하면서 하는데. 그리고 그 할아버지가 (정정하며) 아, 할머니가 거기서 그렇게 자고 가자고 얘기를 해요. 근데 그 할아버지가,

“아니. 그 많은 곳을 다니면서 많은 곳마다 기도도 하고, 뭐 안 하는 게 없는데, 거기서 안 생기는데 여기서 뭐 하룻밤 자고 가는데 뭐 생기겠어?”

하면서,

“그냥 가자.”

고 해요. 그랬더니 할머니가,

"그냥 여기서 하룻밤 자고 가자."

고 우겨요. 그래가지고 둘이서 그냥 할머니 할아버지가 거기서 자고 가는 걸로 결심을 해서 거기서 밖에서 자요. 밖에서 자는데 한 새벽쯤에, 새벽에가 어떤 수염이 긴 할아버지 형상이 나타나요. 그 할아버지 형상이 나타나서 이렇게 말해요.

"너무 많이 지쳤다."고.

"많이 지쳐보여서 인제 내가 묻고 싶은 게 있는데. 서른 명의 아들을 줄까? 아니면 서른 명의 아들을 줄까? 아니면 음 서른 명만큼의 한 명의 아들을 줄까?"

라고 얘기를 해요, 할머니한테.

"내가 당신들한테 내가 해 주는 도움이 이거밖에 없으니까 말을 해 보라."

고 얘기를 해요, 할머니한테. 그랬더니 할머니가,

"저는 아들 하나만 주셔도 된다."

고 말씀을 해요. 그랬더니 그 할아버지가 싹 사라져요. 싹 사라지고 아침에 할머니가 잠에서 깨, 깨어나서 할아버지한테 달려가서. 할, 할, 할아버지한테 달려가서 이렇게 얘기를 해요.

"얼른 일어나라."고.

"여기 밤에 어떤 할아버지가 나타나서 이렇게 얘기를 했어요. 그래서 조만간 우리한테 좋은 일이 있을 거라고. 그러니까 얼른 집에 가자."

고 얘기를 해서 집으로 돌아가게 돼요.

그러다 어느, 어 그래 갖고 시간이 조금 지난, 지나요. 그래서 어느 날 할머니가 저기 먹고 싶은 게 생긴 거예요. 그 고긴데, 고긴데 좀 말린 고기 같은 걸 먹기, 먹고 싶어 하고. 하니까 집을 찾아보니까 그렇게 말린 고기는 이 만큼에 남은 거예요. 이 만큼. 그래 갖고 그거, 그 만큼 남아서 할머니가 그거를 삶아갖고 자기가 다 혼자 먹었어, 먹, 먹어요.

혼자 그걸 다 먹고 나니까 딱 아까 그 입덧이 뭐 그런 거 사라진 거예요. 사라져갖고 한 열 달 돼서? 우리는 카자흐스탄에는 저기 임신하면 아홉 달, 아홉, 9개월 9일 이라고 얘길 해요. 그니까 아홉 개월 9일을 무사히 그거 해서 어느 날 저기 진통이 와서 할머니가 아들 한 명을 낳게 되는 거예요.

할머니가 아들 한 명을 낳는데, 이 이름도 아까 그 고기, 이 만큼 고기의 이름을 따서 그 이름을 지어주게 돼요. '자르뜨스트크'라고 이게 반, 반 구석? 구석 말고 그 뭐지? [조사자: 반 조각.] 반 조각. 네. 반 조각이라는 이야긴데, 그 반 조각이라고 이름을 지어주고 그 몇 년이 지났는데.

그 아들은 한 열네 살에서 열다섯 살 정도가 된, 됐는, 네. 그때쯤은 인제 집 앞에서 이만한 한, 한 그루 나무가 있었어요. 한 그루 나무가 있었는데 이 할아버지는 아침에 일어. 거기 올라가면 점심때 내려오고. 오후에 올라가면 저녁때 내려오고 그런대요. 그랬더니 어느 날 이아들이 할아버지한테 가서 지 아버, 자기 아버지한테 가서,

"아버지 거기서 맨날 뭘 보세요? 맨날 거기도 올라가신 이유가 뭐예요?"

라고 물어봐요. 그래, 그랬더니 할아버지가,

"아 나는 여기 올라가서 저기 가축이 뭘, 어떻게 잘 있는지 맨날 보는 거."

라고 얘길 해요. 그래 갖고 아들한테,

"너는 이 나무를 절대 올라가면 안 된다."고.

"여기 만약에 올라가게 되면 머리가 음 그 뭐죠? 어지러워서 나무에서 떨어질 수 있다."

고 얘기를 해요. 그랬더니 어느 날 아들이,

'아 왜 나보고 올라가지 말라고 그랬지?'

하고 궁금증이 생겨서 이 나무를 올라가게 되는 거예요. 그래서 올라가서 보니까 음, 좀 많은 사람들이 불을, 불을 지고 다니면서 노래도 하고 즐겁게 하고 다니, 다니고 있대요. 그 안에는 아가씨들도 있고, 젊은이들도 있고 또 그 뒤를 따르는 또 할머니 할아버지들이 있더래요. 근데 그걸 보는 이 아이는.

'아하. 우리 아버지가 이 나무를 올라가지 말라는 이유는 이거구나. 왜냐면 그렇게 재밌는 걸 보면 거기에 따라갈까 봐 나보고 올라가지 말라는 거였구나.'

라고 생각을 해요, 혼자서. 그랬더니 좀 이따 좀 아버지한테 가서 아버지한테 얘기를 해요.

"나는 거기 올라가서 이런 거 이런 거 봤다."

고 얘기를 하는데 아버지가,

"에이, 아들아! 그런 거는 그냥 다 지나가는. 음 잠시, 그 잠시 동안 느낄 수 있는 즐거움뿐이야."

라고 얘기를 해요.

"근데 아버지는 그럼 왜 맨날 그 나무에 올라가서 그 사람들을 그 보는 이유는 뭐냐?"

고 물어봐요. 그랬더니,

"아 아들아 너는 아직 젊어. 인생은 아직 인생 살 날이 많다."

라고.

"우리도, 그맘때는 우리도 잘 놀았고 우리도 어, 놀 만큼 놀았어. 근데 너는 우리한테 하나밖에 없는 아들이다. 그러니까 우리는 다 늙었고. 음 하니까 벌써 이렇게 늙었으니까. 너의, 너는 우리한테 하나밖에 없는 아들이니까 너희가 나 같은 걸 못 보고 죽을까 봐 걱정이다."

라고 얘길 해요.

(아이들이 제보자를 찾아서 잠시 구연을 멈춤)

"그리고 너는 하나밖에 없는 우리 낙이니까, 너의 그거 너의 아들이나 손자를 못 보고 죽을까 봐 걱정이다."

라고 얘길 해요.

"그러니까 내가 맨날 나무에 올라가서 보는 이유도 그것 때문이라."고.

"그리고 또 내가 그렇게 올라가서 보고 있으면 너의 미래가 거기서 보일까 봐 너 그거, 그거 한다."고.

"그래서 올라가서 맨날맨날 올라가서 보는 이유가 그거 때문이라."

고 얘길 해서 아들이,

"아. 아버지 그럼 내가 아버지 무슨 생각하시고 무슨 뜻을 하시는지 다 알겠다."고.

"그러니까 인제 나도 내가 하고 싶은 일 찾아서 하고 싶다."고.

"그러니까 나의 행복이나 나의 하고 싶은 일. 내 미래를 내가 찾아서 할 거라."

고 얘길 해요. 그랬더니,

"아버지한테도 그 우리 부모의 낙은 즐거움도 뭐 사랑하는 임도, 자기 아들자식 때문에, 이잖아요. 그러니까 아버지 저를 축복해 주세요. 저도 제가 하고 싶은 일을 찾아서 갈게요."

라고 얘기를 해서 축복을 달라고 그래요. 그랬더니 아버지가,

"그래 그럼 아들아! 너가 하고 싶은 일을 찾아봐. 어차피 나는 너를 말릴 수가 없다. 내가 아무리 안 보낼라 그래도 너는 하고 싶다 하면 넌 가니까."

해줘요. 축복을 해 줘요. 그랬더니 이 아이가 인제 길을 나서게 돼요. 길을 나서게 되는데. 음, 아버지가 얘길 해요.

"그럼 너는 이 길을 나가게 되면 말은 좋아야 된다."고.

"니가 타고 다니는 말이 니 발만큼이나 중요한 거니까."

라고 해서 말에 대한 거를, 말에 대한 것을, 모든 것을 다 잘 아는 그런 사람들이 있어요. 그 말이 얼만큼 달릴 수 있고. 딱 말을 보면 인제 알게 되는 거지. 이 말의 생김새나, 숨소리나 이런 거를 보면. 알 수 있는 사람들이 있는데 그런 사람을 불러요. 그 많은 말 중에 그렇게 오랫동안 달릴 수 있고, 어떤 일 있어도 지치지 않고. 그 특별한 말을 찾아달라는 거죠.

그랬더니, 그 사람이 와서 많은 그 말들 중에서 아주 나이가 젊은 말을 가르켜 줘요.

"이 말은 괜찮다."고.

그래서,

"어, 이 말은, 이 말은 반나절은 잘 달릴 수 있다."고.

해서 말을 골라주는데.

어, 그때는 이 아이가 인제 준비를 해서 길을 나서요. 길을 나서는데 음, 어떤 가다가 보니까 또 나무, 큰 그루에, 나무 한 그루가 있는데 이렇게 막 아름드리나무라 그러잖아요. 그런 나무가 한 그루가 있었대요. 그 보니까 그 위에 또 병아리들이 있는 거야. 새, 새. 병아리가 아니죠, 새는. [조사자: 새끼.] 네, 새 새끼들이 두 마리가 있대. 두 마리가 있는데. 그 병아리들이 크기도 좀 크고 그거를 구경하다가 아이는 잠이 드는 거야, 그 자리에서.

그 자리에서 잠이 들었는데 그때는 어, 자다가 어느 순간 어떤 그 휘파람 소리 같은 소리에 잠이 깨요. 그랬더니 보니까 그 뱀. 용같이 생기는 뱀이 그 새 새끼들이 있는 나무에 올라가고 있더래요. 근데 그때는 아이가, 이 아이가 젊은이, 젊은이잖아요, 인제? 이 아이는 뱀을 활로 쏘아 버려요. 활로 쏘아버려 갖고 그거는 그 반반씩 갈라지는 상태에서 땅에 떨어져요, 뱀은. 그리고 그 후에는 이 아이가 나무 위에 올라가서 새 새끼들이 그때는 말을 하게 돼요.

"우리 엄마 이름은, 우리 엄마의 이름은 사무룩인데 이 엄마는 음, 10년마다 새끼, 두 마리 새끼를 가질 수 있다. 근데 그때마다 이 뱀이 다 잡아먹는다. 근데 이번에는 너는 우리를 살려주었다."

그때는 그, 그때는 숏, 그땐 동쪽에서, 그때는 동쪽에서 큰 까만 그 구름이 몰려오는 거예요. 그 구름이 몰려오는데 그땐 그 바람까지 동반하면서 같이. 근데 그걸 본 순간 이 젊은이가,

'이게 무슨 일인가?'

하고 당황해요. 그랬더니 아니, 이 새 새끼들은,

"당황하지 마라. 이 소리는, 이 현상은 우리 엄마가 날라오는 소리랑, 날라오는 모습이다."

라고 얘길 해요.

그때 그 천둥 치고 비까지 오게 돼요. 비까지 오고. 이 아이는 음, 그랬더니 이 젊은이가,

"그럼 비 오는 게 이게 뭐냐?"

고 했더니 새 새끼들은,

"이게 우리 엄마가 우릴 보고, 우리가 살아 있는 걸 보고 기뻐서 우는 눈물이다."

라고 얘기를 하는데. 그럴 때 그 엄마가 와서 나무를 앉아요. 나무를 앉을 때 이 나무가 아주 땅에 닿을 정도로 휘어져요, 그 무게에. 그 무게에 그렇게 휘어질 정도로. 아니 거의 반은 이렇게 휘어져서 하는 거죠, 나무는. 그랬더니 이 새 새끼들이 엄마한테 얘기를 해요.

"엄마! 우리가 당신의 벗을 벗, 벗 있잖아요, 친구."

[조사자: 벗?]

"벗. 당신의 벗을 보여줄까? 아니면 당신에게 적이 될 사람을 보여줄까?"

라고 얘길 해요. 그랬더니,

"일단은 나의 적을 보여줘라."

라고 얘길 해요, 이 새 엄마가. 그랬더니,

"그러면 거길 좀 쳐다보세요."

라고 뱀을 보여줘요. 그래 갖고 이 새는 그 죽어있는 뱀을 그 한꺼번에 삼켜버려요. 그리고,

"그럼 나의 벗을 보여 줘라. 인제."

라고 얘길 해요. 그랬더니 이 새 새끼들은 젊은이를 보여 줘요. 젊은이는 이번에도 이 새가 젊은이를 한, 한입에 삼켜버려요. 그랬더니 이 새끼들은 울어요.

"하지 마시라고. 우릴 살려줬는데 왜? 왜 삼키고 그러시냐?"고.

그랬더니 음, 무슨 일인지 모르, 이게 몰라서 당황스러워하는 젊은이가 겨우 그 정신 차리게 되는데 이 새가 그다음에 이렇게 얘기해요.

"음. 그럼 이제는 잘 가라."고.

잘 가서 인제 토해주는, 토해서 다시 꺼내는 거예요. 그래갖고는 다시 이제,

"잘 가라."고.

"나는."

그랬더니 이 젊은이가,

"나는 이 땅 밑에 있는 외눈박이."

[조사자: 외눈박이?] 네.

"외눈박이를 찾으, 찾으러 간다."고.

"찾으러 간다."고.

그래서,

"나, 그 외눈박일 찾으러 가니까 도와 달라."

는 얘길 해요. 그랬더니 이 새가,

"그래, 그럼. 넌 우리 새끼들을 살려줘서 내가 이 은혜를 갚을게."

하면서,

"내가, 내가 그럼 땅 밑에 있는 외눈박이에게 데려다준다, 너를."

하면서 또 그,

(다음 내용이 생각나지 않아서 잠시 구연을 멈춤)

"만약에 니가 글로 가고 싶다, 가고 싶으면. 외눈박이한테 가고 싶으면 나에게 먹이를 준비해라."

라고 해서,

"알았다."

고 하는 젊은이는 먹이를 준비해서 어, 길을 나서게 돼요. 그랬더니 그, 어, 새가 와서,

"너는 준비가 다 됐느냐?"

라고 물어봐요. 그랬더니 이 젊은이가,

"네. 나는 준비가 다 됐으니까 우리 출발합시다."

라고 해서, 새가 얘기해요.

"내 등에 앉아서 눈을 싹 감어. 눈을 감고, 눈을 뜨면 안 된다."

라고 얘기해요. 그랬더니,

"그리고 오른쪽에 머리 돌릴 때는 물 주고 왼쪽에 돌, 돌릴, 머리를 돌릴 때는 고기를 줘라."

라고 얘기해요. 그래서 등에 이 젊은이를 앉혀 놓고서는 날라가요. 날라가서 이 젊은이는 새가 말하는 대로 오른쪽에 돌릴 때는 물을 주고, 머리를 왼쪽에 돌릴 때는 고기를 주고 한, 한참 지난 후에 새가,

"이제 눈 떠도 된다."

라는 얘길 해요. 그때 눈을 딱 떴더니 그 위에는 음, 아래에 물이 있고 위에는 그 물 수증기 같은 그런 자리에 앉아 있더래요. 그 자리에 앉아 있고. 어, 이 새는 조금 쉰 다음에, 쉬었다가 인제 다시 날라가게 되고 조금 후에는 젊은이가, 젊은이 보고 뭐,

"눈을 떠. 떠라."

고 해요. 그때 눈을 뜨는 젊은이는 음, 아, 그랬더니 그 새가 그 자기 깃털 하나를 뽑아서 이 젊은이한테 줘요. 젊은이한테 줘서,

"인제 너는 원한 곳에 도착했으니까 그 외눈박이를 저 고개 너머 가면 거기서 찾을 수 있다. 네 인제 살아 있길 바란다. 나 이게 내 깃털인데 이거를 만약에 불을 붙이게, 여기다 불을 붙이게 되면 나는 항상 준비가 돼 있는 상태에서 오겠다."

라고 말을 하고 날라가요. 날라가서, 이 젊은이를 그 고개를 올라가요. 올라가다가 보니까 그 아래에는 그 외눈박이가 자고 있더래요. 자고 있어서 그 외눈박이는 한 번에 자면 4, 40일을 잔대요. 40. 밤, 낮, 40일이면 밤새도 자고 낮에도 자고. 40, 그 뭐죠? 40일도 아니고 그런 거는 한 뭐라 그러지? (단어가 기억나지 않아 카자흐스탄 말로 읊조린 뒤) 24시간. 24시간으로 40일 자는 거예요.

그래서 그랬더니 젊은이가 그 외눈박이한테 가까, 살살 가까이 다가오면서 머리를 한 대 막 내리쳐요. 그랬더니 외눈박이가 깨어 갖고, 잠에서 깨서 다시 머리를 한 번 이렇게 쓰다듬고 계속 다시 자게 돼요. 음, 인제 이 외눈박이, 인제 그 젊은이는 거기서 뭐 말 한 마리를 찾게 돼요. [조사자: 말?] 네, 말. 말 한 마리를 찾게 되는데 그 말이, 그 말에게 다가가니까 그 말이 젊은이를 막 냄새를 맡아 봐요. 그랬더니 젊은이가 그 고삐를 잡아서 그 말을 그 고삐를 빼서 말한테 외눈박이의 다리를 묶어 놔요. 다리를 묶어놓고 그다음에 말을 타고서는. 그리고 네. 말을 타고서는 그냥 막 멀리 도망가요.

그래 갖고 그 멀리 도망가서 그 말이 달릴 때 아까 고삐에다가 다리 묶어 놨잖아요. 얠 끌고, 끌고 다니게 되는 거예요. 말을 탄 상태에서 외눈박이 끌고 다니, 네. 끌고 다니게 되고. 이 외눈박이를

돌, 돌 있죠? 돌. 돌에다가도 막 [조사자: 부딪치고?] 네. 막 부딪치게 하고 막 인제 고통스럽게 여기저기 막 부딪치게 하면서서 그렇게 막 달려 다녀, 그렇게 막 달려요, 말을 타고.

근데 그때 외눈박이가,

"젊, 젊, 젊은이 너는 내 머리를 한 번쯤 들게 좀 해 줘라."

그렇게 얘길 해요.

"내 머리, 고개를 좀 한 번이라도 좀 들게 좀 해 줘라."

라고 그 얘길 하는데 인제 그 젊은이는,

'인제 뭐 돌로도 부딪치고 산에도 부딪치고 그렇게 그거 하는데 뭐 기운이 없으니까 뭐 별일 하진 않겠지.'

라고 얘길 하고 하다 아, 그런 생각을 해서 그렇게 좀 마지막으로 좀 소원을 들어주라, 들어주자고 해서 풀어줬더니 아 한 번 고개를 들게 해줬는데 아 이 외눈박이가,

"아, 너 젊은이 나를, 나한테 그냥 벗어나질 못한다. 나를 그냥 이기지 못한다."

쉽게 이기지 못한단 얘기잖아요. 그래 갖고 이 크니까 덩치가 젊은이를 한 대 들어 갖고선 땅에서 한 대 내리쳐요. 내리쳐서 딱 못 움직이게 막 잡아요. 그랬더니 그 아까 그 말이 와서 양 앞발로, 양 발로 이 외눈박이를 와서 그냥 발로 차요. 발로 차는데 그때에 이 외눈박이가 저만치에 가서 그 뭐죠? [조사자: 나가 떨어져요?] 네 나가떨어지는 거죠. 네 나가 떨어져서 죽게 돼요.

그래서 이 말에 도움으로 젊은이가 음, 말의 도움으로 젊은이는 이 외눈박이한테 벗어나게 되고 그리고 또 말을 타고 달려가고 있는데 어떤 할머니 할아버지를 만나게 돼요. 만나게 되는데 그 옛날에는 소, 소를 갖고 밭, [조사자: 가는 거?] 네. 밭을 갈았잖아요. 그렇게 밭을 갈고 있는데 할머니가 이 양쪽에 그 황소. 황소의 고삐를 잡고 끌고, 끌고 하면서 그렇게 막 하고 있대요. 그런데 이 젊은이는 할머니 할아버지한테 가까이 와서 인사를 해요. 인사를 하고 했더니 할머니 할아버지가,

"말을 그거 크게 하지 말고 말을 그거 하라."

거 뭐죠? 크게 [조사자: 작게?] 네, 작게.

"말을 작게 하라."

고 얘길 해요. 그랬더니 젊은이가,

"왜 말을 크게 하면 안 되냐?"고.

물어봐요. 그랬더니, 아이, 여기는 음, 여기는 뭐 그런 안, 뭐라 그러지, 그거?

"안 좋은 게 있다."

고 얘기를 해요.

"안 좋은 게."

그랬더니,

"그 안 좋은 게 뭐냐?"

고 라고 젊은이가 다시 되물어요. 그랬더니.

"아. 그런 거 그냥 물어보지 말고 그, 그 안 좋은 거는 그 용이라고. 용인데 한 번 자면 40일 잔다."고.

원래 40은, 40이라는 게 많이 나와요. 40일 자고 결혼해도 40, 40일 동안 잔치하고 막 40은 많은 의미가 있어요, 카자흐스탄 사람들한테. 그래서,

"그 한 번 그 용은 한 번 자면 사십일 자니까 만약에 깨게 되면 이 주변이 있는 가축이랑, 가축이고 사람이고 다 그냥 한꺼번에 삼켜 버린다."

고 얘길 해요.

"근데 그 용이 잠이 들 때 우리가 와서 밭일을 할, 할 수 있다."고.

"그래갖고 첫 번째 그렇게 잘 때는 밭일을 하고 두 번째 잘 때는 우리가 와서 밭에 물을 주고, 세 번째 잘 때는 우리가 수확을 걷는다."

고 얘길 해요. 그리고 할머니 할아버지가,

"우리 이래, 그렇게 살고 있다."

고 얘길 해서 다 그냥 설명을 해줘요. 그랬더니 이 젊은이가,

'아, 내가 이 사람들을 구출해 줘야 되겠다. 구조해 줘야겠다, 이 용한테는.'

라고 결심을 해요. 그래 갖고 큰 소리를, 소리를 지르게 돼요.

그랬더니 용이 깨는 거예요. 잠에서 깨갖고 소리를 막 지르, 그거 하면, 소리를 내면서 그 불을 내뿜는 거예요. 근데 그때 불을 내뿜으면서 그 흡입을 하는 거예요. 흡입을 할 때는 가축이고 사람이고 다 그 입 안에 들어간대요. 그 뭐 날아가는 새고, 뭐 달려가는 가축이고, 다 입안으로 들어가는 거예요. 그랬더니 이 젊은이가 자기 말로 한 세 번은, 세 번은 마, 말을 하는 상태에서 굴러, 굴러 다, 굴게, 굴리게 되는 거예요. 굴리게 돼서 온 힘을 다해서 그 자기 검을 꺼내요. 그래갖고서는 용하, 용하고는 싸우게 돼요.

싸우게 되는데. 그래 갖고서는 이 말을 풀어주게, 풀어줘요. 이 젊은이는 말을 풀어주는데, 이 말은 인제 새처럼 저기 뭐지 날개가 생겨서 날라가요. 날라가서 그 젊은이는 이 용을 검으로 이리저리 내리치면서 결국은 죽여요.

결국은 죽여서, 그렇게 죽은 용을 보는 시민들은, 성민(城民)들은 저기 많이 기뻐하고, 기뻐하고,

"이제는 우리는 살았다. 이제는 너는 우리를 구조해줬다."

라고서는 너무나 기뻐해요. 그 젊은이한테,

"우리의 왕이 되어줘라."

라고 애원을 해요. 그랬더니 젊은이가,

"아니야. 나는 그럴 수 없다. 나 그러지 못한다. 안 할 거다."

라고 거절을 해요. 그래 갖고서는 길을 나서요, 또. 길을 나서는데 오다가 또 주머니를 보니까 주머니에 그 아까, 아니 아까가 아니고 주머니에 보니까 새가 주고 가는 깃털이, 깃털을 찾아요. 그래갖고 그 거기에다가 불을 붙여요. 거기 불을 붙이는데 이 새가 날아와요. 새가 날아와서,

"살아 있느냐? 이제는 집에 돌아가고 싶으냐? 그럴라면 또 많은 양의 물과 많은 양의 고기가 필요하다."

라고 얘길 해요. 그랬더니 이 젊은이는,

"알았다."고.

"내가 준비한다."고.

해서 다 준비를 해요. 그 새가 말하는 물의 양과 고기의 양을 준비를 해서 음, 새 위에 올라타요. 그랬더니 새가 또 날라가서 눈을 뜨라고 얘기를 해요. 눈을 뜨는데 보니까 그 아버, 그 젊은이가 구해주는 새 새끼를 두 마리 있는 그 나무 그루 있잖아요. 그 나무 그루 위에 벌써 도착했대요. 그랬더니 새가,

"어때. 나 이제 내가 난, 내가 해주는 은혜를 갚았느냐? 니가 내 새끼들을 구해주는 은혜를 내가 갚았느냐?"

라고 물어봐요. 그랬더니,

"그래 갚았다."

라고 젊은이가 새한테 대답을 해요. 그래갖고 새가 얘길 해요.

"내가 또 한 가지 얘기해 줄 게 있다."고.

"니가 없을 때 니 부모가 니 이웃들 마을, 이웃 마을에 사는 예쁜 아가씨를 너랑 약혼을 해 놨다."고.

"근데 중요한 거는 널 기다렸다가, 널 기다렸다가 그 아가씨는 오늘 다른 마을 젊은이와 결혼을 할려고 준비 중이다. 그러니까 너에 사는 마을을 저기 들어와서, 저기 들어와서 니가 이렇게 있으면 안 된다. 얼른 출발을 해서 가야 된다."

라고 얘기를 해줬어요.

그랬더니 젊은이가 자기 말을 타고 얼른 출발을 해서 말을 타고 달려가요. 달려가다가 그 가다가 또 잘생긴, 잘 달리는 말을 만나요. 그 말을 만나서 잡아갖고 가는데 어느, 어느 정도 시간이 지난 후에 어떤 마을에 도착을 해요. 그 마을에 보니까 어떤 행사나 잔치 같은 거 벌어, 벌어지고 있대요. 그래서 들어가서,

"여기는 누구, 어떤 잔치이냐? 무슨 잔치가 있느냐?"

라고 물어봐요. 그랬더니,

"아, 그 이웃 마을에 뭐 부자의 외동아들이 있었는데, 있었대. 근데 그 외동아들이 정신을 잃어서 자기 부모를 내팽겨 치고 그냥 길을 나서서 돌아다닌대. 근데 이 오늘 결혼식은 그 외동아들의 약혼자의 결혼식이다. 왜냐면 그 약혼자는 그 아들, 그 젊은이를 기다렸다. 기다렸다가 포기를 해서 다른 사람한테 결혼을 한다."고.

"그래서 그 잔치가 벌어져있다."

라고 얘기를 해요. 그랬더니 너무 화가 난 이 젊은이를 그 아가씨의 부모의, 부모를 찾아가요. 찾아가서 자기를 소개하고 그 신랑을, 오늘의 그 새신랑을 싸우, 싸우, 싸우자고 그 뭐라 그러지? [조사자: 대결?] 대결. 네. 대결을 신청을 하는 거예요. 대결신청을 해서 음, 둘이서 대결을 해요. 그래갖고 근데 용도 이기는 이 젊은이에게는 그 신랑은 아무것도 아니었대요. 그래갖고 그 젊은이를 자기가 이겨서 자기 약혼자를 돌려받고. 돌려받고 아까 그 길에서 오다가 찾은 말, 말에 태워갖고 자기 마을을 찾아서 갔대요. 자기 마을 찾아가다가 자기 마을 찾아요.

근데 보니까 적이 많이 들어와 있어서 거의 마을 사람들은 다 죽게 됐대요. 근데 음, 인제 자기 마을을 구해야 되니까. 자기 약혼자를 다른 곳에다가 놓고 자기는 검을 꺼내서 싸움, 싸움을 시작해요. 싸움을 시작해서, 그래갖고 싸움을 시작해서 싸움을 이리 때리(고), 이리 치고 저기 치고 주변에 있는 적을 다 죽이게 돼요. 그래서 그걸 보는, 그렇게 정신없이 싸우는 모습을 보는 적이 그냥 너무 무서워서 물러나요.

물러나서 그때, 그때도 누군가의

"눈을 뜨라."

는,

"눈을 떠봐라."

라는 이야기를 듣게 되는 거예요. 그래갖고 눈을 떴더니 그 앞에 하얀 옷 입은 그 할아버지 환상이 있는 거예요. 그랬더니 그 할아버지가,

"아들아! 나한테는. 니가 너무 자랑스럽다. 이대로, 평소에 이대로 해라. 아, 하여라."

또는.

"니 엄마 아빠의 음, 엄마 아빠의, 뭐라 그러지? 니 엄마 아빠의 (적절한 단어를 생각하다가) 기대. 기대, 기대를, 니 엄마 아빠의 기대를 그 도달했다. 니 엄마 아빠의 기대하는 것만큼은 니가 해냈다."

라고 얘기를 해요. 그리고,

“이제는 자기 마을과 자기에 사는 곳에다가 충성을 하여라. 충성을 하면서 살아라. 이제는 저, 저기 가면 네 부모가 거기 묶여져 있다. 가서 부모를 풀어주어라.”

라고 얘기를 해서 싹 없어져요. 그분은, 젊은이는 이 엘토스토크이잖아요, 얘는. 너무 당황스러워하고 황당한 거예요, 그 또 신기하고. 그래서 가니까 진짜로 그 거기 부모가 있더래요. 그 부모를 풀어주면서 부모도 자기 아들을 보고 너무 기뻐하고 외동, 그 하나밖에 없는 아들이 색시까지 데리고 오는 거 보니까 너무나, 너무나 기뻐서 어쩔 수를 몰랐었대요. 또 오랫동안 서로를 못 보니까 너무 보고 싶어서. 그리고 아버지가 아들한테 물어봐요.

“아들아! 너는 자기가 하고 싶고, 자기가 소망했던 걸 이루었냐?”

라고 얘길 해요. 그랬더니 이 아들이,

“네. 아버지.”

라고.

“나는, 나의 성민, 나의 성민과 나의 말을 지킬 수 있고, 내가 그럴 것이고. 앞으로는 내가 또 그럴 수 있다.”

라면서 자기가 겪었던 일들을 다 아버지한테 다, 다 이야기를 해줘요. 그 이야기를 들은 아버지가, (정정하며) 아, 어머니가,

“그때 내가 잤을 때 나한테 나타나서 이야기해줬던 할아버지가 이번에 이뤄준 거 같다.”

왜냐면 서른 명의 아들만큼의 한 명의 아들을 줬으니까.

그리고, 그리고 우리 성민들을 젊은이가 적의 손에서 벗어나게 해 줬고, 또 자기 색시와 결혼하면서 결혼식을 참 크게 아주 근사하게 결혼식을 하고 자식을 많이 낳고 오래오래 살았답니다.

노부부의 정성으로 얻은 옐토스토크

● **구연정보**

조사일시 : 2016. 11. 17(목) 밤
조사장소 : 강원도 횡성군 횡성읍 읍하리
제 보 자 : 우쿠자노바 디나 [카자흐스탄, 여, 1981년생, 결혼이주 13년차]
조 사 자 : 박현숙, 김현희

● **구연상황**

제보자가 〈지하국 사람을 물리친 쿨라타이 장군〉 구연을 마친 뒤, 이어서 영웅 이야기를 구연했다. 제보자는 이야기 중반부터 내용을 소략하게 축약한 뒤 급하게 마무리지었다. 제보자는 주인공의 비범한 성장을 구연하다가, 영웅 인물들의 성장은 대부분 이와 같다면서 옛이야기 기법에 대해 평가하기도 했다. 이날의 조사는 이 이야기를 마지막으로 밤 11시가 넘어서 마무리되었다.

● **줄거리**

옛날에 어떤 노부부가 자식이 없어서 명소를 다니며 정성껏 기도를 드렸다. 할머니는 어떤 특이한 곳에서 신이한 꿈을 꾸고 아이를 잉태했다. 할머니는 임신 후 입덧을 하는 중에 말린 고기가 먹고 싶어서 한 조각 말린 고기를 먹었고, 아이가 태어나자 한 조각의 고기라는 뜻으로 이름을 지어 주었다. 아이는 시간마다 자라더니 훌륭한 청년이 되었다. 아이는 자기 길을 찾아 떠나 여러 일을 겪고 무사히 돌아왔다.

어떤 이야기 속에는 이런 것도 있어요. 늙을 때까지 우리 아기를 못 낳으니까 우리 그런 카자흐스탄에 보면 꼭 가봐야 될 좋은 곳들이 있어요. 장소. 그런데 다녀야 돼요. 왜냐하면, '그런데 다니면 좋은 기운 받아서 아이가 생길 수 있다'라고 해서.

어떤 이야기는 할머니 할아버지가 다 늙었는데 아이가 없는 거

예요. 그래 갖고,

"우리 그런 곳에 가서 기도도 하고 다녀 보자."

하고,

"좋은 기운을 받아서 아이를 낳을 수 있을 거다."

라고서는. 다녀요. 그런 곳마다 다니는데 결과는 없는 거예요. 좋은 결과가 없어서 둘이 인제 포기를 해서,

"그냥 돌아가자."

라고 돌아가고 있을 때, 어떤 특이한 곳을 할머니가 발견하다가,

"우리 여기서 하룻밤만 자고 가자. 그럼 좋은 일이 있을 거 같다."

그럼 할아버지는,

"아니야, 여태 좋은 일이 안 생기는데 이제 와서 생기겠나? 그냥 집으로 돌아가자."

라는데도, 고집을 부려서 할머니가 남다가, 자고 있을 때 꿈속에서 거 하얀 수염 가지고 하얀 옷을 입는 저기 하얀 할아버지가 나타나요. 나타나 갖고,

"너는 이러이러해서 이런 아이가 생길 거다. 그럴 때는 이렇게 해라."

라고 해서 없어져요. 그 애가 일어나서, 할머니가 일어나서,

"나. 좋은 꿈 꿨다. 우리한테 아무래도 좋은 소식 있을 거다. 조만간."

라고 할아버지한테 얘기를 해 줘요.

그래서 시간이 조금 흐른 다음에 진짜로 꿈에 나오는 대로 좋은 일이 생겨요. 그러다가 아이를 낳아요. 아이를 낳고 할머니가 입덧할 때 그 먹고 싶은 거 있잖아요. 그럴 때 말린 고기. 말린 고기를 먹고 싶어 해요. 그랬더니 말린 고기 조그만 거 있는 거예요. 이게 한 조각이 남는 거야. 그걸 갖다가 인제 그걸 먹으니까 마음도 편해지고 해서 아이 낳으면서 그 한 조각의 고기의 뜻을 가지고 이름을 지어 주고. 그러다가 그 아이는 보통 아이처럼 이렇게 막 정상적으로 크는 게 아니고 아주 날마다 시간, 시간당 얼만큼씩 크고. [조사자: 빨리빨리 크는구나.] 예. 빨리빨리 크고. 원래 이런 이야기 속에는 그런 아이

들은 빨리빨리 커요. 날마다 크는 것도 아니고 시간마다 클 때가 있어요. 시간마다 커서 이 한 몇 년 사이에 얘가 벌써 청년이 돼서, 훌륭한 청년이 돼서. 그러다가는 집에 있는 거 아니고요. 길을 나가서 어디 가서 뭐,

'자기 길을 찾아보겠다.'

하고 가다가는 그런 일들을 겪으면서 어떤 안 좋은 일이 닥칠 때 거기서 다 해결을 하고. 거기서 이제 과정에서 여러 가지 판타스틱한 이야기들도 있고 해서 돌아오게 되는 거죠. 무사히 돌아오게 되고. 그래서 그렇게 끝나는 이야기들은 많아요.

[조사자: 고기 한 조각이라는 이름을 뭐라고 불러요?] '옐토스토크라비스, 옐토스토크', '토스토크'라는 거는 인제 가축의 이 가슴 부위의 한 조각이 남거나 할 때 그 이름을 갖다 지어줘요. '옐'이라는 것은 '용감하다'라는 이야기고, '토스토크'는 그 고기의 이름을 해서 지어주고.

슬픔과 불행이라는 이름의 오누이

● 구연정보

조사일시 : 2018. 01. 29(월) 오후

조사장소 : 대구광역시 북구 경북대 앞

제 보 자 : 굴지라 [카자흐스탄, 여, 1994년생, 유학 1년차]

조 사 자 : 김정은, 황승업, 강새미

● 구연상황

제보자가 〈코자나슬과 악마의 나이 대결〉 구연을 마친 뒤 바로 이어서 구연했다. 이야기 끝에 남에게 나쁜 행동을 하면 나에게 그 행동이 돌아온다는 설명을 덧붙였다.

● 줄거리

옛날 어느 왕이 살았는데 60명의 아내를 두어도 자식이 없었다. 어느 날 왕이 사냥을 나가서 사슴을 따라가다 넘어져 정신을 잃었는데, 정신을 차려보니 아름다운 소녀 '한샤임'이 옆에 있었다. 왕이 한샤임에게 사슴을 봤는지 묻자, 한샤임의 아버지가 에 사슴을 보았다며 왕이 한샤임과 결혼하면 자르크(불행)라는 이름의 아들과 몬도르크(슬픔)이라는 이름의 딸을 얻을 것이라 했다. 결혼한 한샤임은 왕궁에 가자 정말 임신을 했다. 그때 한샤임을 질투한 왕의 세 아내가 마녀를 시켜서 한샤임이 낳은 아이를 개와 바꾼 후 아이를 죽이라고 했다. 왕비들이 왕에게 한샤임이 개를 낳았다고 하자 화가 난 왕은 한샤임을 늑대가 있는 섬으로 보냈다. 섬에서는 사슴이 나타나 두 아이를 데려가 키웠다. 얼마 후 왕은 자기 앞에 나타난 사슴을 따라 나섰다가 어느 숲에서 선녀를 만났다. 선녀는 왕에게 자신은 사슴의 딸 몬도르크이며 자르크라는 이름의 오빠가 있다고 했다. 왕은 그들이 자신이 버린 자식임을 깨닫고 한샤임과 두 아이를 다시 왕궁으로 데려왔다. 한샤임은 자기를 모함한 왕비들을 늑대 섬으로 보내 자신이 겪은 고통을 똑같이 겪게 해달라고 했다. 섬으로 보내진 세 사람은 늑대에게 물려죽었다.

옛날에 왕이 있었고 그 왕이 나이가 들어도 아이가 없었어요. 그 왕에 아내가 60명인가? [조사자 1: 그런데도 자식이 없어요?] (웃음) 네 아이가 없었어요.

근데 그 왕이 사냥하는 거 너무 좋아가지고, 근데 우리나라에 사슴이 너무 특별한 동물이고 죽이면 안돼요. 근데 사슴이(을) 죽여 버리고 싶은, 싶은 거예요. 주변에 있는 그 장군이랑 장관들한테,

"누가 먼저 보면 죽이라."고.

"안 죽으면 너희들의 머리를 잘라준다."

고 말을 해요. 근데 그 사슴이 왕 앞에서 얼굴과 얼굴 보고, 이렇게 왕 얼굴 마주 보면서. 근데 왕이 못 죽이는 거예요. 그래서,

"내가 직접 죽고(죽이고) 싶다."

그 사슴을 따라가요. 따라갈 때 넘어져서 정신을 [조사자 1: 잃어요?] 아 잃는 거 아니고 그냥. [조사자 1: 기억이 없어져요?] 아니, 아니 기억이 없어지는 거 [조사자 3: 크레이지crazy?] 아니 미쳐버리는 거 아니고, 그냥 넘어져서 잠깐 자버리고 그렇게. [조사자 2: 기절?] 네 기절, 기절을 해요. 그다음에 일어나보니까 옆에서 너무 아름다운 소녀가 있는 거예요. 그래서,

"니가 누구냐?"고.

"왜 나를 쳐다보는 거냐?"

물어봤는데,

"혹시 여기 사슴을 못 봤냐?"

고 물어봤는데

"아니 안 보인다."고.

"여기, 니가 누구냐?"고.

"우리 그냥 여기에서 가족이 이렇게 사는 집인데요."

그래요. 근데 거기에서 그 소녀 아버지랑 얘기하고 있을 때,

"그 사슴이 나한테 와서 니가 그 왕의 아내가 되고 한 명 아들과 한 명 딸을 낳을 거야. 낳을 거라"고.

그래서,

"니가 못 봤다고 말했잖아요."

“아냐 꿈 속에서 왔다.”고.

그래서,

“그 이름은 그 슬픔과 불행이라고, 몬도르크, 자르크라고 이렇게 하면 된다.”고.

그래서,

“이거 니 말이 진심이면, 진짜 아내로 만들면 이렇게 한 명 아이, 딸과 아들을 낳을 수 있다면 나 결혼할 수 있다.”고.

그래서 옆에 있는 장군들이 찾아올 때는

“이제 아내가 될 사람이다. 그래서 결혼 준비를 모두 하라.”고.

근데 그 집에서 60명 아내 있잖아요. 그중에 3명이 있는데, 그 말부셰, 첫 아내. 말부셰 또 가운데 두 번째 아내. 그래서,

“너무 어리고 너무 예쁘다고 하는데 혹시 아이를 낳으면 우리가, 왕은 이제 우리 얼굴을 못 보겠다.”고.

“우리 볼 수 없다.”고.

그래서

“그 소녀를 없어지는 방법을 찾아야 된다.”

고 했는데, 근데 그 임신하는 거예요, 정말로. 임신해서 그래서 그 왕이 처음 몇 년 동안, 오랫동안 아이 소리도 못 듣고 어떻게 되는지 몰랐는데 아마 아이 소리 들으면 심장이 이렇게 멈출까 봐 너무 걱정돼요. [조사자 1: 너무 기뻐서 심장이 멈출까 봐.] 그래서 다른 데 가서 사냥하면서 좋은 소식을 기다려야겠다. 근데 그 소녀가 이름이 ‘한샤임’, 한샤임인데 그 한샤임이.

“저 그 왕이 없으면 어떻게 여기 안전하게 있을 수 없잖아요. 그 60명 아내 무섭다.”고.

“걱정하지 말라.”고.

“여기 믿을만한 장군들이 있어서, 옆에 있을 거야. 그래서 걱정하지 말라.”

고 나가버리는 거예요.

근데 그 아이, 태어난 아이는 그 베베셰 3명 아내가 마귀할멈을 부르고 그 장군을 자기로 믿고, 모든 옆에 있는 사람들을 자기 만들

고, 그래서 와요. 그 한샤임이 너무 놀래가지고,

"왜 그러냐?"고.

"걱정하지 말라."고.

그 3명 아내가 있고, 아이를 낳을 때는 그 한샤임이 쓰러져요, 기절하고. 근데 할머니 두 명 아이를 대신에 두 명 그 개 아이, 개 자식들. 개의 자식들 대신 넣어요. 근데 그 할멈한테, 마귀할멈한테

"이 아이를 그냥 죽여버리라."고.

근데 할머니

"아 이 사람들이 이렇게 나쁜, 저에게 나쁜 일을 시키면서 내가 제일 나쁘다고 해요. 저보다 인간이 제일 나쁘다."고.

그렇게 말하면서 그 아이를 가져가요. 근데 일어나보니까 그 세 명 아내가,

"아이고 이거 어쩌냐?"고.

"왕이 알면 니가 이렇게 개의 두 명 자식을 낳은다고 알면 너 목을 자르겠다. 어떡해."

이렇게 하는데 왕한테 이 말을 전달하는 거예요. 왕이 너무 화나면서, 화나서 그냥 한샤임은 늑대가 많은 섬이 있어요.

"거기에 보내라."고.

"보내라."

고 하고, 그 마귀할멈이 그 물 위에서 두 명 아이한테,

"너무 미안하다."고.

"제 탓이 아니고 이거 인간들의 짓이니까 이렇게 할 수 밖에, 이것밖에 할 수 밖에 없어서 죄송하다."고.

그 아이들을 이렇게 버리는데, 근데 거기 사슴이 보고 그 아이들을 키우는 거예요.

한샤임이 두 개와 같이 그 섬에서 살고, 그 아이들을 사슴이 키우는 거예요. 근데 너무 슬프게 자기 왕국에 있을 때는 사슴이를 보는 거예요, 왕이. 그래서 주변에 사람

"보냐?"고.

"보냐?"고.

했는데,

"안 본다."고.

계속 그 사슴은 달아나는 거예요. 근데 어디 왔는데 어떤 선녀가 산 안에 들어가는 거 보고 그래서,

"니가 누구냐?"고.

"왜 여기 있냐?"고.

"나는 여기 사슴이 엄마의 딸이고 저 오빠 있다."고.

"근데 오빠는 어딨냐?"고.

"문을 열어라."

고 했는데,

"열어주겠다. 오빠도 기다리고 있다."고.

그래서

"이름이 누구냐?"

고 물어봤는데,

"저 이름은 몬도르크이고 오빠 이름은 자르크."

이라고.

"아 너희들은, 니가 나의 딸이고 너무 미안하다."고.

그중에,

"우리 아빠가 엄마를 안 믿어서 그 세 명 아내 때문에 이런 짓을 해버리고 그래서 사슴이가 우리 엄마가 되고, 우리를 키웠어요."

그래서 그거 알고,

"아 우리 딸이구나. 미안해요. 아빠다."

라고. 근데 저기 뒤에서 아들이 와서,

"니가 누구냐?"고.

"내 동생한테 무슨 짓을 하고 싶냐?"

고 물어볼 때,

"미안해요. 나 너희들 아빠이다."

이렇게 하면서 자기 아내를 다시 데려오고 너무 큰 토의를 하고 회의를 하면서 그 세 명 베베셰한테,

"어떤 짓을, 뭐를 주면 좋겠다."

[조사자 1: 어떤 벌을 줄까.] 네. 그런데

"죽지(죽이지) 마라."고.

"그냥 늑대 있는 섬에 보내 달라."고.

"내가 그동안 겪었던 고통들 직접 느껴야 된다."고.

그래서 보내요. [조사자 1: 그래서 그 부인 세 명 다 그 늑대, 죽은 거죠?] (고개를 끄덕이면서) 아마.

추위의 신 마로쓰와 의붓자매

● **구연정보**

조사일시 : 2017. 02. 07(화) 오후
조사장소 : 서울시 광진구 화양동 건국대학교
제 보 자 : 아쑤바이에바 [카자흐스탄, 여, 1991년생, 유학 3년차]
조 사 자 : 오정미, 이원영, 이승민

● **구연상황**

제보자가 〈독립 영웅 카반바이바트르 전사〉를 마친 뒤, 카자흐스탄의 추운 겨울 날씨와 관련된 이야기가 없느냐는 조사자의 질문에 러시아 동화라면서 추위에 대한 이야기 구술을 시작했다. 사니아 제보자가 청자로 참여했다.

● **줄거리**

계모에게 쫓겨난 아이가 숲속에서 추위의 신 '마로쓰'를 만났다. 여자아이는 추웠지만 따뜻하다고 말했고, 신은 아이를 데려다 금을 선물했다. 이 사실을 안 계모의 딸이 숲으로 가서 마로쓰를 만났는데, 왜 이렇게 춥냐고 말했다. 신은 화가 나서 그 아이를 얼어 죽게 만들었다. 러시아와 카자흐스탄에서는 춥다는 말을 입 밖으로 내면 안 되는 문화를 가지고 있다.

[조사자 1: 춥지? 여기도. 러시아처럼.] 네. [조사자 1: 그 추운 날씨와 관련한 어떤 뭐 민속이라던가, 그거 관련된 이야기 없어?] 아! 있어요. 러시아 동화인데 있어요. [조사자 1: 어, 그거 해줘. 예를 들면 몽골도 있더라고. '소발 얼만큼 춥다.', '소 얼 때가 왔다.' 이런 식으로 있더라고.]

그 러시아 동화인데 그 이렇게 '스텝마더stepmother' 뭐라고 하죠? [조사자 1: 계모, 새엄마, 스텝마더, 계모.] 네. 그 우선 스텝마더 한 그 딸의 관계가 아 이렇게 어떤 가족에서 그 이렇게 그 계모가 나타나서 그 여자를 쫓아내는 거예요. 집에서.

그 집에서 쫓아냈는데 그 숲속으로 이렇게 보통 이렇게 러시아 이렇게 동화 보면 항상 이렇게 숲속에 이렇게 아이들 이렇게 그때는 그 겨울이었는데 그래서 혼자 그렇게 떨면서 여자가 그 추움을 나타내는 그 어떤 신을 그 뭐라고 하죠? '딥 마로쓰'라고 하는데 약간 그 추움을 나타내는 어떤 신이에요. 그 신을 만나는 거예요.

그래서 그 신은 계속 이렇게 춥게, 춥게 이렇게 더 이렇게 막 이렇게 날씨 이렇게 춥게 만드는데, 그 여자가.

"아, 따뜻하다. 따뜻하다."

이렇게 반대로 이렇게 하는 거예요. '따뜻하다.' (웃음) 그래서 더 이렇게 춥게 하는 거예요.

"아! 따뜻하다."

이런 식으로 이렇게 하는 척하면서 그때 그 신이 이렇게.

"아, 이 아이 착하구나."

이런 식으로 아이를 자기 집에 이렇게 데려다주는 거예요. [조사자 1: 신이 자기 집으로? 아이 집이 아니라?] 네, 자기 집으로. 네. 그래서 그, 이제 그 여자가 그 신을 위해서 일하는 거예요. 뭐 이렇게 청소도 하고 이런 식으로 네. 잘 살고 그래서 그 신이 항상 이렇게 금을 많이 주고, 이렇게 선물로 하는데.

그래서 그 쫓아냈던 가족에서, 계모의 친딸이 있었는데 친딸이 그걸 보고.

'아, 나도 이렇게 부자가 되고 싶다. 금을 받고 싶다.'

이런 식으로 하는데 그 숲속을 이렇게, 이렇게 함부로 가는 거예요. 그래서 다시 그 신을 만나고, 그런데 그 신이 이렇게 또 이렇게 다시 그 여자한테 하는 것처럼 막 춥게 하고. 그런데 그 여자가.

"아! 춥다. 왜 이렇게 춥지?"

이렇게 반대로 하는 거예요. 그래서 이렇게 그냥 결국에는 얼어 죽은 거예요. (웃음) 이런 식으로 네, 약간 신데렐라 같은 스토리가.

(조사자들이 독일과 한국에도 비슷한 이야기가 있다는 이야기를 함.)

[조사자 1: 잠깐만 이 이야기에서 궁금한 거 있는데 왜 처음에 그 착한 아이는 '따뜻하다, 아이 따뜻해.' 하니까 얘는 집으로 데려가고, '아우, 춥다.' 하는 애는 왜 그냥 얼어 죽게 한 거야?]

그 왜냐면 반대로 이렇게 아, 그 뭐라고 하죠? 이렇게 그 여자를, 따뜻하다는 여자를 그렇게 착하다고 생각해서. 잘 참고 있다. 이렇게 해서 이렇게 데려다주는 그래서. 그런데 그 여자는

"아, 왜 이렇게 춥죠?"

이렇게.

[조사자 1: 불평불만?] 네! 불만해서 불평하는 거예요. [조사자 1: 그러면 러시아에서는 정말 추울 때 '아! 춥다! 춥다!' 하면 안 되겠네?] 네. (웃음) 아 근데 이렇게 신기하게 이렇게 추워도 이렇게 춥다는 사람 한 명도 못 봤어요. 이렇게. 고향에 있을 때. 그런데 여기서 한국에서 이렇게 아 추워서 이렇게 '아 춥다'하는 사람 많잖아요! 신기했어요. 왜 이렇게, 우리는 속으로 이렇게 춥다고 이렇게 생각하고 이렇게 입 밖으로는 이야기 안 해요. [조사자 1: 그럼 카자흐스탄에서도?] 네, 그렇게 안 해요.

[조사자 1: 어, 약간 금기 같은 거네. 오히려 그러면 더 춥게 만들 수도 있다는] 네, 뭐 이런 의미에서. 안 하는 거예요. [조사자 1: 아까 그 신의 이름이 뭐였어?] 아! 마로쓰! [조사자 1: 아, 마로쓰. 그러면 이 이야기의 제목을 뭐라고 해야 될까? 추위의 신 마로쓰 할까? 겨울의 신 마로쓰?] [조사자 3: 추위의 신!]

[조사자 2: 카자흐는 겨울에만 추워요? 아니면 봄, 가을도 다 추워요?] 겨울에만 추워요. 그런데 겨울이 길어가지고 한 11월부터 시작하고 3월 중순에서 끝나는 거. 네. [조사자 1: 한국보다 훨씬 추워요?] 네, 영하 40도, 50도까지 떨어져요. [조사자 2: 5월 6월 7월 이럴 때 날씨는 어때요?] 그때는 반대로 이렇게 극단적으로 바뀌어요. 엄청 덥고. 네. [조사자 3: 한국만큼 더워요?] 네, 그런데 습기가 많지 않아서. 네, 네. [조사자 3: 그럼 가을은 없어요?] 가을은 짧고. [조사자 3: 짧게 있어요?] 네. 있어요. [조사자 2: 봄도 짧고, 가을도 짧고?] 네.

가축의 신 잰기바바와 가난한 남자

● **구연정보**

조사일시 : 2017. 05. 12(금) 오후
조사장소 : 서울특별시 광진구 화양동
제 보 자 : 아쑤바이에바 [카자흐스탄, 여, 1991년생, 유학 3년차]
조 사 자 : 오정미, 이원영

● **구연상황**

제보자가 〈수염 없는 사기꾼 알다르코세〉 구술을 마친 후 준비한 이야기 구연을 이어갔다. 사니아 제보자가 청자로 참여했다.

● **줄거리**

서로 눈만 마주치면 부자로 만들어주는 능력을 지닌 가축의 수호신 잰기바바가 있었다. 사람들이 잰기바바의 능력을 너무 많이 이용하자, 화가 난 잰기바바 신은 사람에게 고개를 돌려 쳐다봐주지 않았다. 부자가 되고 싶었던 가난한 남자가 꾀를 내서 하나밖에 없던 낙타를 죽이고 그 가죽을 건초로 채운 후 안에 들어가서 신을 기다렸다. 지나가던 잰기바바는 사람이 아니라고 생각하고 그것을 쳐다봤다. 남자는 그때 안에서 나와서 신과 눈을 마주쳤고, 그 후 부자가 되었다.

이제 수호신. 수호신. [조사자 1: 수호신.] 네네. 옛날에 '잰기바바'라는 수호신이 있었어요. 네. [조사자 1: 잰기바바.] 네. [조사자 2: 잰기바바.] 네. 그 가축의 수호신이라고. 네. 알려져 있었고.

근데 처음에 볼 게, 사람들한테 잘 대해주고, 아 근데 사람들이 그 수호신에 간단, 그 순수함을 좀 이용하기 시작했죠. 그 신이 이렇게, 사람을 이렇게 본 순간, 그 사람이 부자가 될 수 있어요. 네. 네.

보면은.

그래서 사람들 막 이렇게 그, 그 신 앞에서 나타나고 부자가 되고 싶고. 근데 많이 이용해서, 결과는 그 신이 좀 화가 나서. 아 이렇게 이제 사람들 볼 때마다 고개를 돌리기 시작했어요. 네, 안 보이게.

그래서 그때는 어떤 이제 가난한 남자 한 명이 있었는데, 그 신을 이용해서 부자가 되고 싶었어요. 방법을 하나 생각해봤고. 근데 가축은 그 낙타 하나밖에 없었어요. 낙타 한 마리밖에. [조사자 1: 아 낙타 한 마리.] 네. 그래서 부자가 되고 싶어서 아, 이런 방법을 생각해냈어요. 그 낙타를 이렇게 죽이고, 돌을 다듬고, (사니아가 번역 잠시 도와주고) 뜯어서 가죽을 다 뜯어서. 그래서 그 가죽을 이렇게 이제, 풀로 이렇게, 이렇게 가득 채웠고. [조사자 1: 돌.] 풀 풀 풀. 풀. [조사자 1: 아 잠깐만 가죽을, 가죽을 다 뜯어서. 그다음에.] 아, 그 [조사자 1: 불? 불로? 채워? 불로 어떻게 채워.] 그, 건초? 마른 풀? [조사자 1: 아 건초. 건초.] 네. 건초로. 이렇게 채워서.

[청자(사니아): 그 사람 모양으로 만들어진 거 있잖아요.] [조사자 1: 허수아비?] 네. 맞아요. 허수아비를 만들었죠. 그래서 그 허수아비를 이렇게 등에 업었고, 돌아다니기 시작했어요. [조사자 1: 낙타를 죽이고, 그 가죽을 찢은 다음에 그 속에 뭘 채워 넣었어요?] 건초, 건초를. [조사자 1: 건초.] 건초를. 네. [조사자 1: 건초를 채워 넣고, 또 남은 건초를 허수아비로 만들고.] 네. 네.

그리고, 아 네, 그리고 그 신 앞에 나타났죠. 그런데 신이 그 사람인지 모르고 그냥 아, 그냥 낙타인, 지나가는 낙타인 줄 알면서 이렇게 보는 순간, 그냥 이렇게 그냥. 아, 네 그.

[청자(사니아): 나오는 거예요?] 네. 그렇게 허수아비를 이렇게 벗었고 나온 거죠. 앞에서. 그래서 이렇게 부자가 됐어요. [조사자 1: 아 그냥 허수아빈 줄 알고? 인간이 이긴 거네.] 네. [조사자 1: 그 작은 인간이 신을 속여서 이긴 거네요. 그래서 그 남자는 부자가 되었어요.] 부자가 되었어요. 네.

[조사자 1: 근데 허수아비를 등에 진 건 이해가 가는데, 왜 낙타를 죽인 거예요?] 왜냐면 낙타, 그, 하나밖에 없어서. 아 그래 이거라도 이렇

게 쓰고 나중에 또 어차피 부자가 될 거라고 생각되면서.

[청자(사니아): 마지막 낙타 하나밖에 이제밖에 없는 거예요. 그래서 이제 이거 다 올인을 한 거죠. 다 걸린, 건 거죠.]

도깨비 조르트와 꾀 많은 남자

● 구연정보

조사일시 : 2017. 02. 07(화) 오후
조사장소 : 서울시 광진구 화양동 건국대학교
제 보 자 : 아쑤바이에바 [카자흐스탄, 여, 1991년생, 유학 3년차]
조 사 자 : 오정미, 이원영, 이승민

● 구연상황

제보자가 〈추위의 신 마로쓰와 의붓자매〉 구술을 마쳤을 때 조사자가 러시아의 정령을 언급하며 카자흐스탄에 정령이나 괴물 이야기가 없는지 물어보았다. 그러자 제보자가 한국의 도깨비 같은 것이 있다며 조르트에 대하여 구연을 시작했다. 사니아 제보자가 청자로 참여했다.

● 줄거리

한 남자가 길에서 사람으로 변신한 조르트를 만났다. 남자는 조르트가 일을 해주면 돈을 주기로 했는데, 돈을 주지 않고서 일만 계속 시켰다. 이에 화가 난 조르트는 잠자는 남자를 때려죽이려고 했다. 하지만 남자는 그 사실을 미리 알고 침대 위에 나무를 올려두어 위기를 모면했다. 조르트는 남자가 죽지 않고 살아있는 것이 무서워 그를 돌려보냈다.

아. 한국의 도깨비처럼 비슷한 거 있어요. 네. 그 도깨비는 러시아말로 '조르트' 그 카자흐도 있어요. 카자흐 말로 '샤이탄Shaitan' 그 이렇게 보니까 이렇게 생긴 것도 비슷하고 이렇게 방망이도 들고 똑같이 네. [조사자 1: 뿔도 있고?] 뿔도 있고. 네. 이렇게 그리고 꼬리도 있고. 그리고 (손가락 끝을 감싸며) 여기는 뭐죠? [조사자 2: 발톱? 발굽?] 네, 네, 그 염소가 갈라진 것처럼. [조사자 2: 약간 기독교 문화에서

사탄을 이야기하는 거랑 비슷하네. 그 뿔이 약간 이렇게 굽어진 뿔이에요?] 아뇨. 그냥 이렇게. (양손을 머리 위로 올려, 손가락으로 일직선인 뿔을 만들어 보임.)

[조사자 1: 그 조르트 샤이탄 이야기, 조르트랑 혹은 카자흐스탄어로 샤이탄 이야기 아무거나. 사람들이 이 샤이탄을 믿어요?] 어, 그게 막 믿지는 않은데 근데 막 동화처럼 네, 나오는 거예요. [조사자 2: 어렸을 때 유치원이나 할머니. 이런 곳에서 많이 듣던 건가요?] 네! (한동안 침묵하며 생각함.) 그 사람이랑 도깨비 이런 이야기 많이 나와요. 어떤 남자가 이렇게 도깨비를 속았? 속아? [조사자 2: 속였?] 네! 속였던 그런 이야기도 있고. [조사자 2: 도깨비 그 샤이.] 샤이탄.

[조사자 2: 샤이탄이 사람한테 잘 속아요?] 아, 네! 이런 식으로 그러니까 약간 바보 느낌이 나요. 이렇게 보니까. 정말 사람한테 많이 속아요. 네. [조사자 2: 우리나라도.] 비슷해요? [조사자 2: 네, 우리나라도 거의 도깨비가 사람한테 다 장난 거는데 나중에는 사기당해요.]

[조사자 1: 사람한테 어떻게 속아요?] 이렇게 어떤 그 동화가 있는데 어떤 남자가 이렇게 자기 가족을 위해서

'돈을 벌어야 되는데 어떻게 벌까?'

이렇게 생각하면서. 딱 그때 그 사람 앞에서 도깨비가 나타나요. 그런데 도깨비는 그 남자의 모습으로 나타난 거예요. 그래서 그때는 그 남자가 아, 그때 그 도깨비가 남자한테

"어디 가냐?"

고 묻고.

"가족을 위해서 이렇게 돈을 벌 수 있는 그 일을 찾고 있어요."

이렇게 대답하고.

"제가 일을 줄게요."

도깨비가 일을 준다고 해서 그때 남자가

'아! 뭔가 수상하다.'고.

'이렇게 그 도깨비랑 이렇게 일이 있으면 좀 위험하다.'

이렇게 좀 생각했어요. 그다음에, 그때는 이렇게 남자가 어, 나무를 이렇게 줄로 뭐라고 하죠? (단어를 물어보며) [조사자 1: 묶어.]

네! 묶는 거예요. 그때는 도깨비가 뭐하냐고 물었을 때

"아, 불을 만들기 위해서 이렇게 한다."

고 하고. 아 그런 게

"왜 그렇게 하냐?"고.

"숲이 다 사라진다."고.

그래서 그냥 이렇게 혼자서 그 나무를 들고 도망가는 거예요. 그 도깨비가 그다음 날 그 도깨비가 남자를 이렇게 물을 가져오라고 이렇게 강에 보냈대요. 어 그래서 남자가.

'아, 어떻게 할까?'

생각했는데 그 이렇게 우물을 파는 거예요. 그래서 그때 도깨비가

"뭐하냐?"

고 다시 이렇게 놀라서 묻는 거예요. 아, 그.

"우물을 파고 있다."고.

"강에 가서 길어오지 않게."

그때도 이렇게 도깨비가 이렇게 놀라서 다시 혼자서 강에 가서 직접 하는 거예요. [조사자 1: 자기가 직접 퍼 날라?] (웃음) 네. 그리고 음. [조사자 1: 이때 남자는 이 사람이 도깨비인 걸 알고 있는 거야?] 알고 있어요. 네. 음, 그래서 어떻게 도깨비가 '이 남자를 어떻게 뭐라 할까?' 고민하고 있었어요. 그래서 도깨비가 이렇게 찾는 동안 남자가 일어나서 자기 자는 침대에 나무? 그냥 이렇게 자기가 이렇게 자는 것처럼 하고 도망치는 거예요. [조사자 1: 왜?] 나무를 놓고 자는 척하고. 이유는 그때 그 도깨비가 그 다른 도깨비랑 그 남자를 밤에 죽이겠다는 그 말을 듣고 도망가는 거예요.

그래서 그때는 아! 도깨비들이 이렇게 사람인 줄 모르고 그 방망이로 이렇게 그 나무를 이렇게 때리고 있었어요. 그런데 그 남자를 때리는 줄 알면서 이렇게 때렸어요. 그런데 다음 날 아침에 그 남자를, 이렇게 남자가 이렇게 다시 돌아오고, 그 도깨비한테,

"뭐하냐?"

고 물어보고 도깨비들은 놀랐어요. 왜 아직 안 죽고 살아있는지. 그래서 그냥 내보냈대요. 결국에는 무서워서 내보냈대요. 남자를. 이

런 이야기예요.

[조사자 1 이 남자한테 도깨비가 당한 거네?] 당한 거예요. 네. [조사자 1: 그런데 내가 아까 이거 찾아보니까 그 샤이탄이 사탄에서 온 말이라고 하네.] 네 사탄 맞아요. [조사자 1: 그런데 왜 우리가 생각하는 사탄은 되게 막 무서운 거거든.] 아! [조사자 2: 그런데 이거 이미지랑 비슷해요 꼬리 있고.] [조사자 1: 아니 외모는 그런데 여기 나오는 이 이야기 속의 사탄은 정말 어리숙하잖아? 그런데 우리가 영화 속에서 보는 사탄은 무섭거든. 막 전혀 어리숙하지 않은데 카자흐스탄의 사탄은 약간 어리숙한.] 네. 네.

코자나슬과 악마의 나이 대결

● 구연정보

조사일시 : 2018. 01. 29(월) 오후
조사장소 : 대구광역시 북구 경북대 앞
제 보 자 : 굴지라 [카자흐스탄, 여, 1994년생, 유학 1년차]
조 사 자 : 김정은, 황승업, 강새미

● 구연상황

제보자가 〈알다르코세와 지렌센의 지혜 겨루기〉 구연이 끝나고 알다르코세와 비슷한 인물이 있다며 코자나슬 이야기를 꺼냈다. 코자나슬에서 '코자'는 한국어의 '나리'와 비슷한 의미의 호칭이고 '나슬'은 주인공의 이름이다. 코자나슬은 중앙아시아에서 매우 유명한 인물로, 나라마다 부르는 이름이 조금씩 다르다는 설명을 덧붙였다.

● 줄거리

'코자나슬'이 악마와 같이 농사를 짓다가 귀리를 수확해서 나눌 때가 되자 둘 중에 나이가 더 많은 사람이 귀리가 많은 쪽을 갖기로 했다. 코자나슬이 악마에게 몇 살인지 묻자 악마는 내가 태어났을 때 심은 귀리가 지금 이만큼이나 자랐다고 대답했다. 그러자 코자나슬은 내 첫째 아들이 당신과 동갑이라고 해서 내기에서 이겼다.

귀리 기르잖아요. 그 귀리를 같이 키워서 악마랑 같이 하고. [조사자: 농사를 같이 했구나, 악마랑.] 네 그 키워서 그때 나누는 거예요. 거기에 쌀 많이 있는 거 있고 풀이 많이 있는 거 있어요. 근데 풀이 좀 크게 보이잖아요. 풀이 많은 것이. 그래서 악마한테,

"누가 가져가냐?"고.

[조사자: 어느 거 가져갈까?] 네.

"그럼 우리 중에서 나이가 제일 많은 사람이 가져가면, 가져가라."고.

그때 악마한테,

"몇 살이냐?"

고 물어봤는데

"아 내가 태어났을 때 한 그릇의 쌀 조금만 있는데 지금은 막 이만큼 있다."고.

"컸다."고.

"아 그럼 나 그때 첫 아들이 태어났는데 우리 아들이랑 그럼 동갑이네요?"

라고 이거 가져가는 거예요. [조사자: 그래서 더 귀리가 많이 열린 거 가져갔어요?] 귀리 많이 열린 거 가져갔어요.

[조사자: 악마가 또 내기하자고 안 그래요? 화나가지고? 그냥 져버렸어요?] 네.

잘난 척하는 왕을 깨우친 개미

● **구연정보**

조사일시 : 2017. 12. 22(화) 오후
조사장소 : 서울시 서대문구 신촌동
제 보 자 : 악지라 [카자흐스탄, 여, 1997년생, 유학 3년차]
조 사 자 : 신동흔, 김정은, 황승업, 강새미

● **구연상황**

제보자가 〈총각 손님을 극진히 대접한 노부부〉를 구연한 뒤 조사자가 〈왕과 개미〉 이야기를 청하자 자세히 기억나지 않는다고 말하고 구연을 시작했다. 카자흐스탄에서는 개미에 대한 인식이 좋아서 개미처럼 부지런하라는 이야기를 한다고 했다. 보통 왕에 대해 안 좋은 이야기를 하지 않는데 이 이야기는 조금 특별하다며 구연했다.

● **줄거리**

잘난 척이 심한 왕이 살았다. 어느날 왕이 자신의 권력을 과시하고 싶은 마음에 사냥을 나가는 자기의 앞을 누구도 가로막지 말라고 명령했다. 그러자 모든 이들이 왕을 무서워하며 몸을 숨겼는데, 오직 개미만이 그 말을 듣지 않았다. 화가 난 왕은 개미에게 왜 몸을 숨기지 않았느냐고 물었는데, 그러자 개미는 왕을 대접할 준비를 하는 중이라서 숨지 않았다고 대답했다. 왕이 그 말을 믿지 않자, 개미는 힘을 모으면 산도 옮길 수 있다고 말하고는 잠시 후 많은 양의 음식을 왕 앞에 대령했다. 자존심이 상한 왕은 개미에게 여러가지 어려운 질문을 했는데, 개미는 한번의 막힘도 없이 모든 질문에 대답했다. 이에 깨달음을 얻은 왕은 그 후로 잘난 척하지 않고 겸손하게 살았다.

처음에 되게 되게 잘난 척하는 왕이 있었어요. 잘난 척하는 되게 왕이 많이 있었는데, 그 왕이 뭐가 자기의 이 권력 과시하고 싶어서.

"나는 지금 나가서 사냥을 하러 나갈 거다. 나는 모두한테 보여줄 거다. 내가 얼마나 대단한 사람인지!"

이렇게 나와서 해요. 자기 부하들을 불러가지고,

"나는 지금 사냥을 하러 갈 거니까 이 여기 있는 모든 곤충. 사람도 아니고 곤충들한테 아무도, 곤충이든 동물이든 다 나가지 말라고 해라. 아무도 내 길을 막으면 안 된다."

이런 식으로 이제 얘기를 해요. 해서 이제 부하들을 전달하고, 모든 이들 다 무서워가지고 다 숨고, 왕이 사냥하는 동안 이러는데. 개미들만 열심히 움직이고 있어요, 계속. 개미들만 열심히 움직이고 있는 거예요.

그래서 이제 드디어 이제 왕이 사냥하는 날이 와서, 사냥하러 나갔는데. 보니까 개미들이 앞에 이렇게 다니고 있는 거예요. 그니까 딱 멈춰가지고,

"너네가 나의 지금 길을 막는 거냐?"

이제 얘기를 이렇게 해줬더니,

"아니다."

"어떻게 된 거냐. 너네가 듣지 못했느냐? 우리가 뭐라고 했는지."

막 이렇게 했는데. 그전에 그 왕이,

"밟아버릴 것이라."고.

"만약에 누가 있으면 내가 밟아버릴 것이다."

라고 이제 얘기를 했었어요, 그전에. 그래서,

"내가 한 말 듣지 못했느냐?"

얘기했는데,

"아, 우리가 들었어요. 근데 우리가 왕이 온다고 해서, 우리가 왕을 대접을 하고 싶어서. 손님대접을 하고 싶었어요."

이렇게 얘기를 해요. 그러면 이제 왕 입장에서 웃기죠. 그래서,

"너네가 우리를 어떻게 대접을 하냐?"

이렇게 얘기를 해서,

"우리가 혼자서는 못하지만 다 같이 이렇게 모여서 하면은 우리가 산도."

카자흐스탄은 그런 게 있어요.

'산도 옮길 수 있다.'

"우리가 힘을 모아서 다 같이 하면 산도 옮길 수 있다."

이래서 근데 왕 입장에서 웃겨가지고,

"그래 그러면 어떻게 하는지 어떻게 좀 봐라."

그랬더니 이미 준비되어 있는, 그 '샤트리'라는 게 있는데. 그 일시적으로 이렇게 설치하는 게 있어요. [조사자: 집이에요?] 네 샤트리라는 게. 텐트같이 생겼어요. 샤트리라고 해요. 샤트리 설치되어 있고,

"거기서 약간, 잠깐 쉬세요."

이렇게 얘기를 해요. 그러더니,

"쉬세요."

라고 이제 하고, 이제 그 개미의 왕이 있어요. 개미의 왕이 이렇게 불러, 자기 개미들을 불러가지고,

"다들 빵 조각 하나씩. 빵 조각 하나씩 갖고 와라."

하고,

"다른 사람들은 풀 한 조각씩 갖고 오라."

그러고,

"다른 사람들은 물 한 조각씩 갖고 오라."고.

이렇게 얘기를 해요. 그랬더니 한참 시간 있다 갑자기 그 빵 조각이 산처럼 이렇게 많이 쌓이고, 그 말들이 먹을 수 있는 풀도 앞에서 많이 쌓이고, 그 물도 이제 우물을 가득 차 있어요.

그래서 왕이 너무 놀래가지고, 그래서 이제 물론 빵으로 배를 다 채우고. 얘기에서는, 배를 채우고, 말도 풀을 배부르게 먹고. 이제 왕이 너무 놀래가지고, 이런 거에. 그 손님대접 정신에? (웃음) 되게 놀래가지고, 근데 되게 자존심이 상해요. 아 얘네한테 이 개미 왕이 말한 마디면 애 다 잘 듣고 이렇게 되게 지혜롭고 이런 거에. 그 왕은 되게 잘난 척 하려고 사냥하러 간 거잖아. 그래서 이렇게,

"개미야 너는 왜 그렇게 머리가 크니?"

이렇게 얘기를 해요.

"너는 왜 이렇게 크니?"

이렇게 얘기를 하면,

"아, 잘 모르겠는데 머리에 든 게 많아서 그렇지 않겠는가?"

이래요.

"그럼 너는 왜 허리가 그렇게 끊어질 것처럼 얇니?"

이렇게 얘기를 해서, 우리가 일할 때마다 허리를 졸라맨다는 그 말 카자흐스탄에는 있어요.

"우리가 맨날 일을 시작하기 전에 허리를 졸라매고 일 시작해서 그런가 봐요."

그렇게 얘기를 해요. 그래서 이제 왕이 그때 이제 옆에서 다른 부하가,

"아 할 말이 없으십니까?"

카자흐스탄은 말이 끊기면 되게 약간 좀 낮아지는 거. 카자흐스탄사람들은 말을 되게 굉장히 잘해요. 그래서 신화 이런 걸 되게 많이 하는 거잖아요. 그래서 약간 말하면 말하고, 말하면 말하고 이런 식으로 했어요. 근데 이제 자기 할 말이 없는 거예요. 그래서 이제 부하가,

"대단하신 왕이 할 말이 없으십니까?"

얘기했더니, 그때 왕이.

"아! 나는 깨달았다."

이거 제가 이야기에 안 넣은 얘기,

"나는 깨달았다. 그 위대함, 지혜로움이 사람 크기나 나이나 이런 거에 따라, 이런 거에 상관이 없다."

하면서 이제 조용히 다시 돌아가고, 다시는 이제 사냥하러 간다고 하지 않고, 이렇게 끝나요. 겸손해졌다고.

어머니의 심장

● 구연정보

조사일시 : 2016. 11. 12(토) 오후
조사장소 : 강원도 횡성군 횡성읍 읍하리
제 보 자 : 우쿠자노바 디나 [카자흐스탄, 여, 1981년생, 결혼이주 13년차]
조 사 자 : 박현숙, 김현희, 김민수

● 구연상황

베트남 국적의 누구엔티미두이엔 제보자가 베트남 속담에 대해 이야기한 뒤, 조사자가 우쿠자노바 디나 제보자에게 카자흐스탄에서 아기 재울 때 부르는 노래가 있는지 물었다. 제보자가 몇 소절 흥얼거리다가 모르겠다고 중단했다. 조사자가 제보자에게 준비한 이야기가 있으면 들려달라고 청하자 제보자가 옛날이야기인지는 잘 모르겠다면서 구연을 시작했다. 이 이야기는 어릴 때 들은 것인데, 최근 가요와 뮤직비디오로 제작되었다고 설명했다. 오숙민 작가와 누구엔티미두이엔 제보자가 청자로 참여했다.

● 줄거리

옛날에 어느 아들이 한 여자를 사랑하게 되었다. 여자는 아들에게 자신과 함께 살고 싶다면 엄마의 심장을 가져오라고 시켰다. 아들이 엄마의 심장을 꺼낸 뒤 말을 타고 달렸는데, 밤길에 말이 달리다가 쓰러졌다. 아들이 땅에 구르자 엄마의 심장은 아들이 다치지 않았는지 걱정하는 말을 했다.

이거는 이제 인정된 옛날이야기인지 모르겠지만, 아니면 카자흐스탄 사람들의 엄마에 대한 마음이 있잖아요. 그런 마음이 변형되지 말고 그렇게 지혜로운 데서 나오는 이야기인지는 제가 잘 몰라요.

근데 이런 이야기가 있는데요. 저기 지금은 그 노래 가사로도 나오고 노래로도 나오고 그래요. 근데 엄마가 옛날에 뭐, 엄마가 있었는데요. 엄마는 아들이 있었어요. 그 아들이 있었는데 그 엄마는. 그 아들은 어느 날 커서 여자를 만나게 된 거죠. 그 여자한테 폭 빠져가지고서는 그랬는데 그 여자는 보통 여자가 아니고 그 마녀 같은 약간 귀신같은 여자? 그런 여자였는데 그 여자가 그랬대요.

"너는 나랑 살고 싶고 그러면 사귀고 싶거나 그러면 엄마의 심장을 가져와라. 엄마의 심장을 가져오면 너랑 사귀어 준다."

그랬는데 아들은 이 여자한테 빠져 있으니까 가서 엄마의 심장을 꺼내가지고서는 피가 막 줄줄 [조사자: 피?] 네, 피. 거기서 떨어지잖아요. 그런 상태에서 여자한테 갖다 준 거야. 여자한테 이제, 그때 말 타고 가져간다고 이야기에서 그렇게 나와요.

그런데 그렇게 가고 있는 도중에 말이 쓰러져가지고는 이 심장이 아들 손에서 떨어져요. 아들이 넘어지니까 그때 엄마의 심장이 이야기를 하는 거야. 그것도 가사가 있어요, 따로. 그 가사의 내용은 정확히 생각은 안 나지만,

"나의 사랑스러운 아들아! 너는 넘어져서 어디가 아프지 않느냐? 어디 아프고 다친 데는 없느냐?"

그렇게 하는 거예요.

그래서 그 이야기 결국은 그렇게 해서 이 아들이 엄마의 심장을 그렇게 가져갔는데도 불구하고 해서 엄마의 마음은 이 아들이 나한테 어떻게 대한다고 해서 달라지거나 그러지 않고,

'엄마의 마음은 그대로 있고 엄마를 상처받게 하지 말라. 엄마를 뭐 항상 아끼고 사랑해라.'

그런 지혜로운 이야기인 거 같기도 하고. 옛날이야기인지는 잘 모르겠어요.

[청자: 그래서 그다음에 어떻게 됐어요?] 그래서 이제 엄마는 죽은 거고 아들은 이 여자를 위해서 엄마를 버리고 엄마 심장까지 꺼내서 그 여자한테 갖다 줬다라고 해서 모든 사람들에게

'엄마는 너희들이 엄마한테 어떻게 하든 엄마가 너희를 사랑하는 마음은 똑같다.'

그랬다고 이제 엄마한테 상처받게 하면 안 된다. 그런 이야기거

든요.

[조사자: 이 이야기는 어디서 보셨어요? 들으셨어요?] 어렸을 때부터 들은 이야기예요. 어렸을 때 들었고 최근에도 이건 최근 가수들이 이걸 노래로 해서 뮤직비디오도 나와 있어요. 카자흐스탄에 찾아보면 유튜브에서도 있을 걸요? 찾아보면 있을 거예요.

비단 같은 여자 카즈주덱과 돌라겐 형제의 사랑

● **구연정보**

조사일시 : 2017. 12. 22(화) 오후
조사장소 : 서울시 서대문구 신촌동
제 보 자 : 악지라 [카자흐스탄, 여, 1997년생, 유학 3년차]
조 사 자 : 신동흔, 김정은, 황승업, 강새미

● **구연상황**

조사자들과 만난 제보자는 사전에 연락을 받고서 어떤 이야기를 구연할까 고민을 많이 했는데 사랑 이야기를 첫 번째로 들려주고 싶다며 구연을 시작했다. 카자흐스탄에서 가장 유명한 사랑이야기로 영화나 드라마로도 많이 만들어졌다고 했다.

● **줄거리**

옛날에 마자르바이라는 부자가 살았다. 마자르바이에게는 돌라겐과 사스즈바이라는 두 아들이 있었는데 형 돌라겐이 나이가 차도록 원하는 신부감을 찾지 못했다. 그러던 어느 날 멀리 떨어진 마을에 비단 같은 아름다운 여자 카즈주덱이 있다는 소식을 듣고 카즈주덱을 찾아 길을 나섰다. 카즈주덱을 만난 돌라겐은 그녀와 사랑에 빠졌고 부모님께 결혼 허락을 받기 위해 고향에 다녀오기로 했다. 돌라겐이 고향으로 떠나기 전날 밤, 카즈주덱은 그녀를 좋아하는 남자인 백샨이 돌라겐을 죽이는 꿈을 꿨다. 카즈주덱이 돌라겐을 붙잡았지만 돌라겐은 그녀의 말을 믿지 않고 가족의 이름을 알려준 뒤 고향으로 떠났다. 마자르바이는 돌라겐의 결혼을 반대했고, 돌라겐은 동생 사스즈바이에게 혹시나 자신에게 일이 생기면 카즈주덱을 부탁한다고 말하고서 홀로 다시 카즈주덱을 만나기 위해 떠났다. 돌라겐은 가던 길에 카즈주덱을 좋아하는 남자 백샨을 만나 활에 맞은 뒤 혹시라도 백샨이 동생 사스즈바이를 해칠까 싶어 그를 죽였다. 사스즈바이는 형의 부탁대로 카즈주덱과 결혼해 살았다.

그 '카즈주덱'이라는 여자가 있어요. '주덱'이라는 말이 그 비단. 비단이라는 말이에요. 비단이 되게 아름답잖아요. '카즈'라는 건 카자흐어로 여자라는 뜻이에요. 그래서 비단 같은 여자? 이런 거고. 여자이름이 여기서 핵심적이어서 여자이름 먼저 알려드릴게요. 그다음에 주인공 남자의 이름은 '돌라겐'이에요. 이름을 제가, 혹시 잘못 쓰셔도 제가 나중에 한 번 더 주인공 이름만, 소리만 정해서 보내드릴게요. 돌라겐인데 이제 여기서 핵심은, 돌라겐 그 시작은.

'마자르바이'라는 어떤 부자인 남자가 있었어요. 그 남자에 여러 가지 이야기 따라서 다른데. 이제 한 가지 이야기에는,

'그 사람이 아내가 몇 명이 있었는데 그중 한 명에 아내의 아들들이다.'

하는 이야기가 있고. 아니면,

'그 사람이 두 명의 아들만 갖고 있다.'

고 하는 이야기가 있는데. 어쨌든 공통적으로 이 두 명의 아들이 나와요. 첫 번째 아들 이름은 '돌라겐'이고, 두 번째 아들 이름은 '사스즈바이'인데. 이름 그냥 듣는 데로 적어요, 제가 나중에 보내드릴게요.

그렇게 되어있는데, 그분은 약간 아들들이 자기네들이 알아. 돈도 많고 되게 부자고. 돈이 아니라 그때에 그 기준은 말이 얼마나 많냐, 낙타나 이런 거. 양 이런 거 몇 마리가 있냐. 약간 이런 기준이었는데 굉장히 많이 갖고 계시고 굉장히 부자셨는데. 아들들에, 카자흐스탄 이런 게 있어요. 태어나기 전부터나 아니면 태어나고 나서 아는 사람들 바로,

"너네 딸이 태어나고 우리 아들 태어나고 이러면 얘네 결혼시키자."

이런 게 바로 있는데. 근데 이분은,

"우리 아들들은 자기가 좋아하는 여자를 직접 찾을 거다. 나는 굳이 이렇게 할 필요가 없다."

그래서 그렇게 안 해요. 근데 이제 그 당시 결혼을 너무 일찍 했는데. 아들이, 큰아들이 12살이 됐는데 아무 여자도 마음에 안 들고,

13살이 되고, 14살이 되고, 15살이 되고 결국 16살이 돼요. 그래도 그 사는 지역 안에서 마음에 드는 여자가 없었어요. 그러더니 거기서 이제 막 장사하러 왔다 갔다 하시는 분이 계셨는데, 그분이 그 아빠, 그 부잣집에 손님으로 와요. 그때 이제 하는 이야기가,

"얘가 아직도 결혼을 안 했냐. 내가 굉장히 좋은 여자들이, 예쁜 여자들이 많이 사는 곳을 아는데 그쪽으로 가보면 어떨까?"

이렇게 얘기를 해요. 그랬더니 이제 돌라겐이라는 아들, 아들이, 첫째아들이,

"아 그럼 거기 얼마나 걸리냐?"

이랬더니,

"100일 정도 걸린다."

"그래도 너는 다른 길을 내가 아는데, 그 길로 가면 좀 힘들긴."

그 사막, 반사막이잖아요. 그 평지가 많고.

"근데 그 짧은 길이 있긴 한데 그쪽으로 가면 한 70일 정도 걸릴 거다."

이렇게 해서 그럼 그 돌라겐 아들 자기가 가기로 결심해요. 그래서 옆에 80명의 친구들을 데리고, 남자들을. 다들 말 하나씩 타고 이제 가려고 하는데, 그때 돌라겐 엄마가 나와 가지고.

"너는 못 간다. 가지 말라. 아무리 좋은, 예쁜 여자들이 거기 있어도 여기도 되게 많다. 가지 말라. 너는 어떻게 너의 늙은 엄마아빠를, 어린 동생이 있는데 이렇게 어떻게 두고 갈 거냐."

라고 얘기를 하는데, 근데 결국은 여기서는 자세히 모르는데. 결국은 어떻게든 설득시켜가지고,

"가겠다."

고 해요. 그럼 엄마가 이제

'아 내가 얘한테 아무리 얘기를 해봤자 안 되는구나.'

"그럼 얘는 이렇게 빈손으로 가지 말고 250마리의 말을 갖고 가라."

이래요. 그 정도는 옛날에 250마리 그렇게 많지 않아. 1,000마리 정도 있어야 부자라고 생각했던 그 당시에요. 그래서,

“250마리의 말을 너한테 보내줄 테니까 그걸로 가라.”

이렇게 얘기를 해요. 근데 돌라겐이 그 250마리의 말을 데리고, 80명의 옆에 친구들을 데리고 이제 길을 나가요, 다른 지역으로.

그래서 가다가, 가는데 마을, 마을 유목하며 살았어요. 유목민이었잖아요. 그래서 이사 다니면서 더 좋은 곳으로, 푸른 물이 있는 곳으로 이사 다니면서 이렇게 다녔는데. 이제 각 마을에 갈 때마다 자기 마음에 드는 여자가 있나 찾아보려고. 그래서 말을 낭비하기 좀 시작한 거죠.

“나한테 여자를 보여주기만 해도, 자기가 딸이나 이런 사람들 보여주기만 해도 내가 말 한 마리를 주겠다.”

이렇게 얘기해요. 결국은 250마리의 말을 다 나눠줬고, 200명 넘는 여자들 봤는데 마음에 드는 사람이 없었어요. 그래서 옆에 이제 80명의 친구들 중에 몇 명이,

‘아 얘가 계속 이러면 우리가 타고 있는 말도 다 주게 생기겠다. 그러면 우리가 얘한테 좀 찾아주자. 안되면 그냥 우리가 가버리자.’

이렇게 생각해요. 이렇게 하고, 그 사람들이 이제 예쁜 여자를, 친구들이. 예쁜 여자를 우리가 찾아줘야겠다고 그래서 찾아주려고 할 때, 얘기를 듣게 돼요. 카즈주덱이라는 예쁜 여자가 있다는 게. 근데 그 카즈주덱 여자의 삼촌이 있어요. 이 삼촌이랑 되게 사이가 좋고, 삼촌을 되게 존경했대요, 이 카즈주덱이. 그래서 카즈주덱이라는 여자 주인공이에요. 그래서 이 일단 삼촌, 카즈주덱 얼굴은 사람들이 잘 모르는데, 잘 모르는데 예쁘다고만 듣기만 해서. 그래서 이 삼촌한테 찾아가요. 삼촌이,

“그러면 내가 보고, 일단 그 돌라겐이란 남자가 누구냐. 일단 내 앞에 데리고 와라. 그럼 내가 보고 판단하고 내가 카즈주덱한테 보여줘도 되는지 안 되는지 내가 판단하겠다.”

이렇게 얘기를 해요. 그래서 카즈주덱의 삼촌을 돌라겐한테 데리고 가서, 이제 돌라겐을 처음에 안 나오는데. 그 마자르바이라는 이름을 듣게 돼요. 그 돌라겐의 아버지가 되게 부자로 유명하시니까. 그래서 이제 그 삼촌이 생각하기에는,

'아 얘가 부자의 아들이고, 약간 자기의 말을 남발하면서 이렇게 하고 다니는데 카즈주덱한테 별로 보여줄 거 없다.'

이렇게 생각해서 그래도 한 번 만나봤는데, 그러고 보니까 너무 좋은 거예요. 너무 잘생겼고, 똑똑하고. 이렇게 하여간 생각해서,

"그래 넌 내 마음에 든다. 내가 너를 카즈주덱한테 보여주겠다."

이렇게 가서 카즈주덱한테 갔는데, 카즈주덱이 없어요. 어디에 가도. 근데 거기에 보니까 커튼에 이렇게 쳐서 있는 데가 있어. 그 여자들 얼굴 이렇게 가려주는 게, 가려주는 게 있어요. 그러다보니까 거기,

"카즈주덱이 안에 거기 있다."

라고 알려줘요. 그럼 돌라겐이 말을 걸었는데 얘가 대답을 하지 않아요, 아예. 그럼 돌라겐이 이제 완전 기분이 나쁜 거죠.

'얘가 나를 무시하는구나.'

이렇게 생각해서 또 삼촌 불러가지고,

"얘가 나를."

아, 죄송해요 제가 가는 길을 까먹었어요. 그 카즈주덱한테 가는 길에도, 아 이거 전에 얘기했었어야 하는데. 카즈주덱한테 가는 길에, 이제 그 마을로 들어가는 길에 여기저기 여자들이. 가는 길에 어떤 여자가 그 물을. 물 떠오는 여자가 그거 다른 거 하고 있는데, 너무 예쁜 거예요. 그래서 처음 본 여자한테 돌라겐 달려가서,

"얘가 카즈주덱이냐?"

라고 물어봐요. 그럼 삼촌이,

"아니야, 얘가 아니야."

이래고 조금 가다 또 예쁜 여자를 봐요.

"아 얘가 카즈주덱이네!"

이러면, 또

"아니라."

고 해요. 또 가 이렇게 막 대여섯 명 이렇게 지나고 나서 그다음에 그 여자 집에 갔어요. 근데 이제 자기가 너무 예쁜 여자를 다 봤는데 다,

"카즈주덱 아니다, 카즈주덱 얘보다 훨씬 더 예쁘다."

를 계속 이런 말을 들어서 기대가 너무, 돌라겐이 높은 거예요. 그래서 이제 막 너무 기대해서 얘한테 말을 걸었더니, 얘가 대답을 하지 않아요. 계속 말해도 대답을 하지 않고 돌라겐이 기분 나빠 가지고,

"아 내가 삼촌이랑 다시 한 번 얘기를 해보고 아니면 나는 그냥 가버린다. 내가 왜 여기까지 이런 거 당하면서, 되게 부자의 아들인데."

근데 그래서 이제 삼촌이 카즈주덱한테 가서,

"나 너의 삼촌이야."

이렇게 얘기를 해요.

"정말 나의 삼촌이냐?"

"어 나야."

하면서 그때서야 이제 삼촌이랑 얘기해요.

"너가 한 번 봐라. 내 마음에 들었다. 너가 한 번 보고 판단을 해라."

이렇게 얘기를 해요. 네 그러고 나서,

"그러면 나는 그 사람의 얼굴만 딱 보겠다."

이래. 옆에 이제 여자 세 명이 있는데, 그 커튼 딱 치고 그 짧은 순간 다시 닫아버려요. 그래서 근데 그 짧은 순간 안에도 너무 예쁜 거예요. 네 너무 예쁜 거예요. 그러고 이제 그럼 돌라겐이,

"얘가 나를 받아주고, 나한테 말을 해줄 때까지 나는 기다리겠다."

이렇게 해요. 그러고는 시간이 좀 지나고 카즈주덱이 좀 마음을 열고, 서로 이제 만나게 되고, 서로 이제 되게 좋아하게 돼요. 근데 얘가 좋아하고,

'나는 그럼 얘랑 결혼을 하겠다. 난 부모님한테 가서 알려야겠다.'

그러면 이제 100일 정도의 길을 걸어왔잖아요. 부모님을 가려면 다시 그 정도 길을 가야 되잖아요. 그래서 그렇게 가야 되는데, 그럼 카즈주덱한테 얘기를 하고.

"나는 집에 가서 정말 우리 부모님한테 말을 해야겠다. 부모님 갔다가 다시 너랑 이제 결혼하러 내가 올 거다."

이렇게 얘기를 해요.

"알았다."

고 하고, 그날 밤 카즈주덱 꿈을 꿔요. 꿈을 꾸는데 되게 불안한 꿈을 꿔요. 그 여기서 카즈주덱을 많이 좋아하는 사람들이 있었는데, 얼굴 본 사람들 중에 그 '백샨'이란 어떤 남자가 있었어요. 그 굉장히 카즈주덱을 좋아했는데, 카즈주덱은 그 사람을 보지도 않았죠. 근데 이제 꿈에서는 그 백샨이 그 돌라겐을 죽이려고 하는 거예요. 죽이려고 해서 그래서,

"되게 불안한 내용 꿈을 꿨다."

하면서, 그 카즈주덱이 형(오빠)이 6명 정도. 일곱 번째 딸 혼자예요. 그래서 그 형에 아내 중에 한 명이랑 되게 친했는데. 그 아내한테, 그 형의 아내한테.

"나는 되게 안 좋은 꿈을 꿨다. 돌라겐한테 가서 얘기를 해라. 가지 말라고, 오늘. 만약에 간다면 부모님 이름이 뭔지. 엄마 이름이 뭔지, 아빠 이름이 뭔지, 동생 이름이 뭔지 다 알려달라고 해라."

니 신분, 그 누군지를 잘 모르잖아요, 어디서 왔고. 그래서 이제 오빠의 아내가 가가지고,

"카즈주덱이 안 좋은 꿈을 꿨는데, 너한테 가지 말라고 한다."

그래서 그렇게 얘기했더니 이제 돌라겐이,

"꿈이라는 게 뭐냐. 그냥 순간적으로 보고 지나가는 건데. 걱정하지 말라고 하라. 그래도 걱정하면 나의 엄마 이름은 누구고, 아빠 이름은 누구인지."

알려줘요. 그리고,

"나의 동생이, 걱정하지 말라. 나 어떻게 되면 나의 동생이 있다. 내 동생 이름은 사스즈바이고 굉장히 똑똑한 아이다. 카즈주덱한테 별로 걱정하지 말라고 전해라."

이렇게 얘기를 해요. 그러고 나서 다시 이제 가요.

집에 정상적으로 돌아가는데. 거기서 이제 아빠한테,

"나는 결혼할 거다."

이랬는데 너무 멀리 있는 여자한테 결혼을 하려고 하니까 아빠가 별로 안 좋아해요. 별로 안 좋아하는데,

“나는 그래도 갈 거다.”

이러면,

“그래. 그러면 난 너한테 친구들도 아무도.”

친구들한테 말해요.

“얘가 간다 그러면 절대로 따라가지 말라. 그냥 갈 거면 혼자 내보내라.”

이렇게 얘기를 해요. 그러면 이제 당연히 거기 사람들이 힘이 있으신 분이시니까, 친구들은 말을 듣고 그냥,

“안 가겠다.”

이러고,

“그러면 나는 어차피 내가 사랑하는 여자를 위해서 난 다시 가겠다. 그쪽으로.”

이래요. 근데 이번에는 이제 그 길이 13개월 정도로 걸린다고 했대요.

“13개월 정도 걸리는데, 짧게 가면 이제 3개월 정도 걸리는 길이 있다. 근데 그 길이 너무 힘들고, 물도 없고. 그래도 간다면 그냥 가라.”

이렇게 얘길 해요. 그때 이제 동생이 뛰어나와가지고 형한테,

“가지 말라. 너가 어떻게 갈 거냐. 이 늙은 부모님을 냅두고 나도 아직 어린데.”

동생이 형을 너무 좋아하는 거예요. 그래서,

“가지 말라.”

다들 너무 불안해하는 거예요.

“가지 말라.”

고 했는데, 그때 이제 돌라겐이 동생한테,

“내가 만약에 어떻게 되면 카즈주덱이 있다. 엄청 예쁘다. 정말 내가 사랑하는 여자인데 만약에 내가 어떻게 되면 너가 책임을 져 달라.”

라고 동생한테 얘기를 해요. 그러고 나서 이제 가요. 이제 가는데 가는 길에 백샤이, 아까 그 백샤이라는 카즈주덱을 좋아했던 남자예

요. 좋아했던 남자인데, 이제 이번에 집에 자기 집에 갔다 다시 카즈주덱을 데리러 온다는 거 알고 있었어요. 근데 이번에 똑같이 80명의 사람들을, 80명의 친구들을 데리고 올 거라고 생각을 하고 자기도 친구들을 많이 준비하고 그 가는 길에 기다리고 있었어요. 근데 혼자 오고 있잖아요. 혼자 오는 거를 보고 당황해서 말을 걸어요.

"너 혼자냐? 먹을 거 있다. 우리가 너한테 도와주겠다."

이렇게 해서 같이 이렇게 말에서 내려서 같이 가고 있는데. 뒤로 조금 물러나서 활을 쏴요. 죽어요. 근데 그때 이제 돌라겐이 불러가지고, 아니 나를 죽였는데, 그럼 자기 동생한테 내가 어떻게 되면 카즈주덱이랑 결혼하라고 했는데. 근데 이렇게 살아있으면 동생도 죽일까 봐. 이래서 옆에 이렇게 불러가지고, 그래서 자기도 약간 다른 얘기를. 아 그때는,

"너가 이렇게 해서 내 옆에 와봐라."

근데 안 와요.

"너는 우리 부모님이, 불쌍한 우리 엄마가 '너가 막 돌라겐을 봤냐?'라고 물어보면 너는 어떻게 말할 거다. 너 만약에 우리 아빠가 너한테 '너 지나가다 돌라겐을 봤냐?'고 물어보면 넌 어떻게 말할 거다. 우리 동생이 너한테 물어보면 너는 어떻게 말할 거다."

이렇게 하면서,

"마지막으로 내가 너한테 할 말이 있다. 그때 너가 뭐라고 얘기해야 될지 내가 너한테 알려주겠다."

옆에 같이 불러서 죽여요. 죽여서 죽어요. 백샤도 돌라겐도 이렇게.

근데 시간이 너무 오래 지나고 돌라겐 돌아오지 않으니까,

'얘가 죽었구나.'

이렇게 생각하는데. 여기서 대부분 얘기가 끝나는데, 이제 또 다른 얘기에서 결국. 이제 제가 많이 들었던 얘기는 얘가 다시 그 동생이랑 결혼하는 얘기가 그게 많아요. 근데 결혼하기, 결혼까지 안 갔다고 하는 사람들도 많고, 여기서는 또. 그리고 여기 또, 제가 들은 얘기는 이건데 다른 얘기에서는 얘가 백샤을 죽이지 않았다고 하는

얘기도 있어요, 여러 가지가.

[조사자: 동생이 찾아오는 얘기도 또 뒤에 있나요?] 동생은 그거까지는 없고, 얘를 다시 보내거나. 어쨌든 얘랑 결혼하기로 되어있었고, 동생한테

"내가 어떻게 되면 카즈주덱이랑 결혼 해 달라."

이렇게 얘기를 했는데, 그래서 결혼했다 까지만 있는데 어떻게 그 과정에 대한 얘기가 없어요.

신부대금 때문에 이루지 못한 사랑

● **구연정보**

조사일시 : 2017. 12. 22(화) 오후
조사장소 : 서울시 서대문구 신촌동
제 보 자 : 악지라 [카자흐스탄, 여, 1997년생, 유학 3년차]
조 사 자 : 신동흔, 김정은, 황승업, 강새미

● **구연상황**

제보자가 〈발카쉬 호수의 유래〉를 구연한 뒤 준비한 이야기가 두 개 남았다면서 구연을 시작했다. 사랑을 이루지 못해서 80세 할아버지에게 시집 간 여자 이야기라고 했다. 이야기와 관련된 노래도 전해지는데 이 노래가 매우 예쁘다는 설명을 덧붙였다.

● **줄거리**

어느 남녀가 만나 사랑에 빠졌다. 그런데 여자의 부모님이 신부대금을 받고 싶어 여자를 80세 할아버지에게 시집보내려 했다. 여자는 노인한테 시집가기가 너무 싫었지만 가난하고 아픈 부모님을 모른 척 할 수 없어 할아버지에게 시집갔다. 가난해서 여자를 잡을 수 없던 남자는 여자가 시집가는 모습을 보면서 노래를 만들어 불렀다고 한다.

거기서는 이제 여자가 되게 예쁜 거예요, 마을에서. 되게 예쁜 여자가 있어요. 예쁜 여자가 있고 정말 모든 남자들이 좋아하고 약간 그런 인기가 많은 여자가 있는데. 또 똑같이 되게 좋고 잘생기고 똑똑한 남자애가 있었어요. 얘네가 맨날 이제 그 남자여자 마을에서 같이 놀고 이러잖아요. 젊은데 이렇게 가가지고. 그 여자가 15살이었어요.

그래서 이렇게 만나서 둘이 사랑에 빠지고 그래가지고 결혼하고 싶은데, 근데 결혼한다 말을 못해요. 왜냐하면 여자, 아 결혼한다고 생각하는데 여자한테 부모님이,

“이제 너는 옆 마을에서 80세 그 할아버지가 있는데. 너는 곧 결혼할 거다.”

이렇게 얘기를 해요. 왜냐면 그 카자흐스탄에서 신부대금이라는 게 있어요. 카자흐스탄 아까 계속 얘기, 왜 여자를 부잣집으로 보내려고 하냐. 카자흐스탄에 신부대금이라는 게 있는데, 남자가 여자랑 결혼하기 위해서 지금은 돈을, 지금도 있어요. 지금 돈으로 주는데 옛날에는 말. [조사자 2: 말이나 양.] 말을 주거나 양을 주거나 막 이렇게. 많이 주면 줄수록 되게 좋은 거죠. 그래서 여자가 되게 예쁘고 똑똑하고 이러면 사람들이 결혼하기 위해서 많은 걸 주겠죠. 되게 부자인 그 할아버지가,

“나 너네 그 예쁜 딸을 얻고 싶다. 아내로 두고 싶다.”

이렇게 얘기해서, 부모님한테. 이제 (웃으며) 부모님한테 이제 막,

“말 엄청 많이 주고, 양도 막 주고. 이렇게 준다.”고.

하는데. 그래서 이제 딸을 보내려고 하지. 근데 딸이,

“안 간다.”고.

할 수 없는 게 부모님이 너무 가난하시고 아프시니까. 근데 사랑에 빠진 남자도 가난해요. 그래가지고 어떻게 할 수가 없어요. 그래서 여기서 대부분의 경우 되게 여자들이 방황하고, 사랑하는 남자랑 도망을 하는데 도망도 하지 못하는 거예요. 부모님을 사랑하는 마음도 있고 이래서. 부모님 왜 그런지도 이제 이해가 되고, 부모님 입장에서도 얘를 가난한 집으로 이렇게 보내는 게 좀 그러니까. 그래서 결국은 얘가 너무 고민하다가 결국은 옆에 마을로 이제 가요.

근데 그 장면이 그 남자가 쓴 시가 있는데. 그 시를 이제 노래로 만든 거예요. 그 시, 그 남자가 말한 시가 노래로 나온 거예요. 그래서 노래에서,

“이제 너는.”

그 여자가 시집갈 때 이제 그 마을로 시집을 가잖아요. 옆에 친

구들도 있고, 사람들도 있고 이제. 그 가는 길에 남자가 보고 있는 거예요. 옆에서 알면서 어떻게 할 수가 없으니까. 그래서 그 여자를 보면서 하는 노래가 이제 그 노래가사로 나온 거예요.

“아 너는 어디에서 이렇게 만났고, 너는 되게 예뻤고, 이랬는데 너는 부모님을 어쩔 수 없이 80세 할아버지한테 시집을 가게 된다. 나는 어떻게 할 수가 없다.”

[조사자 2: 그래서 이런 노래로 전해지는 거구나.] 네. 노래가 실제로 있어요, 지금도. [조사자 1: 그 시집가서 헤어졌다, 이렇게 끝이에요?] 네, 여기는 좀 다른 게 죽지도 않은데 되게 슬프죠. [조사자 2: 네, 더 슬프네요.] 네 보고 있으면서, 여자도 보고 있는데 시집가는 그 길을 보고 있으면서 어떻게 할 수가 없으니까.

코즈코르페시와 바얀술루의 슬픈 사랑 [1]

● **구연정보**

조사일시 : 2017. 03. 24(금) 오후
조사장소 : 서울특별시 광진구 화양동 건국대학교
제 보 자 : 사니아 [카자흐스탄, 여, 1992년생, 유학 6년차]
조 사 자 : 오정미, 이원영

● **구연상황**

제보자가 카자흐스탄의 결혼 풍경에 대해 들려준 뒤, 조사자가 카자흐스탄에 춘향전 같은 사랑 이야기가 없느냐고 묻자 이 이야기가 생각난다며 구연을 시작했다. 아쑤바이에바 제보자가 청자로 참여했다.

● **줄거리**

옛날에 두 친구가 있었는데, 각자 아들과 딸을 낳으면 결혼시키기로 약속했다. 그들은 각자 코즈라는 이름의 아들과, 바얀이라는 이름의 딸을 낳았다는 소식을 듣고 서둘러 귀가하던 중에 죽고 말았다. 서로 혼약 관계로 자라난 바얀과 코즈는 상대의 얼굴도 모른 채로 사랑에 빠져 있었다. 그러던 중 바얀에게 반한 코다르라는 사내가 그녀을 차지하기 위해 그녀가 사랑하는 코즈를 죽여버렸다. 슬픔에 빠진 바얀은 코다르에게 우물에서 물을 떠다 주면 그와 결혼하겠다고 말했다. 그 말에 속은 코다르가 바얀의 긴 머리를 잡고 우물 안으로 들어가자, 바얀은 자기 머리카락을 잘랐다. 코다르는 깊은 우물에 빠져 죽었고, 복수를 마친 바얀은 코즈의 무덤으로 가서 자결했다.

그리고 사랑. [청자(아쑤바이에바): 얘기.] 네. 근데 그거는 사실 있었던 일이라고 해요. 왜냐하면 그 묻어 있는 것들 있어서. 그분들이, 그 로미오와 줄리엣 느낌으로 근데 진짜로 있었던 일이래요.

[조사자: 그럼 제목을 뭐라고 할까요?] 바얀술루와 코즈코르페시

[청자(아쑤바이에바): 코즈쾨르페시] [조사자 1: 바안수와?] 바얀술루와 코즈코르페시. [조사자 1: 고지?] 코즈코르페시. 그 바얀수는 그 예쁜, 바얀이라고 그리고 코즈코르페시는 남자 이름이에요. [조사자 1: 바안수는 예쁜 바얀. 코즈쾨르페싀는 남자이름.]

그게 원래 어 두 명 친구가 있었대요. 그 남자인 친구들이죠. 서로. 그래서 아내가 딸을 낳으면 너는 아들, 딸 낳으면 우리가 결혼시키자고 약속을 해요. 그래서 음. 이렇게 바얀슬루와 코즈코르페시 태어난 후에, 태어났는데 근데 바얀술루 태어나기 전에 아버지가 돌아가셔요. 그래서 약속을 못 지키는 거죠.

그래서 근데 바얀술루와 코즈코르페시 자라면서 이제 사랑하게 되고 서로를, 근데 이제 어 다른 남자랑 결혼시키게 돼요. 네 그리고 어 근데 이렇게 삼각관계 되는 거죠. 그래서 그 남자가 새로운 남자 친구라고 해야 되나. 남자친구가 코즈코르페시를 죽여요. 그래서 바얀술루가 너무 혼내서 그래서 복수를 하기 위해서 아무렇지도 않은 척하고 아 나랑 결혼하고 싶으면 나를 위해 (청자를 향해) 가보지츠오물? [조사자 1: 우물]. 우물 만들어달라고 해요. 그래서 직접 만들고 있는데 이렇게 너무 밑으로 가니까 이렇게 올라갈 수 없는 거예요. 그래서 이렇게 머리를 머리카락 잡으면서 바얀술루 머리를 잡으면서 이제 올라갈려고 했는데 그 바얀술루가 머리를 잘라 버리는 거예요.

그래서 그 이제 남자친구가 죽는 거죠. 그리고 그래도 너무 슬퍼서 이제 코즈코르페시 죽었으니까 못 살아서 칼로 이렇게 가슴 찔러요. 직접. 자살하는 거죠. [조사자 1: 자기가 자기 자신을.] 네 그래서 그 지금도 그런 곳이 있어요. 둘이서 같이 [조사자 1: 바얀과 코즈코르페시가. 아] 그거는 그 (아쑤바이에바에게 카자흐스탄 말로 물어보고) 11세기, 12세기, 13세기 그때 있었던 일이라고 해요. 그거 지금도 있어요. 사실 그곳이. 그래서 그 뭐 무슨 힘든 일이 있으면 아니면 애기 못 나을 사람들이 거기 가서 좀 기도하고 그래요.

[조사자 1: 그럼 거기라는 것은 우물인 거예요? 우물가?] 아니에요. 진짜 그 [청자(아쑤바이에바): 무덤.] 그 무덤인데 이렇게 (손으로 동그랗게 무덤 모양을 묘사하며) 생긴 무덤이에요. 돌로 근데 안에 들어

가면 이렇게 두 명 묻어 있는 거죠. 저도 안 가봐서.

[조사자 1: 그 우물은 없고] 네. [조사자 1: 사람들이 거기 가서 약간 소원을.]

(청자가 사니아한테 카자흐스탄 말로 무언가를 말함.)

아니 그거 그리고 발렌타인데이 있잖아요. 그런데 우리나라에서는 발렌타인데이 아니라고 이제 이분들을 이름으로 완전 잘 네 이거로 바꾼 거요. 날짜도 달라요, 사실. [조사자 1: 아 어찌됐건 그런 식으로 젊은 남녀가 사랑을 고백하는 날, 그 사랑 고백하는 날 이름이 뭐예요? 그러면.] 바얀술루 코즈코르페시 날●이라고 해요. [조사자 1: 그날의 이름이 바얀수르와 코즈쾨르페싀인 거예요? 아 재밌다.] 새로 만든 거예요. 최근에 만들어진 것들.

[조사자 2: 우리도 정말 사랑하는 사람 있었다 이런 걸 이런 식으로.] [조사자 1: 우리나라로 말하면 춘향전이네.] 아 맞아요. 맞아요. [조사자 1: 그렇구나. 재밌다, 재밌다. 음 재밌어요. 그런데 여기서 질문이 있는데 아버지가 물론 죽었지만 바얀술룩을 왜 다른 남자하고 결혼시킬려고 한 사람은 누군 거예요?] 아, 가족이겠죠? [청자(아쑤바이에바): 가족.] [조사자 1: 아 가족이.] 다음에 그거 다음에 오면 제가 그거 보여드릴게요. [조사자 1:아 뭐 그림?] 네.

● 'Қозы көрпеш-Баян сұлу' 는 약 13~14세기부터 전승된 카자흐 서정 서사시로, 1812년 카잔(Қазан)에서 러시아어로 출판된 코즈 쾨르페싀와 바얀 술루는 카자흐 민족과 타타르 민족 사이에서 구전되어 내려온 이야기이다.

코즈코르페시와 바얀술루의 슬픈 사랑 [2]

● **구연정보**

조사일시 : 2017. 12. 22(화) 오후
조사장소 : 서울시 서대문구 신촌동
제 보 자 : 악지라 [카자흐스탄, 여, 1997년생, 유학 3년차]
조 사 자 : 신동흔, 김정은, 황승업, 강새미

● **구연상황**

제보자가 〈백조가 잠자는 동안〉 구술을 마친 뒤, 다른 슬픈 사랑 이야기가 있다며 구연을 시작했다.

● **줄거리**

옛날에 친한 친구가 있었는데 둘의 부인이 동시에 임신을 했다. 그들은 자식이 아들과 딸로 태어나면 둘을 결혼시키기로 약속했는데, 어느 날 함께 사냥을 갔다가 한 명이 죽고 말았다. 죽은 남자의 아내는 코즈코르페시라는 아들을 낳고, 남은 남자의 아내는 바얀술루라는 딸을 낳았다. 그런데 살아남은 남자는 자신의 딸을 아버지 없는 코즈코르페시와 결혼시킬 수 없다며 바얀술루를 다른 남자와 결혼시키려 했다. 코즈코르페시와 바얀술루는 함께 도망을 치려고 했는데 바얀술루의 정혼자가 이를 알고 코즈코르페시를 죽여버렸다. 슬프고 화가 난 바얀술루는 정혼자에게 목이 마르다고 거짓말을 하면서 자신의 머리를 잡고 우물 속으로 내려가 물을 떠 달라고 했다. 정혼자가 머리를 잡고 우물 속으로 들어가자 바얀술루를 머리를 잘라서 남자를 죽인 뒤 자기도 죽었다. 바얀술루가 죽은 날은 3월 15일로, 카자흐스탄 사람들은 이 날을 사랑하는 사람들의 날로 정한 뒤 기념하고 있다.

우리가 카자흐스탄은 3월 15일이, 한국은 발렌타인데이가 있잖아요. 카자흐스탄 그거를 이제 2014년부터 3월 15일이, 이제 그 뭐

라 하지 발렌타인데이 대신 사랑하는 사람들의 날? 그렇게 지정이 됐어요. 그날이 뭐냐면, 그 '코즈코르페시'이랑 '바얀술루'라는 여자랑 남자가 있는데 그 둘이 죽은 날이에요. 같이 죽은 날이에요. [조사자: 사랑하는 남자 여자가.] 네 완전 같이 죽진 않는데 어쨌든. 아, 코즈코르페시 그 여자가 죽은 날이에요. 제가 다른 얘기랑 헷갈렸어요. 여자가 죽은 날이고.

(다른 이야기랑 헷갈렸다면서 호수에 관한 내용을 짧게 설명하느라 구연 멈춤)

여기서 여자가 죽은 날인데 여자가 마지막에 죽을 때 어떻게 됐냐면. 어떤 남자친구 둘이 있어요. 둘이 이제 사냥하러 갔는데, 너무 친구야. 그래서 그 남자 두 부인이 둘 다 동시에 임신을 했어요. 그러면,

"너는 여자 나는 남자가 태어나면 서로 결혼을 시키자."

이렇게 얘기를 해요. 이렇게 얘기를 하는데 딱 그 사냥하는 날에, 어떤 남자가 죽어요. 어떤 남자가 죽는데, 그 남자 아들이 태어나요. 자기 아들도 못 보고. 근데 서로 자라고 이제 그 태어난 아들 이름이 '코즈'예요. '코즈'이고, 이쪽 딸이 태어났는데 이름이 '바얀'이에요. 근데 옆에 '수'라는 게 붙는데 이거 예쁘다는 뜻이라서 여자들은 다 붙어요, 거의 다. 예쁘면 다 붙어요. 그래서 코즈코르페시, 바얀술루 이렇게 얘기를 해요. 코즈와 바얀이라는 이런 여자, 남자가 있어요. 또 원래는 카자흐 대부분 다른 얘기를 보면은, 서로 이렇게 태어나기 전이나 어렸을 때 결혼시켜 놓은 사람들은 서로 마음에 안 들고 다른 사람이랑 결혼하고 싶어 하는 경우가 있는데 얘네는 달라, 반대예요. 서로 어렸을 때부터 같이 자라며 서로 이제 사랑하게 돼요.

이제 근데 여자의 아빠가,

"나는 애 아빠가 없는 남자가 결혼시키기 싫다."

이렇게, 친구였는데도 불구하고. 그래서,

"난 결혼시키기 싫다."

다른 부자인 남자가 있어요, 그 마을에 사는.

"얘한테 결혼시키겠다."

이렇게 얘기했는데 여자가 너무 싫어해요, 이제. 계속 반항하고 이러는데 이게 안됐어요. 그때 이제, 얘가 코즈코르페시랑 같이 도망을 가려고. 코즈랑 그 남자랑 같이 도망가려고 했는데, 그 다른 남자가 알게 돼요. 알게 돼서 코즈를 죽여 버려요. 코즈를 죽여 버리고, 그 바얀은 너무 화가 나고 너무 슬퍼서, 그러면 이제 거짓말을 해요. 그 남자,

"그래 나는 너랑 결혼을 하겠다. 너랑 같이 어디든 가겠다."

이렇게 해요. 그럼 이제 일단 믿게 하고 난 다음에,

"난 너무 목이 마르다."

이렇게 하고 거기 이제 그 우물에 있어요.

"우물 안에 들어가서 나 물 좀 달라."

해요. 근데 카자흐사람이 여자들이 머리를 이렇게 따고 머리를 길어요, 항상. 거의 발목까지 긴 머리가 되게 엄청 두껍고. 그래서,

"여기 내가 내려가는 게 없는데 어떻게 내려가?"

"내가 내 머리를 주겠다. 그럼 너가 내려가면 된다."

이렇게 남자한테 얘기해요. 그래 머리를 잡고 내려가고 있을 때 자기가 손으로 갑자기 머리를 잘라버려요. 자기 사랑하는 사람을 죽인 사람이니까, 죽이고. 그다음 자기가 자살을 하고 죽어요. 그래서 그 여자가 죽은 날은 우리 명절이에요.

[조사자: 여자가 그 우물에서 죽은 건 아니겠죠? 자기 남자 죽은, 사랑하는 남자 죽은 곳에 가서?] 네. 가서 같이 죽어요. 그래서 이 사람들을 위한 그게 있어요. 그 '기젠'이라는 게 있는데, 사람들 약간 기념하는 건물이 있어요. 옛날 건물이 있어요.

적도 우리집에 들어오면 손님이 된다

● **구연정보**

조사일시 : 2017. 12. 22(화) 오후
조사장소 : 서울시 서대문구 신촌동
제 보 자 : 악지라 [카자흐스탄, 여, 1997년생, 유학 3년차]
조 사 자 : 신동흔, 김정은, 황승업, 강새미

● **구연상황**

제보자가 카자흐스탄의 결혼 풍습을 구연한 뒤, 조사자가 알다르코세 이야기를 요청하자 잘 모른다면서 준비해 온 이야기를 구연했다. 어릴 적에 엄마에게 들은 이야기라고 했다. 제보자의 외할아버지가 어머니한테 이 이야기를 하면서 카자흐스탄 사람들은 이렇게 손님을 잘 대접하니 꼭 가보라고 하셨고, 그래서 제보자의 어머니가 카자흐스탄으로 오게 되었다고 했다.

● **줄거리**

옛날 어느 마을에 노부부 두 쌍이 살았는데, 한 쌍은 매우 부유했지만 손님에게 인색했고 다른 한 쌍은 매우 가난한데도 손님을 잘 대접했다. 어느 날 비루한 행색을 한 총각이 부자 부부를 찾아와 며칠만 머물게 해달라고 했다. 부자 부부는 화를 내며 총각을 내쫓았다. 다음으로 총각이 가난한 노부부를 찾아가자, 노부부는 며칠 동안 그를 극진히 대접했다. 노부부가 가진 다섯 마리 양을 다 대접하자 총각은 이제 가봐야겠다며 그곳을 떠났다. 비루한 행색의 총각은 사실 왕이었는데, 가난한 노부부의 손님 대접에 감동해서 다시 마을을 찾아가 그들에게 큰 상을 내렸다.

제가 이렇게 계속 아까 얘기를 해왔잖아요. 마지막으로 손님이야기를 하냐면, 카자흐스탄은 마을을 이렇게 형성하면서 살잖아요. 3개월씩 이렇게 가잖아요. 근데 그럼 한겨울 동안 먹을 걸 다 들고 다니고 이렇게 할 수가 없잖아요. 유목생활을 했고, 또 이사 다니고 이렇게 해야 되는데, 근데 이제 갑자기 같이 이사 다닌 사람들끼리,

"딱 그, 여기 괜찮을 것 같다."

하면서 그 자리 마을을 형성하고. 또 이사 다니면서,

"여기 괜찮겠다."

하면서 마을을 형성하고 이러는 거니까. 이제 마을, 마을별로 되어 있어요. 그래서 한 마을을 다른 마을로 가려면 시간이 오래 걸리고 그 중간 또 다른 마을이 있어요. 그러면 이제 한 사람이 가다가 먹을 거 없고, 배고프고 이러면은 아무 집이나 들어가서 문 두드리면은 그 집이 손님이 되어야 하는 거예요. 근데 그 지금도 실제로 카자흐사람들이 손님이 오면 뭐든 최선을, 최선을, 자기가 할 수 있는 걸 제공을 해줘야 돼요. 그리고 카자흐사람 손님을 대접할 때는 지금도, 이제 손님이 들어오기 뭐냐,

"몇 시까지 와라."

이렇게 얘기하잖아요. 손님이 오기 전에 밥을, 상을 다 차려놔요. 상을 다 차려놓고 손님이 갈 때까지 치우지 않아요. 그래서 손님 대접한 사람도 힘들죠. 아침부터 준비해서 손님이 올 때까지 다 준비를 해놓고, 손님들이 가면 다 정리를 해요. 설거지할 게 많고. [조사자: 아주 편하게 놀라고 그러는 거네요.] 네 그래서 와서 먹고, 차 먹고. 차도 굉장히 많이 먹고 이래요.

근데 이제 그거 옛날에 사람들 마을에서 마을로 이제 넘어갈 때 힘들고 배고프고 이러면 아무 마을이나 들어가서 아무 문이나 두드리면은 그 집 손님이 되는 거예요. 이 사람들 손님으로 받는 게,

'나도 나중에 다른 사람이 이렇게 넘어가거나, 다른 마을로 넘어갈 때 내가 배고프고 이러면 다른 사람 나를 이렇게 받아줄 거다.'

이렇게 생각을 해서. 네 그렇게 마을에 손님이 되는 거예요. 그래서 여기서 이제, 이거 꽤, 이게 알다르코세에서도 비슷하게 이 얘기를 했었어요, 제가 했던 얘기가.

처음부터 얘기를 하면은, 어떤 젊은 총각이 되게 막 옷도 좀 별로 잘 입은 것처럼 보이지 않고 어떤 마을로 와요. 그 마을에 이제

노부부, 다른 사람들도 사는데 노부부가 있어요. 두 쌍이 있어요. 근데 한 쌍은 되게 잘 살고, 막 말도 양도 되게 많고 이래요. 근데 사람들이랑 잘 얘기도 안 하고 이런 사람들. 되게 막 욕심이 많고. 또 한 노부부는 되게 손님 대접도 엄청 잘 하고, 근데 가진 거는 양 다섯 마리 밖에 없어요. 양 다섯 마리 밖에 없고, 이제 가서 그거 밖에 없는데.

그 젊은 총각이 첫 번째 그 잘사는 노부부 집으로 가요. 가가지고,

"저 지나가는데 여기 좀 며칠 머물러도 되냐?"

그랬더니 완전 무시, 약간 거짓이라고 믿고 있잖아요.

"너 뭐냐, 저리 가라!"

이러면서 쫓아내요. 너무 심하잖아요.

그럼 그 옆에 있는 다른 노부부 집으로 가요. 그래서 가가지고 했는데,

"아 들어와라. 우리가 별로 가진 건 없지만 너한테 최고의 것 대접을 하겠다."

이렇게 해서 바로 양을 죽이고. 우리 카자흐스탄에서는 한국 사람들 충격 먹는 거이긴 한데, 존경하는 사람이고 되게 존경하는 손님한테 양의 머리를 줘요. 가장 그 중요한 부위를. 네 이거 재미있는 에피소드가 있는데 아무튼, 양의 머리를 줘요. 그래서 그 양의 머리를 주고, 정말 좋아하는 걸 다 이렇게 하고, 주고.

근데 그 사람이 너무 대접이 좋아서 또 있어요. 또 있으면 양을 또 죽여야 되잖아요. 또 죽여요. 또 죽이고, 또 죽이고 정말 오랫동안 있어요. 그래서 마지막 양을 죽일 때까지 계속 있고, 마지막 양을 죽였을 때 이제 이 사람이.

"내가 이제 좀 가봐야 될 것 같아요."

이래서 가버려요. 그래서 이제 노부부가 가진 게 별로 없잖아요. 그래서 이제 남은 양고기를 조금 먹으면서 어떻게든 좀 살고 있었을 때.

그날 이제 그 마을에 왕이, 우린 '한'이라고 하는데.

"한이 여기를 방문할 것이다."

이렇게 얘기를 해요.

"아 그러면 우리, 왕이 온다. 왕이 직접 온다. 우리의 마을로. 한이 직접 온다. 우리 최고의 대접을 해야지. 얼마나 대접을 잘 하는 사람인지 보여 줘야지."

하면서 다 막 준비를 해요. 그래 막 이제 오다가, 그 왕이 오고. 이제 왕 차림으로 이렇게 오는 거죠. 오다가 그 노부부 그 집으로 가요. 그러면서,

"우리 집 엄청 막 되게, 자기 최고의 모든 걸 다 이제 펼쳐놓고. 막 우리는 손님, 너 손님대접에 대해서 어떻게 생각하냐?"

이랬더니,

"손님이, 우리 카자흐스탄은 손님 되게 중요하죠."

이래 얘기를 하면서,

"우리 정말, 우리가 가지고 있는, 우리가 먹을 게 없어도 손님한테 우리가 모든 걸 제공해주겠다."

이렇게 얘기를 해요. 그러면서 이제 되게 못마땅해 하는 표정으로 보면서 가버려요. 가버리다가 그 노부부, 잘 못 사는 노부부 집으로.

"너는 나를 대접 안 할 거야? 내가 오는 거 못 들었냐?"

이제 얘기를 하는데,

"우리가 대접을 해주고 싶지만 얼마 전에 젊은 총각이 왔다가서, 우리가 먹을 게 없다."

그래 왕이,

"너는 왜 너네가 먹을 거 없으면서도 모든 걸 줬냐?"

이렇게 얘기를 했더니,

"아 뭐 괜찮다. 그 손님이 우리 집에 있는 동안, 우리 집을."

노부부잖아요. 그래서,

"얘기도 많이 하고 되게 행복했다. 또 우리 먹을 거 없으면 다른 집으로 가면 우리도 받아줄 것이다. 이게 우리의 전통이 아닌가."

이렇게 얘기를 해요. 그럼 이제 그 왕이 자기 그때 입고 왔던, 약간 거지같은 옷을 입었더니 사람들 다 놀래요.

'아, 그 얼마 전에 우리 마을에 오셨던 젊은 총각이구나.'

하면서.

“그래 그러면 이제 내가 오늘 너네들을 대접할 차례다.”

하면서 자기 궁, 궁은 아닌데 그것도 어쨌든 일시적으로 짓는 거이긴 한데. 거기 데리고 가서 정말 왕 대접을 해주고.

그때는 이제 양을, 제가 잘 정확하게 숫자는 기억이 안 나는데 똑같이 다섯 마리인지 더 많이 주는 건지 기억이 안 나는데. 양을 더 많이 주고, 집으로 다시 보내요.

세 가지의 지혜로운 말

● **구연정보**

조사일시 : 2016. 12. 16(금) 밤
조사장소 : 강원도 횡성군 횡성읍 읍하리
제 보 자 : 우쿠자노바 디나 [카자흐스탄, 여, 1981년생, 결혼이주 13년차]
조 사 자 : 박현숙, 김민수

● **구연상황**

조사자가 약속 시간에 맞춰 제보자 자택에 방문하여 세 번째 만남을 가지고 조사를 시작했다. 제보자는 퇴근하자마자 조사자 일행을 맞이했다. 제보자는 자신이 준비한 이야기가 전에 구연한 것이 아닐지 조금 걱정하더니 이야기 제목을 알려주고 구연을 시작했다.

● **줄거리**

옛날 어느 부자에게 외아들이 있었다. 어느 날 아들은 세 가지 지혜로운 말(言)을 받고서 자신이 풀을 먹이고 있던 말(馬)을 전부 내주었다. 그 말을 들은 아버지는 화가 나서 외아들을 내쫓았다. 아들은 이곳저곳을 다니면서 세 번의 위험에 처했는데, '자기가 먹는 우물에 침을 뱉지 마라', '아침밥을 거절하지 마라', '오른손이 싸움을 시작하면 왼손이 말려라'라는 세 가지 말로 모든 위기를 모면했다. 아들은 부자가 되어 가족들과 행복하게 살았다.

오늘의 이야기는 그 세 가지의 지혜로운 말이란 이야긴데요. 그 옛날에 어떤, 옛날에 어떤 부자의 외동아들이 있었어요. 그 외동아들이 어느 날 밖에서 말을, 그때 말이, 그 부자니까 말이 많잖아요. 그 많은 말을 밖에 그거해서 밖에서 풀을 먹게끔 돌보고 있었는데 어떤 할아버지가 와서,

"여기서 뭐 하느냐?"

그래요. 그 남자아이한테. 그랬더니 그 남자애가 그냥,

"말을 돌보고 있다"고.

이야길 했는데 그 할아버지가,

"그럼 내가 세 가지 지혜로운 말(言)을 줄 테니까 너는 그 많은 말(馬)을 나한테 주라. 우리, 니가 나한테는 말을 주고 내가 너한테는 지혜로운 언어지. 지혜로운 단어, 이야기 세 가지를 주겠다. 바꿀 수 있겠냐?"

그래요. 그랬더니 그 남자애가,

"그래요. 그럼 바꿉시다."

해서 바꿔요. 바꾸는데 그 할아버지가,

"그럼 그거를 잘 기억해 둬라. 첫 번째 이야기는 절대 자기의 먹는 우물에다 침을 뱉지 마라. 두 번째 이야기는, 두 번째 이야기는 아침밥을 거절하지 마라, 세 번째 이야기는 니 오른손이 싸움을 시작하면 니 왼손을, 왼손이 말릴 줄 알아야 된다."

라고 얘기를 해요. 그랬더니,

"알았다."

고 해서 그 남자애가 말하고 그 좋은 세 가지 지혜로운 이야기랑 바꿔요. 바꿔 갖고선 집에 와서 아버지가,

"잘 갔다 왔느냐?"

라고 하는데 아들이,

"아버지. 저는 이렇게 말을 돌보고 있었는데 어떤 할아버지를 만나서 그 할아버지랑 우리 말을 바꿨다."고.

"그 대신 제가 얻은 거는 세 가지 지혜로운 이야기를 얻어서 내 말을 다 줘서 바꾸고 왔다."

고 얘길 해요. 그 말을 들은 순간 이 아버지가 너무 화가 나서,

"너는 미쳤느냐?"고.

"어떻게 그럴 수 있느냐?"고.

"그 말이 뭘로 돼서 지혜로우냐?"고.

해서 이 아들을 쫓아내요. 쫓아내는데 이 아들이 결혼한 지 얼마 안 돼서 이 마누라는 이 아이, 아내는 임신 중이었어요. 그랬더니 이

남자아이가 와서,

"나는 아버지의, 지혜로운 이야기와 바꾼 아버지의 말들을 돌려보(내), 돌려줘야 되니까 나는 나가서 그만큼의 재산을 모아가지고 올게. 벌어가지고 올게. 그때까지 당신은 나를 꼭 기다려 달라."

하고, 말하고 길을 나서요. 길 나섰다가 많은 시간을 들이고 여기저기 다니다가 어느 날 어떤 시내로 들어와요. 그 시내로 들어왔더니 그 시내에는 왕의 궁궐이 있었어요. 그니까 왕의 궁궐을 발견해서 그 왕이 궁궐에 들어가게 돼요. 들어가게 되는데 거기서는 그 왕의 부하들이 있었어요. 부하들이 이 아이가 멀리에서 온 지 한눈에 알아봐서,

"너는 어디에서 오는 아이냐?"고.

"뭐하는 사람이냐?"

고 물어봐요. 그랬더니 이 아이가,

"나는 이렇게 이렇게 해서 다니는 사람이다."

라고 이야기를 해서,

"그럼 너는 일을 하느냐? 일을 하는 사람이냐?"

그랬더니,

"그럼 일이 있으면 뭐 못하겠느냐. 일을 할 수 있다."

라고 얘길 해서 부하들이 왕한테 가서,

"이런 이런 젊은 아이가 왔는데 보기에도 너무 똑똑해 보이고 젊고 또 건강해 보여서 일을 시켜주는 게 좋을 것 같다."

라고 이야기를 해서 왕이,

"알았다."고.

"그러면 한번 불러봐라."

해서 불러요. 아이를. 근데 아이가 들어오니까 왕이 보기에도 아이가 건강해보이고 잘생겼고 해서 마음에 들어 하고 해서,

"그럼 알았다. 그럼 내가 너한테 일자리 줄 테니까 너는 일을 해라."

그러고 일을 해요. 그 이 아이가 인제 궁궐에서 일을 하게 되는데 어느 날 그렇게 시간이 지나다 이 왕의 아내가 이 젊은이를 좋아

하게 돼요. 좋아하게 돼서 이 아이를 꼬셔요. 맨날 꼬시고, 꼬시고 하는데도 이 아이는 넘어가고 싶은데도,

'나는 뭐, 뭣 때문에 집에서 쫓아 나와서 하는데 나는 이렇게 왕에 아내랑 놀러 나오는 건 아니고. 재산을 모아서 아버지 말을 돌려드리러 나왔다.'

고 생각을 해서 넘어가진 않으려고 버텨요. 그랬더니 이 왕의 아내가 너무 화가 나서,

"너는 어째서 나를 거절하느냐?"

하면서,

"그럼 알았다."

하면서 이제 이 아이가 넘어오지 않는 거를, 않는 거에 확신이 서니까 왕한테 가서 일부러 왕한테 가서,

"이 젊은 아이가 나한테 맨날 나를 꼬신다."

고 반대로 이야기를 해서, 했더니 왕이 화가 나서 이 아이를 죽일라고 해요. 그랬더니 그래서 그 왕이 궁궐에 그 불 피우는 부하들한테,

"내일 아침 일찍 오는 사람을 이 불에다가 넣어라."

죽이라는 이야기죠. 그랬더니 이, 거 부하들이,

"알았다."고.

"그러면 아침에 알았다."

고 해서 왕이 젊은 아이를 불러서,

"너는 아침에 그 불 피는 부하들한테 가서 이 그 뭐라 그러지? 장작을 가지고 와라."

라고 일부러 죽일려고 보내는 거야. 아침 일찍 가라고.

그랬더니 젊은이가,

"알았다."

고 해서 아침 일찍 일어나서 부하들한테 가서 장작을 가지러 가는데, 가는데 어떤 할머니가

"아들아. 우리 집이 맛있는 밥이 있으니까 먹고 가라."

라고 이야기를 해요. 그랬더니,

"나는 왕의 명령을, 그 명령이 있어서 왕의 일 때문에 나는 일을 해야 된다. 먹을 수가 없다."

라고 그랬을 때, 그렇게 그랬을 때, 아까 그 왕의 아내가 꼬셨을 때 넘어가고 싶었는데 그 할아버지가, 할아버지가 했던 첫 번째 이야기가 생각이 난 거예요. '자기가 물 먹었던 우물에 침을 뱉지 말라'라는 이야기가 생각이 나서 그때 왕의 아내에게 거절을 했고, 그 이번에도 인제 장작을 가질러 갔다가 할머니가 밥을 먹고 가라 그래서 먹을 수 없다고 하면서 할아버지 두 번째 이야기가 생각난 거예요.

'아침밥을 거절하지 마라.'

그랬더니,

"알았다."고.

"그럼 먹고 가겠다."

해서, 먹고 가는데 이 왕의 아이, 아내가 이 젊은이를 또 마지막으로 한번 보고 싶어 갖고 뛰어나왔어. 그 장작 피우는 데 가요. 그랬더니 이 부하들이 이 왕의 아내를 불에 넣은 거야. 왜냐면 첫 번 명령이,

"첫 번째 오는 사람이 죽여라. 불에 넣어라."

라는 명령이기 때문에. 그랬더니 아이가 인제 장작을 가지고 왕한테 가요. 그랬더니 왕이 당황스러워하는 거예요. 얘를 죽이라고 보낸 건데 얘는 돌아서, 살아서 왔어요. 그래서,

"너 어떻게 된 일이냐?"

라고 부하들을 불러서,

"너희들은 어떻게 되는 일이냐?"

라고 보니까 자기 아내가 안 보이는 거예요. 궁궐에서. 그랬더니 부하들한테,

"내 아내를 못 봤느냐? 왕비가 어디 갔느냐?"

그랬더니,

"왕이 명령하셨어, 하셨잖아요. 첫 번째 오는 사람을 불에 넣으라고. 왕비는 첫 번째 오는 사람이라 우리가 불에 넣었다."

라고 이야기를 해요. 그때 왕이 너무 화가 나서 인제 왕비가 죽

었으니까 화가 나서, 젊은이를 불러요. 그 젊은이가,

"제가 하고 싶은 말이 있다."

고 이야기를 해요. 그랬더니,

"그럼 말을 해 봐라. 무슨 말인지."

그랬더니 젊은이가 그때 인제 살아오는 이야기를 그때부터, 할아버지 만났을 때부터 하는 이야기를, 얘길 해요.

"저는 이렇게 부자의 외동아들인데, 이렇게 말을 돌보고 있었을 때 어떤 할아버지를 만나서 할아버지가 저한테 있는 많은 말과 자기 세 가지 지혜로운 이야기를 바꾸지 않겠느냐라고 했을 때 저는 바꿨다."고.

"그래서 저는 결혼한 지 얼마 안 돼서 아이, 제 아내가 임신 중인데 할아버(지), 제 아버지가 말을 바꾼 이유로 저를 쫓아냈다."고.

"그래서 저는 집에서 그 말을 돌려드리고 돈 벌러 나왔다."

라고 이야기를 해요. 그랬더니,

"그런 도중에 왕의 궁궐로 들어오게 됐고 여기서 일을 하는 도중에 왕비가 저를 꼬시는, 꼬셨는데 저는 그때 할아버지의 첫 번째 이야기가 생각이 났어요. 이렇게 '자기가 물 먹으는 우물에다 침을 뱉지 말라'라는 이야기가 기억이 나서, 생각이 나서 그때 저는 거절했던 겁니다. 두 번째에도 어, 제가 장작을 가질러 가는 길에 어떤 할머니가 밥 먹고 가라고 하길래 저는 안 먹으려고 거절을 하는데 그때 할아버지의 두 번째 지혜로운 이야기가 생각이 났어요. '아침밥을 거절하지 말라.' 그래서 저는 밥 먹고 갔었을 때 왕비가 저 대신 이렇게 들어가게 되는 거구."

라고 이야기를 했었을 때 왕이 이 젊은이가 진실 말하는 거를 확실하게 알게 됐고. 그래서,

"그래 그럼 너의, 너희를 이렇게 키워준 니 어머니한테 감사하다."고.

그래서 그렇게 해갖고 많은 말과 많은 돈, 보물을 주고 아이를 보내요.

"그럼 너는 인제 집으로 가도 되겠다."

하고 집으로 보내요. 그래갖고 아이는 집에, 집을 가다가 밤에 집, 자기 집을 도착하게 돼요. 오면서 자기 아내가 생각이 나요.

'우리 아내는 나를 이렇게 시간, 많은 시간 집을 비웠는데 뭘 하고 살았을까.'

라고. 그리고 밤에 집에 도착해서 방에 딱 들어가서 보니까 아내는 자고 있는 거예요. 그 옆에 나란히 침대에 또 다른 젊은이가 자고 있는 거예요. 그래서 화가 나요. 화가 나서,

'내가 이렇게 밖에서 막 놀러 돌아다닌 것도 아니고 나를 못 기다려서.'

라는 생각이 나서 너무 화가 나서 자기 검을 이렇게 꺼내서 그 젊은이를 죽일라고 했을 때 할아버지의 세 번째 이야기가 생각이 난 거예요.

'너의 오른손이 싸움을 시작할 때 니 왼손이 말릴 줄 알아야 된다.'

그럴 때 자기 손을, 자기 손을 잡고서는,

'하지 말자.'

라고 자기 손을 잡고서 할 때는 아내가 깨어나서, 깨어나서 이 남편을 알아봐요. 그랬더니 남편이,

"당신이 나를 못 기다리고 이 젊은이는 누구냐? 도대체."

라고 했을 때,

"당신이 생각이, 기억이 안 나냐?"고.

"당신이 떠났을 때는 나는 임신 중이지 않았냐?"고.

"그때 당신 아들이 이렇게 커서 지금 이렇게 젊은이가 되었다."고.

하고 했을 때 진짜 자기는 잘했다고.

'그 할아버지 지혜로운 이야기가 생각 안 나면 자기 아들을 자기 손으로 죽였을 수도 있었을 텐데.'

라고 생각을 해서 그때 인제 아내와 아들과 행복하게 잘 살았다고 합니다. (웃음)

그러니까 그게 세 가지 이야긴데 이 말은, 말은 다르지만 뜻은 다르거든요. 이 '자기 먹는 우물에 침을 뱉지 말라'라는 거는 진짜 이 물에 침을 뱉지 말라는 뜻은 아니고 '자기에, 자기한테 잘 해주고

자기가 힘들 때 도움을 받을, 받는 데에 안 좋은 일을, 해를 끼치지 말라' 그런, 그런 의미가 들어가 있거든요.

그 두 번째 이야기도 '아침밥 거절, 거절하지 말라'라고 그랬을 때도 이제 누가 그 두, 인제 자기가 베풀 만큼 받을 수도 있다. 그럴 때는 '거절하지 말라', 그 '자기가 받으면 그만큼 더 베풀어라'라는 이야기도 있고.

세 번째는 인제 세 번째는 항상 이게 화, '화를 다스릴 줄 알아야 되고 그 손이, 내 손이 내 손을 말려야 된다'는 거는 화를 다스리고 먼저 생각을 해서. 먼저 화를 그 뭐라 그러지? 가라앉히고, [조사자: 참아야 하느니라?] 네. '참아야 해야 된다'라는 뜻이 있어서 워낙 카자흐스탄 옛날이야기는 다 그런 뜻.

[조사자: 의미가.] 네. 의미는 따로 있고 숨어져 있는 의미가 있고 말은 말인데, 언어는 언어이고 이야기는 이야기인데 그 밑에는 또 다른 뜻이 있는 게 많아요.

노인과 지혜로운 젊은이의 동행

● **구연정보**

조사일시 : 2016. 12. 16(금) 밤
조사장소 : 강원도 횡성군 횡성읍 읍하리
제 보 자 : 우쿠자노바 디나 [카자흐스탄, 여, 1981년생, 결혼이주 13년차]
조 사 자 : 박현숙, 김민수

● **구연상황**

제보자는 〈세 가지의 지혜로운 말〉에 이어서 곧바로 준비한 다음 설화의 구연으로 넘어갔다. 제보자는 구연을 마친 뒤, 카자흐스탄에는 노인 이야기가 많은데 대부분 지혜로운 노인의 이야기이지만 지혜로운 젊은이 이야기도 있다고 했다. 그리고 지혜로운 젊은이 이야기는 아무리 나이가 들어도 지혜롭지 못하면 젊은이한테도 배워야 한다는 의미와 젊은 아이한테도 배울 게 있으면 배워야 한다는 의미를 담고 있다고 설명했다.

● **줄거리**

어느 노인이 길을 가다가 한 젊은이와 동행했다. 젊은이는 노인에게 길이 머니까 길을 줄이자고 하더니, 들판에 있는 익은 밀밭과 관을 옮기는 사람에게 노인이 알아들을 수 없는 말을 했다. 노인은 젊은이를 이상한 사람이라고 생각했다. 젊은이는 노인의 집으로 가서 머물게 됐는데, 노인은 딸에게 젊은이가 이상한 사람이라면서 오는 길에 있었던 일을 말해주었다. 그러자 딸은 노인에게 젊은이가 한 말과 행동에 담긴 의미를 하나씩 해석해 주었다. 노인은 딸의 해석을 듣고 젊은이의 지혜에 크게 감탄했다. 노인의 딸과 젊은이는 서로 사랑에 빠져 결혼했고 행복하게 잘 살았다.

이번에 할 이야기는 그거 또 할머니. 주로 보니까 카자흐스탄 이야기에는 젊은이와 할아버지 이야기들이 많아요. 이번의 것도 젊은이와 할아버지 이야긴데, 이 어떤 할아버지가 길을 나서서 가고 있었을 때 젊은이를 만나게 돼요. 그 젊은이가 가다가,

"할아버지 어디 가시냐?"고.

"우리 같이 가는데. 방향이 같으니까 우리 조용히 가지 말고, 우리 가는 길을 조금 더."

어, 뭐라 그러지? 짧아지게 하는 걸 뭐라 그러지? [조사자: 짧아지게?] 예. 길이 기니까 길이 먼 길이잖아요.

"그 먼 길을 조금이라도 줄이자."

라고 얘기를 해요. 그랬더니, [조사자: 덜 지루하게 그렇게 가자는 거예요?] 네. 그런 이야기였는데 인제 그 덜 지루하게 하자라는 이야기를 안 하고,

"우리 가는 길이 머니까 좀 길을 줄이자."

라고 얘길 해요. 할아버지한테. 그러니까 할아버지가,

"길이 그렇게 먼데 어떻게 줄이라는 거야?"

라고 너무 못마땅해서 그냥 한 번 보고서는 그냥 계속 가요. 가다가 가다가 또 그 밀밭, 밀밭을 보게 돼요. 그 밀밭에 다 밀이 다 익어져 있고, 빨갛게 익어져 있고, 있어서 노르스름하게 익어야 되나? 아님 노랗게 익으나 밀이? 그렇게 익잖아요. 그런 밭을 보게 돼서,

"할아버지 이 밭은, 이 밀밭. 벌써 어, 벌써."

(단어가 기억나지 않아서 카자흐스탄어로 작게 읊조리고) 벌써 먹였던? 벌써 아니면 안 먹었, 어떻게, 어떻게 얘기해야 되죠? 그거? 한국어로 해석을 하면, 해석을 하면 밀밭인데 밀은 분명히 있는데,

"그 밀이 벌써 이게 먹였던 건지 아니면 아직 안 먹였던 건지?"

라고 물어봐요. 그랬더니 할아버지가 (카자흐스탄어로 잠시 읊조리다가)

"밀이 이렇게 막 다 아직은 밀은 다 걷어내지도 않았는데 먹겠단 건 뭔지, 안 먹겠단 건 또 뭔지? 아, 이 젊은이가 아무래도 좀 이상한 것 같애."

라고. 너무 못마땅해서 또 계속 가게 되는 거예요. 가다가 이제 가고 있었는데,

"할아버지."

저기 가고 있었을 때 저기 어떤 분이 돌아가셔서 그분 관을 가지고 나오고 있는 사람을 보게 돼요. 그랬더니,

"할아버지! 저, 저분은 지금 돌아가셨을까? 안 돌아가셨을까? 죽었던 사람인가? 안 죽었던 사람인가?"

라고 얘기를 해요. 그랬더니,

"아, 안 죽은 사람을 관에 그렇게 갖고 가지고 나오냐?"고.

"뭐 무슨 소리 하느냐고, 지금."

라고 하면서 가다가 인제 그 사람들도 이 사람들과 가는 방향이 같아서,

"가는 김에 도와드리고 가자."

하면서 가서 문을 같이 돕게 해요. 같이 묻을 때 같이 도와드리고 젊은이가 할아버지한테 와서,

"할아버지 그분은 안 죽었답니다."

라고 얘기를 해요. 그랬더니,

"하 뭐 또, 또, 또 무슨 엉뚱한 소리를 하나."

라고 할아버지가 되게 못마땅해서 가는데 할아버지 집으로까지 도착하게 되는 거예요. 할아버지 집으로까지 도착하게 되는데, 집에 도착한 데 그냥 가라고 할 수도 없고 그렇다고 해서는 집에 머물게 하게 싶지도 않고. 왜냐면 처음부터 이 젊은이한테 못마땅하고 마음에 안 들어 했으니까. 그랬더니 이 할아버지 딸이 있었어요. 어여쁜 딸이 있었는데 이 딸한테 할아버지가 얘기를 해요.

"이렇게, 이렇게 이 돈을."

(이야기 상황에 대해 보충 설명을 하면서) 집에 손님이 왔어요. 손님이 왔는데,

"이 손님한테 좀 음식을 대접해야 되니까 음식을 좀 준비해 달라. 그 대신 이 젊은 아이는 좀 모자른 것 같다. 조금 엉뚱한 소릴 많이 하고 그러는데 너무 그런데 신경 쓰지 말라. 왜냐면 인제 집에 머물고 가야 되니까 그니까 식사를 대접해 줘라."

그렇게 얘기를 해요.

그랬더니 딸이,

'아, 어떤 분이 왔길래, 어떤 엉뚱한 사람이길래 그럴까?'

라고 이야기를 해서. 아, 생각을 해서 조금 있다 식사를 하면서 대접하다 보니까 젊은 아이는 뭐 그렇게 뭐 엉뚱한 것 같지도 않고 모자란 것 같지도 않고 정상인 거예요.

'근데, 아, 우리 아버지가 왜 그렇게 얘기를 했을까? 어떤, 어떤 행동을 하길래 그렇게 이야기를 했었을까?'

하면서 궁금해하기도 하고 당황해하기도 하고 해서 조금 이따 아버지한테 가서,

"아버지 이 젊은, 젊은이는 뭐 그렇게 이상한 사람 같지도 않고 괜찮은데 아버지는 왜 그렇게 말씀을 하셨어요?"

라고 물어봐요. 그랬더니 아버지가,

"아, 이 인제 내가 길을 나서서 오고 있었는데, 나한테 와갖고 '길이 머니까 길 줄이자'라고 얘기를 하는 거야. 그래서 '어떻게 줄이냐고'라고 얘기를 했더니, 물어봤더니, 서로, '서로 등에 업고 가면 되잖아'라고 얘기를 하더라. 그런데 어떻게 나는 말까지 있는데 내 말까지 자기 등에 어떻게 업고 가려고 그러는지 모르겠다."

라고 얘길 해요. 그랬더니 딸이,

"아이, 아버지. 그건 진짜로, 실제로 업고 가라는 얘기는 아니고 우리 서로 재밌는 이야기를 나눠가면서 가다 보면 길이 그렇게 길게 느껴지지 않을 거다. 그래서 우리 서로 교대로 이야기를 하고 그렇게 재밌게 가자는 얘기였어요."

라고 얘기를 해요. 그랬더니 할아버지가,

"아 그렇구나."

하고.

"그러다가 또 오다가 보니까 계속 오다 보니까 밀밭이 있는 거야. 그 밀밭을 보니까 이 젊은이가 나한테 이 밀밭이 누구 밀밭인 줄 아냐고. '그래 안다.' 그랬더니 이 밀밭이 먹겠던 건지, 안 먹겠던 건지를 물어본다고."

그랬더니,

"그게 무슨 뜻인지. 아직 거두지도 않는 밀을 먹겠던, 먹겠던 밀인지 안 먹겠던 밀인지. 그게 뭐 정상인 사람이 그렇게 물어볼 수가 있느냐?"

라고 얘기해. 그때 딸이,

"아버지 그거는 그런 뜻은 아니고. 이게 부자의 밀밭인지 아니면 가난한 사람의 밀밭인지 물어보는, 물어봤던 거였어요. 왜냐면 부자의 밀밭이면 부자가 거두어서 사람을 사서 직접 거두어서 거기에 나오는 씨를 다시 뿌리게 돼서 자기한테 이득이 많이 남는데, 만약에 가난한 사람의 밀밭이면 이게 그거, 그거를 거둘 때도 힘이 많이 들어가고 그걸 거둬서도 그거에 나오는 씨도 자기가 못 갖는다. 왜냐면 그만큼 나가는 게 많으니까. 왜냐면 그 씨도 안 남기게끔 부자들한테 그 대출로, 대출을 갚아야 되니까 자기한테도 안 남아요. 그러니까 이게 벌써 먹겠던 건지 안 먹겠던 건지 물어본 이유는 그거 때문이었어요."

라고 얘기를 해요. 그래 갖고서는,

"또 세 번째는 오다가 뭐, 어떤 돌아가신 분을 보면서도 뭐, 이 사람이 죽었는지 안 죽었는지 물어본다고."

라고 얘기를 해요.

"아 그거, 아버지 그거는 이 사람이."

그랬더니 (앞에 구연한 내용에서 빠진 부분을 떠올리면서) 아. 할아버지가 그래서,

"또 가다가 죽었던지, 안 죽었던지 물어보면서 거기 다 묻은 다음에 와 갖고 이 사람 안 죽었다고 얘길 하더라."

라고 얘길 해요. 그랬더니,

"아버지. 그거는 또 이 사람이 실제로 죽어도 자식이 있는지, 없는지 그걸 물어보는 거였어요. 왜냐면 죽은 사람이 자식 없이 죽으면 죽는 거고. 자식을 남기고 죽으면 자기 자손은 대를 이어가니까 이 사람이 살아있는 거만큼 똑같은 거예요. 그래서 그렇게 얘기하는 거였어요."

라고 얘기를 해요. 그랬더니 할아버지가,

“아, 그렇구나. 이 사람이 모자란 거 아니고 내가 그만큼 젊은이한테 배우는 거 많고 아주 똑똑한 아이구나.”

라고 하는데, 그래 갖고서는 자기 딸을 이 젊은 아이한테 시집을 보낼 만큼 너무 감동을 받은 거예요. 그래 갖고 이 딸이, 인제 딸하고 이 젊은이가 그래서 서로 눈이 맞아 갖고 또 결혼해서 잘 살게 되었다고 합니다. 이런 얘기예요.

이 이야기도 그러니까 카자흐스탄에는 주로 이런 지혜로운 이야기. 그 이야기의 뜻이 또 다른 뜻이 있는 이야기. 그런 이야기가 많아요. [조사자: 재밌네요, 이것도.] 이거는 이런 지혜로운 이야기이고.

정신을 빼앗긴 노예 망고르트

● **구연정보**

조사일시 : 2017. 03. 24(금) 오후
조사장소 : 서울특별시 광진구 화양동 건국대학교
제 보 자 : 사니아 [카자흐스탄, 여, 1992년생, 유학 6년차]
조 사 자 : 오정미, 이원영

● **구연상황**

제보자가 〈코즈코르페시와 바얀술루의 슬픈 사랑〉를 마친 뒤, 다음 이야기를 해달라는 요청에 이 설화를 구연했다. '망고르트'에 관한 이야기인데 징기사이프마타프의 소설의 원작이 된 전설이라고 했다. 카자흐스탄 사람들이라면 다 아는 '망고르트'는 조금 무서운 이야기라며 긴장한 표정으로 구술을 시작했다. 아쑤바이에바 제보자가 청자로 참여하면서 부연설명으로 이야기를 도왔다.

● **줄거리**

예전에 어떤 적들이 노예를 만들기 위해 사람을 납치해서 낙타의 털로 만든 모자를 씌웠다. 그 모자를 씌우면 모자가 머리를 조여서 사람의 기억을 지워버리는데, 이렇게 기억을 잃은 사람들을 '망고르트'라고 한다. 현대에는 고향을 떠나 정체성을 잃어버린 사람들을 망고르트라고 부르기도 한다.

그거 구체적으로는 그거 혹시 '징기사이프마타프'라고 아세요? 징기사이프마타프라는 작가 키르키즈스탄 작가 있어요. [조사자 1: 몰라요.] 그 사람이 어떤 소설이 있는데 근데 그거 레전드예요. [청자(아쑤바이에바): 전설.] 전설인데.

[청자(아쑤바이에바): 저번에 말씀 드려잖아요. 아 어머니가 그 자기 아들을 위해서 뭐 이렇게 아들을 구해준.] (청자를 보며) 근데 그거는 구하

지 못했잖아. 그거 망고르트라고 불러요. 그 전설을. 그거 완전 옛날 얘기예요. 그것도 이슬람 전이고 그거 잡혀서 어떤 적들이 어떤 여자의 아들을 잡혀서 이제 그 아들도 잡힌 거 아니라 남자들 이렇게 잡히는 거예요.

그리고 머리에다가 그 캐멀? 캐멀? [조사자 1: 낙타.] 아 네 낙타에 그 돌(털)로 그 모자처럼 만들고 이렇게 완전히 세-게 입은 거예요. 그리고 어 엄청 더울 때 바깥으로 이렇게 안친 거예요. 그런데 그거 점점점 건조돼서 뭐 여기 너무 작아진 거잖아요. [조사자 1: 아. 조여들어서] 아 네네. 그래서 머리가 너무너무 아프고 기억이. 아예 기억이 없어진대요. 진짜 그런 일이 있었대요. 그 기억도 안 나고. 내가 누군지도 모르고 일도 그냥 시킨 대로 해요. 노예가 되는 거예요. 그렇게 노예.

[조사자 1: 아들을 그렇게 노예로 만든 거예요?] [조사자 2: 남자들을 잡아가서?] 네네네. 그 사람만 아니라 엄청 많이 그렇게 했대요. 그래서 근데 그래서 다른 사람들한테 가서 이렇게 죽이게 한 거예요. 그 사람들 로봇처럼 됐으니까 그래서 다시 몇 년 후에 자기 어머님을 보는데 못 알아보는 거예요.

그래서 엄마가 너무 그거 슬퍼서 어떻게 그다음부터 기억이 안 나는데, 우리나라에서 망고르트란 단어가 예를 들면 제가 한국에 왔잖아요. 카자흐 사람인데 제 뿌리를 다 잊어버리고 언어도 다 잊어버리고, 나의 어떤 문화도 잊어버리고 새로운 거만 이렇게 학습하는 거는 망고르트라고 불러요. 정신이 나가고 그런 단어도 있어요. 망고르트, 망고, 막 바보 그런 뜻.

[조사자 1:아 자신의 문화나 정체성이나 모든 걸 잊어버리고 그런 바보 같은 사람을 보고 "너 망고르트야!"] 예를 들면 우리나라에서 그런 특히 러시아, 러시아어도 알고 카자흐어 모르는 사람도 있다보니까 그런 사람들도 망고르트라고 불러요. [조사자 1: 그 아들의 이름이 망고르트였던 거예요? 그러면] 아니.아니요. [조사자 2: 그건 아닌데 그런 자기 뿌리를 알지 못하고] 네.네.네. [조사자 2: 새로운 그거만 이제] 원래 그런 사람들을 로봇처럼 된 사람들을 망고르트라고 불렀어요. 옛날에 근데

우리나라에서 이제 점점 이렇게 사람들이 이렇게 쓰게 되는 거죠.

[조사자 1: 그럼 원래는 망고르트가 무슨 뜻인 거예요?] 그 사람이에요. 그 머리를 잡혀서 노예처럼 되는. [조사자: 아 한 아들의 이름이 아니라 그런 모든 그런 그걸 쓰고 있는 노예들을 다 망고르트라고 하는 구나.] [조사자 2: 자기 시키는 대로 하는데 자기 원래 거는 모르고.] 없고. 네. [조사자 2: 주체는 잊어버리고 이렇게 된 사람들을 망고라고.] 그렇게 언어도, 그 단어도 [조사자 2: 맨 처음에는 이제 러시아 문화만 해가지고 카자흐스탄을 잊어버린 젊은 사람들도 그렇게 부른 거예요.] 특히 이민 다른 나라 가서 이민하는 사람들도 그렇게 좀 불러요.

[조사자 1: 아 그렇구나. 재밌다. 아 그런데 그 낙타의 그 털] [조사자 2: 털, 낙타의 털을 가지고 모자를 짜서] [조사자 1: 아 낙타의 털로] 그거 털이 특히 좀 더워져서 이렇게 작아진대요. 완전 엄청 아프다고 그게 [조사자 1: 아 신기하다. 그러니까 낙타의 털로 모자를 만들어서 약간 손오공 머리에 씌우듯이 이렇게 씌우면 이게 건조되면서 착착착 수축이 되는구나.] 그리고 머릿속에 들어간대요. 털이. 이렇게 점점점. [조사자 2: 박히는 거] 네.

[조사자 2: 옛날에 그렇게 약간 지금 치면 인신매매처럼 남자들을 잡아가는 도적 떼 무리가 있었던 거예요?] 네.네. [조사자 2: 그렇게 데려와서 노동력으로 이용하는 거예요?] 어떻게 더 그거 특히 전쟁할 때도 그때도 전쟁보다는 다른 사람 집 가서 다 훔쳐가거나 막 그 나쁜 거 움직인 거죠. [조사자 1: 노예. 말 그대로 노예를 만들고 약간 마약 중독된 사람처럼 바보를 만드는 거네.] 자기 생각 없고. [조사자 2: 고통을 줘가지고 바보를 만들어버리는]

[조사자 1: 지금은 이런 일이 없겠죠. 지금은 큰일 나겠죠.] 그런데 어떻게 보시면 그거 그런 데 있잖아요? (제보자가 청자에게) 뒤르메? [청자(아쑤바이에바): 감옥?] 감옥이나 그런 데 있잖아요? 우리가 모르는 데들 이런 거들 많이 쓸 거 같기는 해요. [청자(아쑤바이에바): 근데 좀 IS랑 관련된 거, 지금도 있을 거 같애요. 이런 왜냐하면 요즘 보면은 IS이렇게 소외, 소외? 소배(숭배)하는 사람들 중에 그 카자흐 사람들도 있고 즈르키스 사람들도 있고. [조사자 1: 한국 사람들도 몇 명 갔잖아.] 네.네. 주

로 가족들이 없는 외로운 사람들 보고 이렇게

[조사자 2: 꽂혀서 그죠. 우리나라에도 염전 노예 이런 게 있었어요. 사람들 잡아가서 섬에다 가둬놓고 막 때래서 사람 이렇게 정신을 뭘 이렇게 해놓고 일을 시키는 거예요. 돈도 안 주고 그런 거랑 비슷한] [조사자 1: 넌 망고르트야. 아우 그렇구나.] [조사자 1: 몽골에도 망구르, 망가레 이런 뜻이 있더라고요.]

그리고 망고르트라고 부르고, 그리고 망구라고도 불러요. 망그. 정신이 없는 사람, 엄마한테도 많이 맹그 이렇게. [조사자 1: 근데 약간 뉘앙스가 다른 거지? 망그는 약간 정신이 없고 왔다갔다 사람이고] 바보, 바보. [조사자 1: 망고르트는 그게 아니라 정말 자기의 민족성을 잃어버린 사람] [조사자 2: 거기 몽골에서도 망가르라고 하면 약간 바보 같은 사람 그렇게] [조사자 1: 비슷한데, 단어가 그렇구나.]

[조사자 2: 약간 그런 문화적인 배경이 있는 이야기 이게 이슬람 문화가 들어오기 전이라는 거죠?] 네. 전이에요. [조사자 2: 더 옛날.] [조사자 1: 내가 봐도 더 옛날일 거 같아. 왠지.] [조사자 2: 막 부족 부족이 많고 다니면서 도적 떼 무리가 있었던.]

수염 없는 사기꾼 알다르코세

● 구연정보

조사일시 : 2017. 05. 12(금) 오후
조사장소 : 서울특별시 광진구 화양동 건국대학교
제 보 자 : 사니아 [카자흐스탄, 여, 1992년생, 유학 6년차]
조 사 자 : 오정미, 이원영

● 구연상황

제보자가 〈마르카콜 호수〉 구술을 마친 뒤 준비해온 다음 이야기 구연을 시작했다. 아쑤바이에바가 청자로 참여했다.

● 줄거리

알다르코세는 수염 없는 사기꾼으로 불리는 인물이다. 알다르코세는 가난하지만 똑똑한 머리를 이용하여 탐욕스러운 부자들을 속이고 다녔다. 중앙아시아와 아랍 지역에서는 실제로 있었던 사람이라고 믿는데, 꽤 유명하며 동상과 무덤이 남아 있기도 하다.

알다르코세라는 그 캐릭터예요. 어떤 사람들, 어떤 사람들이 그거 만들어진 민속 캐릭터라고 하지만, 우리 카자흐 문학에서는 실제로 있었던 사람이라고 생각을 해요. [조사자 1: 진짜 실존자로?] 네, 네네. [조사자 1: 이름이 뭐라고?] 알다르코세. [조사자 1: 아르?] 알다르. [조사자 1: 알다.] 알다르코세. [조사자 1: 다르코시에.] 네. [조사자 1: 알다르코세.] 네.

다른 문화에서는 그 고자나시리진이라고 나올 때도 있어요. 그거 우즈베키스탄에서 주로. 고자나시리진. 되게, 되게 유명하고 부파란가 어디에서 그거, 그 그것도 있어, 동상? [조사자 3: 동상.] 네. [조사자 2: 우주벡으로 이름 뭐라고 한다고요?] 고쟈나세진. [조사자 2: 고르?] 고쟈. 고쟈나스리진. [조사자 2: 고쟈나시.] 나스리진. [조사자 2: 나스진?] 네. 그 중앙아시아에서도 아랍 쪽에서도 유명하고. 네. 되게. 네. 그리고 그거 사람은 원래 어, 무덤도 카자흐스탄 서쪽에 있다고 하더라고요. [조사자 1: 아 무덤이.]

그리고 원래는 가난한 사람의 아들이었고, 조금 로빈, 로빈 후드랑 좀 비슷하지만 로빈 후드는 실제로 이렇게 싸우고. 사람, 나쁜 사람들이랑 싸우고, 부자들이랑 싸웠지만, 알다르코세씨는 머리도 똑똑하고, 그리고 어 머리도 똑똑하고, 좀 탐욕스러, 탐욕스러운 부자들 속이고 다녔어요. 머리만 쓰고 이렇게. 네. 그래서.

그리고 이름도 그 알다르코세씨는 '수염 없는 사기꾼'이라고. [조사자 1: 아 수염 없는 사기꾼?] 네 사기꾼. [조사자 1: 그게 별명이에요? 아니면 이 이름의 뜻이 그런 거야?] 예. 알다르코세씨는 그 그렇게 번역이 되더라고요. 영화도 있어요. 원래. 1964년. 그때 나온 영화도 있어요. 네. [조사자 1: 근데 이 사람이 영웅으로서 유명해진 대표 사건이 있어요?] 대표 사건이 딱히는 없어요. 책으로 그냥 계속 나오니까. 나쁜 사람들 계속 속이고. 네. 그냥 드라마처럼. 시리즈 시리즈처럼 이렇게 나오는 거예요. [조사자 1: 혹시 기억나는 에피소드 없어요?] 그런 건 없어요. 딱히.

거짓말쟁이 알다르코세

● **구연정보**

조사일시 : 2017. 09. 22(금) 오전
조사장소 : 인천광역시 중구 운서동
제 보 자 : 발누라 [카자흐스탄, 여, 1986년생, 유학 2년차]
조 사 자 : 오정미, 한상효, 엄희수

● **구연상황**

제보자가 〈악사 코르쿠트와 40명의 여인〉 구술을 마쳤을 때 조사자가 다른 이야기 구연을 부탁하자 조금 망설이면서 알다르코세 이야기를 꺼냈다. 시리즈가 많은 이야기로, 제보자는 유튜브에서 애니메이션 영상을 틀어놓고 한국어로 설명해주는 방식으로 이야기를 구연했다.

● **줄거리**

꾀가 많고 거짓말을 잘하는 알다르코세가 어느 날 부잣집에 가서 하룻밤을 재워달라고 했다. 그러자 부자는 말들이 자는 곳에 가서 자라고 쫓아냈다. 알다르코세는 밤에 부자 부부가 잠든 뒤 집 지붕 위에 올라가 물을 뿌려 부부를 깨웠다. 그리고 귀신 소리를 내면서 부부를 겁주었다. 부부가 귀신에게 원하는 것이 뭐냐고 묻자, 알다르코세는 사람의 몸이 필요하다고 했다. 부부는 밖에 있는 거지(알다르코세)를 데려가라면서 그렇게 하면 자신의 재산을 다 주고 떠나겠다고 했다. 잠시후 원래의 모습으로 나타난 알다르코세는 귀신인 척하며 부자에게 약속을 지키라고 했다. 겁먹은 부자 부부는 도망을 쳤고 알다르코세는 편하게 잠을 잔 뒤 그곳을 떠났다. 다음날 집에 돌아온 부부는 알다르코세가 남긴 쪽지를 보고 자신들이 속았다는 사실을 깨달았다.

알다르코세, 아이들 설화예요. 그게 너무 어린애들 설화라서 대부분이 알다르코세가 항상 거짓말을 많이 하는 사람이라고 하더라

구요. [조사자 1: 알다고시가? 응.] 거짓말.

그래서 옛날에, 여러 가지 예를 들면 부자를 속여가지고 자기는 부자 돼버렸다. 그런 식으로 여러 가지 있잖아요. 그런 얘기들 나오거든요. 나중에 우리 예를 들면 아이가 거짓말하면

"니가 알다르코세."

라고 그래요. 그런 말들도 있어요. 근데 그런 거 너무 어린애들 거라서.

[조사자 1: 아니요. 그런 것도 저희 너무 좋아해요. 그런 거.] 정말요? 저는 그런 거 재미없어서.

[조사자 1: 꼭 역사적인 거 아니어도 돼요 선생님.] 그래서 저는 근데 조금 애국심이 너무 심해요. (웃음) [조사자 1: 선생님 저 그 알다코시 얘기 좀 더 해주세요. 그런 얘기 너무 좋아요.] [조사자 3: 저 그런 얘기 너무 좋아해요. 거짓말해서 속이고 골탕 먹이고 이런 거 좋아해요.] 지금 그거 얘기할게요. [조사자 1: 재미있네. 아이가 거짓말하면 "너 알다코시 된다." 알다코시라는 건 이름인 거죠?] '알다르코세' 예, 그 사람의 이름이에요. [조사자 3: 그러면은 아이한테 "너 알다르코세야."라고 하면은 그게 안 좋은 뜻이에요?] 거짓말 많이 한다는. 그리고 많이 사람들을 속이는 그런 식인데. [조사자 1: "너 놀부같다." 이러면은 "너 욕심많은 사람이야." 아니면은 "너 알다코시야." 그러면은 "너 거짓말 많이 하는 사람이야."] 자기도 모습으로 조금 웃기게 생겼어요.

[조사자 3: 애니메이션이 있어요?] 애니메이션 있어요. '알다르코세' 너무, 알다르코세는 재미있는 얘기들, 얘기들 관련한 건데. [조사자 1: 선생님 어렸을 때는 이 이야기를.] 엄청 많이 들었어요. [조사자 1: 어, 이런 이야기가 듣고 싶어요. 선생님.] 정말이에요? [조사자 1: 이런 이야기 너무 좋아요 선생님.]

(이야기 애니메이션을 보여준 후.)

알다르코세. [조사자 1: 알다고시 같다.] 부자들 사는데 거기서 알다르코세가 어디서 멀리 왔다가 피곤해가지구 하루 잠 자도 되냐고 물어봤더니 가서 말, 동물들 있는 데 가서 자라고, 꺼지라고 쫓겨난 거예요.

그래서 아마 이거도 되게 재미있어요. 아까 부자들의 집 있잖아요. 거기 보세요 어떻게 하는지. [조사자 1: 뭐하는 거예요?] (웃음) 물, 물 쏟아 가지구 위에서. [조사자 1: 아 지붕에서?] 꼭대기에 올라가가지고. 근데 와이프가 남편이 거기서 좀 아, 소변을 보는 줄 알아요. 알다르코세가 위에 가서 물을 했는데, 그게 와이프가 남편이 소변을 보는 걸로. 귀신 소리가 나오는 거예요. [조사자 1: 이것도 알다고시가?] 알다르코세예요.

그게 안하는 짓이 없어요. 사람들 속여야 되니까. 어떻게 얘네가 집에서 못 자게 했잖아요. 이거 부부가 놀라가지고 함안에 들어가서 자는 거예요. 알다르코세가 이렇게 좀 귀신처럼 나와가지구. 나오라구, 나는 귀신이라구.

"뭐 필요하냐."구.

"원하는 게 뭐냐."구.

"내가 지금 둘 중에 한 명의 몸을 데리고 가야 된다."

그래서 여기 부부가

"너한테, 당신한테 몸이 필요하면 아까 우리 그 집 앞에 거지가 자고 있어요. 그 거지 몸을 가지고 가라."

[조사자 3: 알다르코세 데리고 가라고?]

어. 그 거지 몸을 데리고 가라고. 저 이거 새로 나온 거 같아요. 옛날 건데. 근데 이거 영화가.

"저는 거지 몸이 필요 없어요."

그렇게 하는 거예요.

"둘이 빨리 나오라."

고 하면서.

"그러면 당신은 그 거지 몸을 데리고 가. 거지 몸을 데리고 가면 우리는 여기서 가지고 있는 재산을 다 주고 여기서 아예 멀리 가겠다."고.

부부가 얘기하고. 이제 알다르코세, 아까 그 귀신이 알다르코세 몸으로 들어간 거예요.

"내가 그 거지 몸으로 다시 들어왔으니까. 아까 약속한 거 그거잖아."

했더니 이제 둘이 도망가게 된 거예요. 귀신한테. 그래서 알다르코세 이제 자기 원하는 대로 편하게 살고 있는 거예요. 부잣집에. 그런 좀, 말들이 엄청 많아요. 얘기들이 많이 나와요.

[조사자 3: 너무 재밌다.] [조사자 1: 찾아온 거예요, 이 부부가?] 부자들. 이 알다르코세가

"존경하는 주인님들, 제가 덕분에 잘 편하게 잘 자고 잘 먹고 이제 갔어요."

라고 그래서 밑에는 싸인을 알다르코세라고 한 거예요. 좀 알다르코세 그런 거들 많아요. 이런 거 있어요. 자기는 어, 자기는 어느 날, 그래서 이런 얘기들도 나오는 거 있어요, 어렸을 때. 아, 알다르코세가 한 부자가 이쁜 말 타고 오고 있었어요. 근데 아, 잠시만요. 그래서 알다르코세는 말 말고, [조사자 2: 당나귀?] 당나귀 타고 항상 그렇게 오고 있었을 때, 그래서 부자한테 그, 얘기 있었는데. 그 바뀌는 게 있어요. .

[조사자 1: 알다르코세는 항상 부자를 놀려대는 거예요?] 항상 부자들한테 복수하면서 거짓말 하면서 자기가 원하는 대로 받는 거예요. 항상. [조사자 1: 근데 그 대상이 거의 대부분 부자예요?] 부자. 대부분 부자들, 그리고, 왜냐면. [조사자 1: 부자가 아닌 사람도 있어요?] 왜냐면 어, 우리나라에서 옛날에 가난한 사람들은 부자를 싫어했어요. 그렇기 때문에 이런, 좀, 알다르코세 같은 인물 생긴 거예요. 항상 부자들 거짓말하면서 속이면서, 바보, 부자들 바보처럼 만들고. 그런 식으로 좀. [조사자 1: 이 이야기가, 알다고시가 일종의 시리즈같은 거예요, 선생님? 여러 개 있어요?] 엄청 많아요.

[조사자 1: 이 이야기를 어렸을 적부터 계속.] 왜냐면 알다르코세 모르는 사람 없어요. 카자흐인은 그 알다르코세라고 하면 그, 앞에 그런 나타나요. 거짓말하고, 근데 똑똑해요. 똑똑하면서 부자들을 속여가지고 자기가 원하는 대로 결국에 좀 자기 목표를 좀 얻을 수 있는 사람으로 나와요.

부자의 딸을 데려간 알다르코세

● 구연정보

조사일시 : 2017. 12. 19(화) 오후
조사장소 : 서울시 광진구 화양동 건국대학교
제 보 자 : 조팔리나 [카자흐스탄, 여, 1995년생, 유학 2년차]
조 사 자 : 신동흔, 김정은, 황승업, 강새미

● 구연상황

인도 출신 파드마 제보자가 〈자칼의 속임수〉 이야기를 마치자 조팔리나 제보자가 카자흐스탄에도 비슷한 이야기가 있다며 알다르코세에 대해 설명했다. 알다르코세에 대한 이야기가 무척 많은데 그중에서 가장 재밌는 이야기라며 이 이야기를 구연했다. 파드마 제보자가 청자로 참여했다.

● 줄거리

옛날 어느 지역에 욕심이 많고 매우 인색한 부자가 살았다. 옆 마을에 알다르코세와 치렌세라는 현자가 살았는데, 알다르코세가 부잣집에 가서 대접을 잘 받을 수 있는지 내기를 했다. 알다르코세는 부잣집을 찾아가 며칠 동안 머물면서 일부러 음식을 흘려서 부자를 귀찮게 했다. 화가 난 부자가 갖고 싶은 것을 다 가지고 나가라고 하자 알다르코세는 부자의 딸을 데리고 가버렸다.

어떤 지역에서 어떤 부자가 살고 있었는데, 이 부자가 엄청 그리디greedy. [청자: 욕심?] 욕심 많은 사람이었어요. 그래서 카자흐사람들은 원래 대접을 엄청 잘하고 손이 큰 민족인데, 이 부자는 특히, 이 부자는 엄청 욕심이 엄청 많았거든요.

그래서 알다르코세 이 부자와. 아 알다르코세 그때 이 부자 사는 지역? 원래 카자흐사람들이 모여서 사는 지역이 '아울'이라고 불러요. 그래서 이 아울 근처에 있었는데. 알다르코세 같은 똑똑하고, 어 똑똑한 사람이 '치렌세'라는 똑똑한 사람이 있었거든요. 그래서 알다르코세랑 그 치렌세는 그 배틀battle했어요. 알다르코세 이 욕심이 많은 부자 집에 가서 많이 먹고, 잘 살고 갔다 오면 이 치렌세가 이 배틀 질 거라는 그런 배틀. [조사자 2: 누가, 누가 가서 잘 하고 오나.] 네.

그래서 알다르코세 이 부자 집에 와서, 그때 이 부자 아내는 뭐가, 아내랑 그 딸은 뭔가 요리하고 있었거든요. 근데 알다르코세 딱 와서, 딱 오자마자 이 아내랑 딸을 다 숨기고 그 하는 일이, 요리하는 일이라 숨기고 그랬었거든요. 근데 알다르코세 안 본 척하고 그냥 부자한테 와서,

"밤새우려고, 밤 채우려고."

그런 부탁을 했어요. 밤이 와서 알다르코세 그 부자가, 부자 아내랑 딸이 요리했던 음식을 다 먹고. 다 먹고, 다시 잤어요. 근데 아침이 와서 부자, 우리나라에서 카자흐사람들이 '알라한'이라는 음료수가 있거든요. 이 알라한은, '수밧'과 '알라한'이라는 음료수가 있거든요. 알라한은 말의 우유. 수밧은 낙타의 우유예요. 그래서 그 부자가 어디가려고 자기 아내한테,

"알라한 좀 떨어뜨리라."

고 했는데, 알다르코세가 그거 듣고 그거 보고 그냥 부자한테 와서 안기고 막 안기고 그랬어서, 안기고 막 떠들고 그랬어서. 그 알라한 다 떨어졌어. 그, [조사자 3: 흘렸어요?] 흘렸어요. 그래서 부자가 막 화가 나서 그냥 막 갔어요. 알다르코세 이 부잣집에 며칠 동안 살다가, 한 일 때문에 부자가 엄청 화가 또 많이 나고, 엄청 귀찮아가지고. 마지막 날에는 알다르코세, 그 부자가 이 알다르코세를 보고 그냥,

"너 뭐가 다 갖고 싶은 거 다 가지고 나가! 나가라!"

고 했는데. 그래서 알다르코세 그 부자아내한테 와서.

"너 남편이 나 갖고 싶은 거 다 갖고 나가라고 했는데, 너 딸을 나한테 줘."

그래 주라고 했는데, 아내가 엄청 안 믿겠죠. 안 믿었어서 그냥 남편한테 물어봤더니, 남편이 부자가 엄청 화가 나서 알다르코세 그

냥 나가고, 나가고 싶은 그런 마음에,

"딸도 줘. 모든 걸 다 주라."고.

[조사자 2: 질렸구나.] 네 그런 이야기. [조사자 1: 그래서 딸을 데려가 버린 거예요?] 네. 그래서 딸 데려가 버렸어요.

알다르코세의 겨울 따뜻하게 보내기

● 구연정보

조사일시 : 2017. 12. 19(화) 오후

조사장소 : 서울시 광진구 화양동 건국대학교

제 보 자 : 조팔리나 [카자흐스탄, 여, 1995년생, 유학 2년차]

조 사 자 : 신동흔, 김정은, 황승업, 강새미

● 구연상황

제보자가 〈부자의 딸을 데려간 알다르코세〉에 이어서 바로 구연했다. 알다르코세 이야기에는 부자가 많이 등장하는데, 욕심이 많거나 어리석은 존재로 등장한다고 했다. 이야기에 나오는 코트는 모피의 일종이라는 설명을 덧붙였다. 인도 국적의 파드마 제보자가 함께 이야기를 들었다.

● 줄거리

가난한 알다르코세가 바보 부자를 만났는데 그가 입은 따뜻한 코트가 탐났다. 알다르코세가 일부러 하나도 춥지 않은 척하자, 부자가 다가와 춥지 않느냐고 물었다. 알다르코세는 자기 코트에 구멍이 많아서 바람이 한쪽으로 들어와서 다른 쪽으로 나간다고 했다. 그 말에 넘어간 부자는 자신의 따뜻한 코트와 구멍 난 코트를 바꿨다. 알다르코세는 따뜻한 코트를 들고 도망가 버렸다.

우리 카자흐스탄에서는 겨울 엄청 춥거든요. 그래서 겨울이 따뜻하게 보내려고 그거 코트도 엄청 두껍고, 잘 두껍고 따뜻해야 돼요. 그래서 알다르코세가 거지, 거의 거지여서 돈도 없고 그랬어서. 이 코트가 다 얇고 엄청 구멍도 엄청 많거든요.

근데 어느 날 알다르코세 어디 가서, 좀 바보 같은 바이(부자) 봤어요. 멍청이 바이, 그 부자는 여우에서 만든 그거 코트가 엄청 따뜻해요. 그런 코트를 입고 다녔는데, 너무 추워서 그렇게 있었어요. 알다르코세가 이 코트를 엄청 갖고 싶어서 그냥 자기가 얇은, 구멍이 엄청 많이 나는 코트를 입는데 안 추운 척 했어요. 그래서 이 바이(부자)는 알다르코세를 보고,

'아 이 애가 안 춥구나.'

하고 생각해서 알다르코세한테 물어봤어요.

"너가 왜 안 춥냐?"

물어봤더니 알다르코세가,

"나 안에 코트가 구멍이 많잖아요. 그래서 이 추위를 한 구멍에 들어오고 다른 구멍으로 나가는 거예요. 나가는데 나한테 그거 따뜻함이 나한테가 남아있다."

고 했거든요. 그래서 부자가 엄청 멍청이였거든요. 그래서 부자가,

"너 이 코트를 줘라."

아니에요 그냥,

"줘라. 줘라."

라고 했는데 알다르코세가,

"아니야, 나 이 코트를 너한테 주면 나 추울 거잖아."

라고 했는데, 부자가 그냥.

"그럼 내 코트 가져가라. 바꾸자!"

라고 했는데 알다르코세가,

"아니야. 너 내 코트가 엄청, 나 너 코트가 입고 다니면 나 추울 거잖아."

라고 했는데 이 부자가,

"그럼 내 코트랑 내 말을 다 가져가라."

했는데 알다르코세가 그냥.

"그치. 그렇게 하지."

했는데 바꿨어요. [조사자 2: 바꾸고 옷 입고 말 타고 낼름 도망갔겠군요. 보나마나.] 네.

알다르코세의 결혼하는 방법

● 구연정보

조사일시 : 2017. 12. 19(화) 오후
조사장소 : 서울시 광진구 화양동 건국대학교
제 보 자 : 조팔리나 [카자흐스탄, 여, 1995년생, 유학 2년차]
조 사 자 : 신동흔, 김정은, 황승업, 강새미

● 구연상황

인도의 파드마 제보자가 〈브라만을 속인 세 도둑〉을 구연한 후, 조팔리나 제보자가 다른 알다르코세 이야기를 하고 싶었다면서 구연을 시작했다. 알다르코세는 원래 홀로 사는데 결혼하는 방법에 대한 이야기가 전해진다고 했다. 파드마 제보자가 이야기를 함께 들었다.

● 줄거리

알다르코세가 결혼하려는데 가난해서 신부를 구할 수 없었다. 방법을 찾던 알다르코세는 양의 날개 뼈를 들고 어느 할머니를 찾아갔다. 할머니가 국을 끓이는 냄비에 자신이 가져온 뼈를 넣고는 그릇에게 자기 뼈에 붙은 고기를 먹지 말라고 했다. 시간이 지나 알다르코세가 날개 뼈를 찾았는데 다른 고기와 섞인 후였다. 할머니는 어쩔 수 없이 알다르코세에게 고기를 나눠줬다. 알다르코세는 이렇게 고기를 새끼 양으로 바꾸고, 새끼 양을 큰 양으로 바꾸고, 큰 양을 여덟 마리의 양으로 바꾸고, 여덟 마리의 양을 죽은 여자의 시체와 바꾼 뒤 다른 지역으로 갔다. 마음에 드는 여자가 지나갈 때 그 앞에 시체를 떨어뜨리고는 여자 때문에 자신의 신부가 죽었다고 했다. 여자의 부모는 어쩔 수 없이 알다르코세에게 딸을 시집보내야 했다.

알다르코세가 거지잖아요. 돈도 없고 그 살 곳도 없기 때문에 신부가 없었어요. 근데 알다르코세가 엄청 결혼하고 싶어서 그렇게 했

었어요. 어떤 할머니한테 가서, 어디 나갔다가 양에 어떤 부위? (등 부분을 만지면서) 이 등 말고, [조사자 2: 날개?] 네.

그거 찾았는데 어떤 할머니한테 가서,

"할머니 내 뼈를 너가 국을 만들고 있잖아요. 그러고 있잖아요. 내 뼈도, 내가 준 뼈도 거기 넣고, 넣으면 안 되냐?"

이렇게 물어봤더니 할머니가 넣었어요. 근데 알다르코세가 줬는데,

"니가 끓이는 그릇을 내 뼈에 있는 고기를 먹지 말라."고.

"먹지 말라."고.

그렇게 하라고 했었거든요. 근데 할머니가 엄청 신기해했었어요.

'그릇인데 어떻게, 고기를 어떻게 먹냐.'

이렇게 생각했는데 그냥 까먹고 그냥 넣었는데. 알다르코세가 찾아서 그거 날개 뼈가 고기도 없고 다 없었기 때문에, 원래 없었기 때문에 그 국을 끓인 후에 고기 없어졌잖아요. 그래서 할머니도 할 수 없이 자기가 자기 고기도 줬고, 국물도 줬고. 알다르코세가 그거 줬는데.

알다르코세가 다른 사람한테 가서. 다른 할머니 집 와서,

"할머니가 내가 너희 집에, 자고 싶은데 내 고기를."

이 두 번째 할머니가 양이, 애기 양이 엄청 많이 있었거든요. 근데 알다르코세가 할머니한테 와서,

"내 고기를 내가 넣고 너의 양이 내 고기를 먹지 말라."고.

하라고 했는데, 이 두 번째 할머니도

'양이 고기 안 먹잖아.'

라고 생각해서 그냥 냅뒀어요. 근데 밤이 와서 알다르코세 일어나서, 깨어서 고기 다 먹고 고기 기름을 어떤 양 입에다가 묻혔어요. 아침에 와서 할머니도 고기도 없고 또 양에 다 먹고 있어서 할 수 없이 이 양을 알다르코세 줬어요. [조사자 2: 어린 양을 알다르코세한테 줬군요.]

그래서 알다르코세 부자한테 와서, 이 양을 데리고 부자한테 와서, 부자에서 애기 양 말고 그 큰 양이 엄청 많이 있었거든요. 그래서

이 부자한테 와서,

"내 양을 거기 넣고, 너의 양이 내 양을 먹지 말라."

고 하라고 했거든요. 근데 이 부자도

'양이 양을 안 먹잖아.'

이렇게 생각해서 그냥 냅두고. 밤이 와서 알다르코세 그 양한테 가서 양을 다 죽여버리고, 이 양의 피로 여덟 마리, 양 여덟 마리 입에다가 다 묻혔고, 그 털에다 가도 다 묻히고. 아침이 와서 부자가 할 수 없이 이 양 여덟 마리를 알다르코세 줬어요.

알다르코세 어떤 집에 딸이 죽었어요. 죽고 있어서 그거 죽은 몸. [조사자 1: 딸의 시체.] 시체를 알다르코세 이 집 와서, 그 아버지한테 이렇게 말했었어요.

"내가 너한테 양을 여덟 마리 주고, 너 나한테 너의 딸이 시체를 줘라."

라고 했고. 그 딸 시체를 말에다가 넣고 어디 갔는, 따른 아울한테 갔는데. 어떤 여자들을 봤었어요. 여자들은 뭐가 했는데, 이 알다르코세 여자를 보고. 원래 카자흐사람들이 칼을 항상 들고 가잖아요, 갖고 다녔잖아요. 그래서 자기 칼로 자기 양을 그렇게 하고, 들고 말이 죽은 시체, 여자 시체를 그렇게 [조사자 1: 쏟아지게.] 하고. 알다르코세 여자들 부모님들한테 와서,

"너의 딸을 내 신부를 죽였다."고.

"그래서 너희들 나한테 다른 여자를 줘라."

라고 했는데. 이렇게 신부를 갖게 됐어요.

알다르코세와 지렌센의 지혜 겨루기 [1]

● **구연정보**

조사일시 : 2017. 12. 19(화) 오후
조사장소 : 서울시 광진구 화양동 건국대학교
제 보 자 : 조팔리나 [카자흐스탄, 여, 1995년생, 유학 2년차]
조 사 자 : 신동흔, 김정은, 황승업, 강새미

● **구연상황**

제보자가 〈알다르코세의 결혼하는 방법〉을 구연한 뒤 알다르코세 말고 지렌센이라는 지혜로운 사람이 있는데 둘이 경쟁하는 이야기가 있다며 구연을 시작했다. 인도의 파드마 제보자가 함께 이야기를 들었다.

● **줄거리**

지렌센과 알다르코세는 유명한 현자로 서로 지혜를 겨루는 내기를 했다. 어느 날 알다르코세가 급한 일이 있다면서 지렌센에게 말을 빌려달라고 했다. 지렌이은 흔쾌히 말을 빌려주자 알다르코세가 급한 일은 거짓말이었다며 말을 타고 도망갔다. 지렌센이 집에 돌아와 아내에게 상황을 설명했다. 아내는 인형을 품에 안고 아이를 안은 시늉을 하다가 강을 건너는 다리 앞에서 알다르코세를 만났다. 알다르코세는 지렌센의 아내에게 아이를 안고 있으니 자신의 말을 타고 먼저 강을 건너라고 했다. 아내는 강을 건너면서 안고 있는 것이 인형이라고 말했다. 알다르코세는 그렇게 지렌센의 아내에게 속고 말았다.

치렌세●가 알다르코세한테,
"너가 나를."

● 제보자가 '치렌세'로 표현했으나 제목과 줄거리는 다른 자료와의 통일성과 검색의 편의성을 고려하여 일반적으로 알려진 '지렌센'으로 표기했다.

(속인다는 단어가 기억나지 않아서 고민하다가 영어로 말하자 청자가 한국말로 해석함.)

"속이지 못할 거라."

고 했는데 알다르코세가,

"자기가 뭔가 들고 있는데."

치렌세가 말에 안고 걷고 있는데 알다르코세가 그냥 지나갔는데. 치렌세를 보고 자기가 한 배틀battle을 기억나서 그냥 아픈 척 했어요. 그래서 치렌세가 좀 착해서 알다르코세한테,

"너 내 말을 타고 가."

그것도 있었고. 아 원래 버전이 몇 개가 있어서 제가 좀 헷갈려요. [조사자: 둘이 자꾸 싸우는구만.] 네, 그것도 있었고.

배틀한 날에 하자마자 알다르코세가 치렌세한테,

"나 뭐가 냅두고 꼭 가야 되는 곳이 있거든요. 너 나한테 말을 빌리면 안 되냐?"

라고 물어봤더니 치렌세가,

"그렇지 당연하지. 너 말 타고 가."

라고 했는데 알다르코세 말 타고 치렌세한테,

"나 널 속였구나."

라고 했어요.

치렌세 그때, 치렌세가 아내가 있었어요. 근데 아내도 엄청 똑똑하고 눈치 있는 사람이었거든요. 그래서 치렌세 아내한테 자기 얘기를 하고 이런 상황에 대해서 얘기를 했더니 아내가. 알다르코세 와서, 가기 전에는 아이인 척 하려고. 뭐가 묶이고 이렇게 아이를 다니고 있잖아요. 그래서 아이인 척 하고 이렇게 인형이나, 아이인 척 하고 인형을 먹이고 이렇게 했고. 알다르코세 가서, 알다르코세가 그때 강을 넘어가고 있었거든요. 그래서 그 아내랑 아이를 보고,

"어 너 아이구나. 아이 들고 있구나."

라고 해서 아내한테,

"너 내 말 타고 가고 내가 너 아이를 안고 했으니까 너가 먼저 가."

라고 했더니 아내가 먼저 갔었거든요. 알다르코세 가기 전에 아

내가 알다르코세한테,

"너를 그냥 일반 여자가 속일 수 있구나."

라고 해서 갔었거든요. 알다르코세가 좀 신기해서 그거 봤더니 그거 인형이라는 걸 알게 돼서 화가 났었어요. 화가 났었죠.

[조사자: 보통은 치렌세가 졌는데, 매번 지고 알다르코세가 맨날 이기는군요. 근데 아내는 얘를 또 이기는 그런 얘기인 거죠.] 네.

알다르코세와 지렌센의 지혜 겨루기 [2]

● **구연정보**

조사일시 : 2018. 01. 29(월) 오후

조사장소 : 대구광역시 북구 경북대 앞

제 보 자 : 굴지라 [카자흐스탄, 여, 1994년생, 유학 1년차]

조 사 자 : 김정은, 황승업, 강새미

● **구연상황**

제보자가 〈현자 지렌센의 거위 먹기〉 구술을 마친 뒤 알다르코세가 등장하는 비슷한 이야기가 있다며 바로 구연을 시작했다. 지렌센보다 알다르코세가 한 수 위라는 설명을 덧붙였다.

● **줄거리**

자느비에라는 왕이 있었는데 알다르코세가 무척 똑똑하다는 소식을 듣고 그를 시험하기 위해 수수께끼를 냈다. 수염이 하얀색인데 머리는 까만색인 노인과 머리가 하얀데 수염이 까만 노인을 부른 뒤 머리와 수염의 색이 다른 이유를 물었다. 두 노인은 지렌센을 찾아가 도움을 청했지만 지렌센은 답을 알려주지 않겠다며 거절했다. 두 노인이 다음으로 알다르코세를 찾아가 도움을 청하자 알다르코세가 이유를 말해주었다. 두 노인이 왕을 찾아가 이유를 설명하자 왕은 만족해서 금을 주려고 했다. 그 말을 들은 지렌센은 알다르코세와 직접 지혜 대결을 하고 싶다며 그를 왕궁으로 불러달라고 했다. 자느비에 왕이 알다르코세를 불러 손을 머리 위에 올리자 알다르코세가 혀를 내밀었고, 왕이 손으로 귀를 막자 손을 배 위에 올렸다. 다음으로 왕이 원하는 것이 있는지 묻자 알다르코세가 위를 보았다. 왕이 고개를 끄덕이자 이를 본 알다르코세가 금덩이를 갖고 돌아갔다. 영문을 알지 못했던 지렌센은 알다르코세를 불러 뜻을 물어야 했다.

그 '자느비에 칸'이라는 왕이 있었어요. 네 자느비에 칸이라는 왕이 있고, '칸'은 왕이라는 뜻이고 '자느비에' 이름. 자느비에 칸이라는 왕이 있었고 그 지렌센 셰센한테 이렇게 말해요.

"그 알다르코세는 왜 이렇게 사람을 잘 속인다고, 머리도 좋고 말도 빠르고 했는데 그 한 번 확인해보고 싶다."고.

그래서 그 (턱에 손을 가져가서 쓰다듬는 동작을 하면서) 염소? [조사자: 수염.] 아 수염.

"수염이 하얀색이고 근데 머리가 까만색. 머리가 하얀색이고 수염이."

[조사자: 수염은 까만색? 까마면 하얀색.] 네 (턱을 만지면서) 까마면 하얀색. [조사자: 반대로.] 네, 이렇게 두 명이 있는데,

"그 알다르코세랑 얘네를 데려오라."고.

"이렇게 물어보고 싶다. 그 수염이 하얀색 머리가 까만색은 왜 그렇게 됐냐?"고.

"또 반대한 사람은 왜 그렇게 됐냐?"고.

"알다르코세가 그거 어떻게 해명할 수, 알아볼 수 있냐고 물어보고 싶다."

그리고 지렌센 셰센은 가서 그 할아버지한테 그렇게 말 전달해요. 근데 알다르코세가 몰라요. 그래서 지렌센 셰센은,

"안 도와주겠다."고.

그냥 가버려요. 그래서

"알다르코세가 무슨 말을 했느냐?"

고 물어봐서,

"근데 할아버지들 어떻게 답할 수 있는지 모르겠다."

근데 답을 하면 왕은,

"엄청 많이 금주겠다."고.

그렇게 해서

"아 그럼 내가 답을 안 하면 머리를 자르겠다."고.

그래서,

"내가 답을 구할 때 도와주겠다. 근데 금을 내가 다 가져가겠다."

고 말해요. 그래서,

"너한테 왜 수염이 하얀 수염이고 머리가 까만색이냐?"

하면,

"아내를 잘못 만났다. 이렇게 항상 머리 모자를 쓰고 있어서 머리는 까만색이고, 가족들은 고생을 많이 해서 이렇게 하얀색, 하얘졌다고 말을 하라."고.

그 반대인 사람은,

"너한테 물어보면 태어났을 때 먼저 머리가 나온다."고.

"서른 살이 되면 그다음에 수염이 나온다."고.

"그래서 수염이 머리보다 스무 살 어리니까 아직도 까만색이다라고 하라."

고 답을 해서 왕이 너무 만족하고 금을 주고. 근데 할아버지들이 약속한대로 알다르코세한테 줘야 되잖아요. 그런 것을 보고 지렌센 셰센이,

"제가 이거 할아버지들 스스로 해결하는 거 아니고 알다르코세가 도와준 거라."고.

"그래서 알다르코세랑 제가 직접 다시 힘을, 머리를 써보고 싶다."

고 그렇게 해요.

근데 알다르코세가 봤을 때 그 왕이 손을 (손을 머리 위에 올리면서) 이렇게 머리 위에 하면 알다르코세가 그 혀를 (혀를 내밀면서) 이렇게 보여주는 거예요, 보여주는 거. 그리고 왕이 (손바닥으로 귀를 막으면서) 손을 귀로 이렇게 할 때 그 알다르코세가 손을 (손을 모아서 배 위에 올리면서) 이렇게 배로 이렇게 하는 거예요. 그래서

"왜 그렇게 하냐?"

그리고 알다르코세가 (고개를 위로 올리면서) 이렇게 위를 바라보는데 그 왕이 (고개를 끄덕이면서) 이렇게 끄덕끄덕 하는데 알다르코세가 금을 하러 가는 거예요. 그래서 지렌센 셰센가

"왜 그렇게 됐느냐?"

고 묻는데 그래서, (머리에 손바닥을 얹으면서)

"모든 문제가 우리, 모든 문제가 무엇 때문이냐?"

고 물어봤는데 그 알다르코세가

"우리 혀 때문에."

라고 그랬어요.

"우리 차가운 말이나 그런 거 들을 때 어떻게 되냐?"

고 하면,

"배가 차가워진다."

고 했어요. 그래서

"원하고 싶은 거 있느냐?"

고 물어봤는데,

"있다."

고 해서,

"가져가라."

고 해서 그래서 금을 가져간 거예요. [조사자: 위를 본 게.] 그 원하는 거 있다고.

[조사자: 아 '원하는 거 있다.' 이 뜻인 거고. 끄덕이니까 '내가 원하는 건 이거야.' 그러고 금을 이렇게 싹 가져간 거구나.] 네 그래서 가져가면 된다고.

현자 지렌센의 거위 먹기

● 구연정보

조사일시 : 2018. 01. 29(월) 오후
조사장소 : 대구광역시 북구 경북대 앞
제 보 자 : 굴지라 [카자흐스탄, 여, 1994년생, 유학 1년차]
조 사 자 : 김정은, 황승업, 강새미

● 구연상황

〈돔브라 악기에 구멍이 생긴 이유〉에 이어, 카자흐스탄에서 유명한 세센 중에 한 명인 지렌센에 관한 이야기라며 구연했다. 카자흐스탄 말로 '세센'은 무척 똑똑해서 어떠한 어려운 상황에서도 방법을 찾는 사람을 뜻한다.

● 줄거리

어느 왕이 현자(세센) 지렌센이 똑똑하다는 소식을 듣고 그를 시험하기 위해 왕국으로 불러 한 마리의 거위를 여덟 명에게 나눠줄 수 있는 방법이 있는지 물었다. 지렌센이 왕의 속내를 알아채고 머리처럼 중요한 왕에게는 거위의 머리를 주고, 두 딸은 결혼하면 다른 왕국에 갈 것이니 날개를 주고, 두 아들은 계속 왕국에 머물 것이니 다리를 주고, 남은 몸통은 자신이 먹겠다고 대답했다. 그 이후로 왕은 지렌센의 똑똑함을 인정했다.

지렌센 세센(현자)은 그 왕에 그 있잖아요, 집. [조사자 1: 왕국.] [조사자 2: 궁궐.] 왕국 아니고 우리나라 '카라시', 아까 '킨지'. 거기 들어갔을 때 그 가위? 가위고기를. [조사자 1: 거위.] [조사자 3: 구스goose.] 네 구스 고기를,

"여기 일곱 명이 있다."고.

그 왕의 아내, 딸 두 명, 아들 두 명, 그리고 이 지렌센 세센 있어

서 이렇게 여덟 명으로.

"니가 너무 똑똑하잖아요. 그래서 여덟 명으로 어떻게 나눌 수 있느냐?"고.

"이거 일곱 명으로 어떻게 나눌 수 있냐?"

고 물어봐요. 근데,

"아 여기 제일 중요한 사람은 왕인데요. 그래서 머리처럼 중요해서 우리 왕국의 머리라서 머리를 주겠다."고.

그리고 여기 딸 두 명이 있는데요. 딸과 아내. 그래서 딸은 여기 계속 있는 거 아니고 다른 왕국에 가는 거라서 날개를 주었어요.

"아들은 두 명이 있는데 계속 여기 있으니까 그거 다리를 주겠다."고.

"그래서 제가 여기 있으니까 저는 나머지 먹겠다."고.

[조사자 1: 몸통은 제가 먹겠어요, 이거군요.] (웃으며) 네 그런 얘기예요.

[조사자 1: 근데 약간 현자라고 하기는 한데 트릭스터인데? 트릭스터라는 말 알아요? 약간 속이는 사람?] 네 속이는 사람. 근데 이 목적은, 그 왕은,

"너무 똑똑하잖아. 그니까 증명해 보라."고.

[조사자 1: 아 너의 똑똑함을 증명해봐.] 네 이렇게. [조사자 2: 무시를 했구나.] 네 무시를 해서 그럼, 그래서 이렇게 나눈 거예요. [조사자 1: 얘기 이렇게 나눈 거였구나.] 네.

욕심 많은 사람

● **구연정보**

조사일시 : 2017. 03. 24(금) 오후

조사장소 : 서울특별시 광진구 화양동 건국대학교

제 보 자 : 아쑤바이에바 [카자흐스탄, 여, 1991년생, 유학 3년차]
사니아 [카자흐스탄, 여, 1992년생, 유학 6년차]

조 사 자 : 오정미, 이원영

● **구연상황**

제보자들이 집을 지키는 신 다마보이에 대해 말한 뒤, 조사자가 욕심 많은 사람들에 대한 이야기가 없느냐고 물었다. 사니아 제보자가 아랍 쪽에 그런 이야기가 있다고 하고는, 아쑤바이에바 제보자와 상의한 뒤 구술을 시작했다.

● **줄거리**

어떤 욕심이 많은 사람이 소원을 빌 기회를 얻었다. 그 사람은 무엇을 만져도 금이 됐으면 좋겠다고 빌었다. 그 후로 그가 무엇을 만지면 실제로 다 금이 되었다. 소원은 이루어졌지만, 그가 배가 고파서 만지면 그 또한 금으로 변했다. 결국 그는 굶어 죽었다.

조사자 : 혹시 막 굉장히 욕심 많은 사람들에 대한 이야기 이런 건 없어요?

사니아 : 아랍인 거 같아요. 그게.

(사니아와 아쑤바이에바가 카자흐스탄어로 대화를 나눔)

아쑤바이에바 : 아랍은.

사니아 : 아랍인가?

아쑤바이에바 : 투르크의?

사니아 : 엄마한테 들었는데 다음에는 만화 같은 것도 어디선가 본 것 같아요. 아니면 어디서 읽었는지.

조사자 1 : 둘이 얘기 나눠보니 아쑤바이에바도 들은 거 같아요?

아쑤바이에바 : 네. 저도 들었어요.

조사자 1 : 그럼 해도 돼요.

사니아 : 어떤 욕심이 많은 사람이 있었는데 어떻게 소원 빌 수 있었어요. 그건 기억 안 나요. 저도. '아 내가 어떤 만져도 금이 됐으면 좋겠다.'라는 거예요. 욕심이 많아서 이걸 만져도 금이 되고 이것도 만져도 금이 되니까 근데 배고프니까 음식을 만지니까 금이 된 거예요. 못 먹어서 그래서 그냥 굶어서 죽은 거예요.

아쑤바이에바 : 너무 욕심을 많이 부려서 다 이렇게.

사니아 : 욕심. 다 맞아요. 맞아요. 어느 쪽이 진짜 뭔가 아랍 느낌이나 왠지.

조사자 1 : 그러게 약간 아랍 느낌이 나네. 나.

커다란 순무 [1]

● **구연정보**

조사일시 : 2016. 11. 17(목) 오후
조사장소 : 강원도 횡성군 횡성읍 읍하리
제 보 자 : 히아조바 나탈리아 [카자흐스탄, 여, 1982년생, 결혼이주 11년차]
조 사 자 : 박현숙, 김현희

● **구연상황**

제보자가 〈더러운 음식을 먹으면 얼굴이 넓어진다〉는 속담을 소개한 뒤, 조사자가 〈커다란 순무〉 이야기 줄거리를 간단히 들려주면서 이야기를 아느냐고 묻자 제보자가 아는 이야기라면서 곧바로 구연을 시작했다. 제보자는 구연 과정에서 반복적으로 나오는 '땡겨 땡겨도'라는 표현에 리듬을 넣어 흥겹게 구연했다. 제보자는 구연을 마친 뒤 이 이야기는 어릴 때부터 알고 있던 이야기이며 어린이집이나 학교에서도 가르치고 텔레비전에서도 자주 나오는 이야기라고 설명을 덧붙였다. 오숙민 작가와 일본 국적의 모우에 히로꼬 제보자가 청자로 참여했다.

● **줄거리**

할아버지가 순무를 심었는데 순무가 너무 크게 자랐다. 할아버지가 순무 이파리를 잡고 뽑으려는데 뽑히지 않아서 할머니에게 도움을 구했다. 할아버지와 할머니 힘을 합쳐도 순무가 뽑히지 않자 이후 할머니가 손녀딸을, 손녀딸이 강아지를, 강아지가 고양이를 불러서 당겼지만 역시 소용이 없었다. 마지막으로 고양이가 쥐를 불러서 함께 이파리를 잡아당기자 순무가 뽑혔다.

할아버지가 순무를 심었어요. 심어가지고 순무가 너무 커버린 거예요. 그래서 뽑을라고 하셨는데 너무 커서 못 뽑았어요. 그래서 할머니를 불렀어요.

"할머니! 와서 도와줘."

할머니는 가서 할아버지를 잡고, 할아버지는 무를 잡고, 무, 저기 이파리. 이파리를 잡고 (리듬을 넣어서) 땡겨 땡겨도 안 나와. 안 나와요. 그래서 할머니는 손녀딸을 부르신 거예요.

"손녀딸! 와서 좀 도와줘라."

그래서 손녀딸 와서 할머니를 잡고, 할머니는 할아버지를 잡고, 할아버지는 순무 이파리를 잡고, (리듬을 넣어서) 땡겨 땡겨도 안 나와요. 그담에 저 손녀딸은 강아지 '루치카'라고. '루치카'라고, 루치카를 불렀는데, [청자: 루치카가 강아지예요?] 루치카. [청자: 강아지 이름이에요?] 예. 강아지 이름이에요. 루치카.

(웃으며) 루치카를 불렀는데. 손녀딸 잡고, 손녀딸은 할머니 잡고, 할머니는 할아버지 잡고, 할아버지는 그 이파리를 잡고 (리듬을 넣어서) 땡겨 땡겨도 안 나와요.

루치카는 고양이를 부른 거예요. 고양이 와서. 고양이는 강아지를 잡고, 강아지 저기 손녀딸, 손녀딸은 할머니, 할머니는 할아버지, 할아버지는 이파리, 무 이파리 잡고 (리듬을 넣어서) 땡겨 땡겨도 안 나와요.

그래서 마지막으로 인제 고양이가 쥐를 불렀어요. 쥐를 불렀는데, 쥐가 오자마자 쥐는 고양이 잡고 고양이 강아지 잡고, 강아지는 손녀딸 잡고, 손녀딸은 할머니 잡고, 할머니는 할아버지 잡고, 할아버지는 순무 이파리 잡고. (리듬을 넣어서) 땡겨 땡겨 드디어 나왔어요.

나와 가지고 그 합쳐놓은 힘으로 무를 뽑는다는 뜻이에요. 그런 이야기가 있었어요. '무슨 일 있어도 합치면 뭐 다 된다', '혼자서 하지 마라' 그런 뜻이에요.

커다란 순무 [2]

● **구연정보**

조사일시 : 2017. 12. 19(화) 오후
조사장소 : 서울시 광진구 화양동 건국대학교
제 보 자 : 조팔리나 [카자흐스탄, 여, 1995년생, 유학 2년차]
조 사 자 : 신동흔, 김정은, 황승업, 강새미

● **구연상황**

제보자가 〈둥근 빵 칼라복과 꾀쟁이 여우〉에 이어서 간단한 러시아 민담이 있다며 구연했다. 어린아이들이 거의 알고 있는 유명한 이야기라고 했다. 인도의 파드마 제보자가 함께 이야기를 들었다.

● **줄거리**

옛날 가난한 가족이 살았다. 어느 날 할아버지가 무씨를 찾아 심었는데 시간이 지나자 무가 매우 크게 자랐다. 할아버지가 무를 뽑으려 했는데 너무 커서 뽑을 수 없었다. 이를 본 할머니, 손녀, 고양이, 강아지 모두가 할아버지를 도왔지만 무를 뽑을 수 없었다. 그때 작은 쥐가 와서 힘을 보탰는데 그러자 그때까지 뽑히지 않던 무가 뽑혔다.

옛날옛날에 엄청 가난하고 엄청 돈이 없는 가족에서 할아버지도 있었고, 할머니, 손녀도 있었는데, 강아지도 있었고, 고양이도 있었고, 고양이가 먹는 그 [조사자 2: 쥐, 쥐.] 쥐도 있었어요. 근데 먹을 게 없어서 할아버지가 어디에서 무에 씨를 찾아서 심었어요.

계절이 지나갔는데, 무가 엄청엄청 커졌어요. 그거 2미터? 정도, 그 1미터, 2미터 정도 엄청 많이 커졌고. 그거 먹어야 돼서 그거 따야 되거든요. 그래서 할아버지가 직접 와서 따려고 했는데 못 땄어

요. 그다음에는 할머니도 와서 할아버지한테,

"너가 혼자하면 안 돼서 내가 도와줄게."

라고 해서 할아버지가 이 무에 원래 그거 그린green색 그것도 있잖아요. [조사자 2: 네 무청.] 무청이 있잖아요. 그래서 할아버지가 이 무청을 들고, 할머니가 할아버지 허리를 잡고 그렇게 당기기 시작했어요. 근데 그렇게 했었는데 안 됐거든요. 그래서 손녀도 와서,

"할아버지 할머니 제가 도와주고 싶어서 제가 와서."

그거 손녀도 와서, 다른 가족이 집에 있는 모든 인물, 동물이 와서 다 했는데 못 땄어요. 근데 쥐 오기 전까지, 고양이 와서 못 땄는데, 쥐 오기 전까지 못 땄는데. 쥐가 와서 쥐는 힘도 없고 다 없는데, 근데 쥐가 와서 도와주려고 왔는데, 거의 힘이 없는데 그거 땄는데, 당겼는데 결국에는 땄어요.

왜냐하면 그 원래 저희한테 이 얘기를 왜 말을 하냐면은, 혼자 하는 게 어디 있냐. 왜냐면 다 같이 하는 게, 다 잘 될 거야. 다 같이 하면은 더 쉽게 할 수 있고 더 잘할 수 있다는 이런 의미로 저희한테 이런 얘기를 많이 해요.

[조사자 1: 쥐가 아주 작은 쥐? 조그만 쥐?] 네, 조그만 쥐인데 힘도 없고 다 없는데.

암탉의 깨진 황금알

● **구연정보**

조사일시 : 2016. 11. 17(목) 오후
조사장소 : 강원도 횡성군 횡성읍 읍하리
제 보 자 : 히아조바 나탈리아 [카자흐스탄, 여, 1982년생, 결혼이주 11년차]
조 사 자 : 박현숙, 김현희

● **구연상황**

제보자가 〈커다란 순무〉 구연을 마친 뒤, 카자흐스탄 설화가 머릿속에서 잠깐씩 떠오르지만 처음부터 끝까지는 생각나지 않는다면서 이야기판을 정리하려고 했다. 이때 제보자를 소개하고 청자로 참여한 오숙민 작가가 암탉의 황금알 이야기 구연을 청하자 제보자가 곧바로 구연을 시작했다. 오숙민 작가 외에 일본 국적의 모우에 히로꼬 제보자가 청자로 참여했다. 제보자는 구연을 마친 뒤 이야기 내용의 모순된 부분을 지적하면서 인물의 행동이 잘 이해되지 않는다고 말하기도 했다.

● **줄거리**

옛날에 할머니와 할아버지가 살았는데 어느 날 암탉이 황금알을 낳았다. 할아버지가 달걀 프라이를 먹고 싶어서 황금알을 깨려고 했지만 망치 같은 여러 도구를 사용해도 깨지지 않았다. 그때 어디선가 쥐가 나타나 꼬리로 황금알을 살짝 건드리자 알이 바닥에 떨어져서 깨졌다. 그것을 보고 노부부가 울기 시작하자 암탉이 노부부를 달래면서 황금알 대신 진짜 알을 낳아주겠다고 했다.

'쿠로치카라바'는 옛날 옛날에 할머니와 할아버지, 할아버지가 살았어요. 그래서 닭 한 마리가 있었어요. [청자: 닭?] 닭. 암탉. 수탉 말고 암탉. 그래서 어느 날 암탉이 황금알을 낳은 거예요. 그래서 할

아버지가 못 가지고, 아니, 못은 아니고 망치. 망치 가지고 (리듬을 넣어서) 때려때려도 안 깨지는 거예요. 뭐로 해도 안 깨지는 거예요. 그래서 할아버지가 그 후라이, (웃으며) 계란후라이를 하고 싶었는데. 근데 황금, 황금알이라 안 깨지는 거예요.

그런데 갑자기 어디선가 쥐 한 마리가 나타났어요. 쥐 한 마리가 나타나가지고 꼬리로 휠-떡 그 알을 살짝, 살짝 건드려가지고 알이 떼굴떼굴떼굴 상에서 떨어진 거예요. 떨어져가지고 바닥에서 깨졌어요. 깨졌는데 그때 갑자기 할머니 할아버지가 울음 터뜨렸어요. 황금알이 깨졌다고.

갑자기 그 암탉이 그런 거예요.

"할머니! 할아버지! 웃지 말아요. (정정하며) 울지 말아요. 저는 인제 황금알 말고 진짜, 진짜 알을 낳아 드릴게요."

좀 짧은데 그런 이야기예요.

[청자: 겉에만 황금이었나 보죠?] 아니, 나도 이해는 안 가요. [청자: 겉에만 황금이었나봐.] 할아버지가 깰라고 일부러 망치를 가지고 깰라고 그랬는데 안 깨졌어요. 근데 [청자: 쥐가.] 쥐가 와서 [조사자: 쥐가 살짝 건드렸는데 똑 떨어져가지고.] 똑 떨어져가지고, 바닥에 똑 떨어져가지고 깨진 거예요.

근데 왜 울죠? 깨져가지고. 깨려고 일부러 망치로 한 거 아니었어요? [조사자: 바닥에 떨어졌으니 프라이를 못 해먹잖아요.] 아, 그런가봐요. (웃음)

게으른 형제

● **구연정보**

조사일시 : 2017. 03. 24(금) 오후
조사장소 : 서울특별시 광진구 화양동 건국대학교
제 보 자 : 아쑤바이에바 [카자흐스탄, 여, 1991년생, 유학 3년차]
조 사 자 : 오정미, 이원영

● **구연상황**

제보자가 카자흐스탄 속신에 대해 설명한 뒤 조사자가 부자 이야기나 게으른 사람에 관한 이야기가 있느냐고 묻자 조사자가 어머니에게 들은 이야기가 있다고 하며 구술을 시작했다. 사니아 제보자가 청자로 참여했다.

● **줄거리**

옛날에 게으른 형제가 있었다. 추운 겨울밤에 문이 열린 걸 보고 형이 동생한테 문 좀 닫으라고 했다. 동생은 귀찮다면서 형에게 미루었다. 그러다가 둘 다 얼어 죽었다.

저도 짧은 거 있는데 어머니가 항상 이렇게 얘기해 주셨던 얘기가 있는데, 어떤 형제가 있었는데 형이랑 동생, 혼자서 살았대요. 집에서 그래서 엄청 귀찮아서 아니 게을러서 어느 날 [조사자: 누가 게을러요?] 둘 다요. 그 고집이 세고, 게으르고. 아 어느 날 그 추운 겨울밤에 또 문이 열려 있는데, 집 문이 열려 있는데 이렇게 형이 동생한테 그

"문을 닫아라."

이러고 하는데.

"아니야. 귀찮아."

라고 안 하고.

동생도 돌면서 이렇게

“형이 문을 닫아라.”

이렇게 했는데.

“아니야. 귀찮아, 귀찮아.”

이렇게 서로 이렇게 고집이 세서 [조사자: 서로 미뤄서] 서로 미뤄서 미루고 나서 이렇게 둘 다 이렇게 얼어 죽는다고. 결국은 그래서 어머니가 이런 일이 있어.

[청자(사니아): 동생이 있으니까.] 동생이 있으니까 너도 동생한테 이렇게 [청자(사니아): 하지 말라고.] 귀찮고 뭐 이렇게 고집이 세면 안 된다는 의미에서 나쁘게 된다고 이런 의미에서. [조사자: 둘 다 얼어 죽었다. 이것도 중요한 거지.]

게으른 삼형제

● 구연정보

조사일시 : 2017. 03. 24(금) 오후

조사장소 : 서울특별시 광진구 화양동 건국대학교

제 보 자 : 사니아 [카자흐스탄, 여, 1992년생, 유학 6년차]

조 사 자 : 오정미, 이원영

● 구연상황

아쑈바이에바 제보자가 〈게으른 형제〉 구연을 마친 뒤 사니아 제보자가 이야기를 넘겨받아서 또 다른 게으른 형제 설화를 구술했다. 구술하면서 카자흐스탄에는 게으름에 관한 이야기가 많다는 사실도 강조했다. 아쑈바이에바 제보자가 청자로 참여했다.

● 줄거리

옛날에 게으른 삼 형제가 있었다. 첫째가 살구나무 있었으면 좋겠다고 하자, 둘째가 그 살구가 자신의 입에 떨어졌으면 좋겠다고 했다. 그러자 셋째가 그렇게 말하는 것도 귀찮지 않냐고 했다.

아마 투르크 껀데 그거 형제가 세 명 있었는데 첫 번째가 이렇게 말했대요.

(제보자가 청자에게 카자흐스탄 말로 이야기를 물어봄.)

(제보자가 청자를 보며) 감? [청자(아쑈바이에바): (사전을 찾아보고) 아 밀린 살구? 아 말린 살구.] 근데 말린 살구면 그 나무 있잖아요. 원래 [조사자 1: 살구나무.] [청자(아쑈바이에바): 살구나무.] 그래서 세 명 다 게으른데 첫 번째 형제가

"좀 그런 나무가 생겼으면 좋겠다."

하고.

[조사자 1: 어떤 나무?] 살구나무가 두 번째 형제가 이제 또 게으른 거죠.

"내 입에 좀 떨어졌으면 좋겠다."

그거 내가 떨어지지 않아도 그냥 내 입에 떨어졌으면 좋겠다고. 세 번째가 세 번째 형제가 막내

"아 다 이렇게 다 말하는 거 어떻게 게으르지 않느냐."

그런 거예요. 말하는 것도 뭔가 귀찮다. [조사자 1: 아 이렇게 말하는 것도 귀찮다.] 네네.

그런 것 좀. (아쑤바이에바를 향해) 많이 하지. [청자(아쑤바이에바): 응 맞아. 귀찮은 거.] 좀 게으른 사람들에 대해 이렇게 비웃는 거 많은 거 같아요.

[조사자 1: 첫째 형은 살구나무가 있었으면 좋겠다. 둘째 형은 입에 저절로 떨어졌으면 좋겠다. 셋째는 아, 이런 말하는 것도 귀찮다하며 끝났다는 거지.] 네. 어떻게 귀찮지 않냐.

[조사자 1: 약간 카자흐스탄은 귀찮음에 관련한 이야기가 많구나.] [청자(아쑤바이에바): 근데 전체 민족성이 좀.] 게으르다 생각이 왠지 있어요. [조사자 2: 우리가 게으르다?] 네. [청자(아쑤바이에바): 카자흐스탄 사람들이.] [조사자 1: 아 스스로.] [청자(아쑤바이에바): 스스로 이렇게.] 비웃는 그런 거 있어요. 근데 사실은 게으르지 않지만, 그 유목민족이다 보니까 게으를 수가 없잖아요. 근데 그래도 뭔가 그런 비웃는 거 있어요. 서로.

[조사자 1: 거꾸로 유목민족이니까 조금이라도 게으른 사람이 되게 더 나빠 보이기 때문에 그걸 경계하는 이야기를 자꾸 만들어내는 거구나.]

어리석은 늑대

● 구연정보

조사일시 : 2017. 05. 12(금) 오후
조사장소 : 서울특별시 광진구 화양동 건국대학교
제 보 자 : 아쑤바이에바 [카자흐스탄, 여, 1991년생, 유학 3년차]
사니아 [카자흐스탄, 여, 1992년생, 유학 6년차]
조 사 자 : 오정미, 이원영

● 구연상황

제보자들이 라마단에 대한 이야기를 들려준 뒤, 조사자가 카자흐스탄의 특성을 반영한 설화를 더 찾고자 나라의 동물 이야기에 대해 질문했다. 아쑤바이에바 제보자는 사니아 제보자와 잠시 대화를 나눈 뒤 이야기를 시작했다. 아쑤바이에바 제보자가 구연을 주도해 나가고 사니아 제보자가 거드는 방식으로 공동 구연을 진행했다.

● 줄거리

어리석은 늑대가 있었다. 늑대는 염소를 잡아먹으려다가 염소의 꾀에 속아 목동에게 매를 맞았다. 또 양을 만나 잡아먹으려 했는데, 마지막 춤을 추고 싶다는 양의 소원을 들어주는 바람에 놓치고 말았다. 늑대는 마지막으로 말을 만나서 잡아먹으려고 했다. 꼬리털부터 먹으면 된다는 말을 듣고서 물려고 하던 늑대는 말한테 뒷발차기를 당해서 죽고 말았다.

조사자 1 : 혹시, 카자흐스탄을 대표하는 동물? 혹은 이야기 속에서 많이 나온 동물은, 아까 낙타 얘기 했는데, 어떤 동물이에요?
(카자흐스탄어로 두 제보자가 의논함.)
조사자 1 : 예를 들어 한국의 설화는 호랑이.
아쑤바이에바 : 호랑이에요?

조사자 1 : 응, 토끼, 개, 여우 뭐 이 정도라면, 몽골은 늑대, 말.

아쑤바이에바 : 저희도 늑대, 늑대랑 여우, 양.

조사자 1 : 아, 늑대, 여우, 양. 낙타는 아니고?

아쑤바이에바 : 네.

조사자 1 : 혹시 그러면 늑대나 여우나 양에 관련된 이야기도 좀.

아쑤바이에바 : 좀 약간 늑대가 약간 바보의 모습으로 많이 나타나, 잘 속이고(속고), 네.

조사자 1 : 어리석고.

아쑤바이에바 : 어리석고, 그러니까 옛날에 그 어떤 늑대가 살았는데, 염소를 만났죠. 만났어요. 근데 "지금 너를 잡아먹을 거야." 라고 하고, "그럼 아 네, 그럼 인연이라, 그럼 인연이라면, 인연이라면 괜찮아요." 이렇게 하고.

조사자 1 : '인연이라면 괜찮아'라는 게 무슨 말이에요?

사니아 : 그 내 운명이라면은 받아들일게.

조사자 1 : 아 운명이라면.

사니아 : "근데, 저 너무 이렇게 말랐고 늙었어요. 조금만 기다리면 지금 집에 갔다 와서 나의 자식을 하나 데리고 올게요. 좀 그 자식의 그 고기가 좀 부드럽고 좋아, 맛이 좋으니까." 그래서 아 늑대가 "아 네 괜찮아요."라고. 이렇게 놓았죠. 염소를.

조사자 1 : 아 그렇게 하라고?

사니아 : 네, 하라고. 네.

조사자 1 : 보내줬어, 응.

사니아 : 네, 그래서 그 염소가 이렇게 달려가서 그 늑대에 대해서 그 사람. 아, 그거 아까 산책시키는 거 있잖아요. 사람이, 사람을 뭐라고 하죠? 그 염소를 이렇게 산책시키는 사람.

조사자 3 : 양치기?

사니아 : 네.

조사자 1 : 목동?

아쑤바이에바 : 네, 목동한테 그 늑대 얘기를 했어요.

사니아 : 아 그 염소가?

조사자 1 : 양이.

아쑤바이에바 : 네, 염소가, 염소가.

조사자 1 : 아 지금 나오는 다 양이 아니라 염소지. 맞어. 맞어, 염소가 목동에게.

아쑤바이에바 : 그래서 그 목동? 목동이 가서 그 좀 때리기, 때렸죠. 늑대를 때리기 시작했고.

사니아 : 염소가.

아쑤바이에바 : 네.

조사자 1 : 목동이 늑대를 때려?

아쑤바이에바 : 네.

조사자 1 : 무서운 목동인데?

아쑤바이에바 : 네. (웃음)

조사자 1 : 늑대를 때렸어?

아쑤바이에바 : 약한 모습으로 나타났기 때문에 늑대가 다음에 또 양을 만났죠. "아, 양 널 지금 잡아먹을 거야." 이렇게 하고, 양이, "그래 내 운명이라면 그래도 받아들일게. 죽기 전에 좀 춤을 추게 해줘." 이렇게 하는 거예요. 그래서 네. 늑대가 괜찮다고 했고, 양이 좀 이렇게 늑대의 보기에 춤추기 시작했어요. 네. 그게 춤추면서, 아 이렇게.

사니아 : 아 이렇게 돌면서.

아쑤바이에바 : 돌면서 또 이렇게 점점 이렇게 널뛰는 거죠. 이렇게.

조사자 1 : 아 도망가는구나.

아쑤바이에바 : 도망. 네. 네, 네. 그래서 결국엔 또 이렇게 도망갔죠. 네. 그래서 또 이렇게 이제 늑대가 속았고. 이렇게 말을 갈때에 이렇게 가면서 말을 만났어요. 말이, "말아, 나 지금 널 잡아먹을 거야."라고 하고. 말이, "괜찮아. 근데 부탁이 있어. 나를 이렇게."

조사자 1 : 엉덩이?

사니아 : 아뇨. 그 테일tail? 테일? 허리?

조사자 2 : 꼬리.

사니아 : 꼬리, 네.

아쓰바이에바 : "꼬리부터 먹기 시작해줘."

이렇게 하는 거예요. 네. (웃음) 그 머리, 머리를 이렇게 나중에 먹어도 된다고. "그래."라고. 늑대가 또 이렇게 속았죠. 그래서 그게 꼬리를 먹기 시작한 순간, 말이 다리, 다리로 이렇게.

조사자 3 : 뻥하고 찼어요?

아쓰바이에바 : 네, 네. 그래서 이렇게 죽인 거예요. 늑대를.

조사자 1 : 죽였어?

아쓰바이에바 : 죽였어요. 네. (웃음) 네, 약간 이렇게 참 바보의 모습으로 나타난 거, 네.

둥근 빵 칼라복과 꾀쟁이 여우 [1]

● **구연정보**

조사일시 : 2016. 11. 17(목) 오후
조사장소 : 강원도 횡성군 횡성읍 읍하리
제 보 자 : 히아조바 나탈리아 [카자흐스탄, 여, 1982년생, 결혼이주 11년차]
조 사 자 : 박현숙, 김현희

● **구연상황**

제보자가 외할마니의 카자흐스탄 이주와 정착 과정에 대해 들려준 뒤, 조사자가 〈칼라복〉 이야기를 아는지 묻자 안다면서 곧바로 구연을 시작했다. 오숙민 작가와 일본 국적의 모우에 히로꼬 제보자가 청자로 참여했다.

● **줄거리**

옛날에 자식이 없는 할아버지와 할머니가 살았다. 어느 날 할머니는 비어 있는 항아리에서 밀가루를 겨우 긁어모아서 둥근 빵 칼라복을 구워서 창틀에 두었다. 그런데 갑자기 칼라복이 굴러 떨어지더니 창틀을 넘고 마당을 지나서 숲속으로 갔다. 칼라복은 곰과 토끼를 연이어 만났다. 칼라복은 이들이 칼라복을 먹겠다고 하자 칼라복은 노래를 부르며 도망갔다. 이어서 칼라복을 만난 여우가 잡아먹겠다고 하자 칼라복은 또 노래를 부르며 달아나려 했다. 그때 여우가 칼라복에게 노래가 잘 들리지 않으니 자기 코 위에 앉아서 노래를 불러달라고 했다. 칼라복이 코 위에 앉자 여우가 칼라복을 잡아먹었다.

옛날에 옛날에 할머니가, 할머니가 할아버지와 살았어요. 자식도 없는 할머니 할아버진데요. 어느 날 할아버지가 할머니한테,

"빵 구워달라."

고 하셨어요.

"어떻게 구우냐?"

그래서 하셨고.

그다음에 옛날에 거위나 아니면 닭 옛날에 그거를 날개를 잘라가지고, 그 날개를 빗자루처럼 쓰는 거였어요. 작은 빗자루. 뭐 상도, 상도 이렇게 비치고, 다 쓰는 용도였어요. 그 날개로 항아리에 밀가루를 다 긁어서 밀가루를 조금씩 모았어요. 모아가지고 그래서 칼라복을 하셨어요.

옛날에는 칼라복 하신 거는 '페치카' 러시아 페치카 있어요. 거기서 구웠어요. 구워가지고. 구워서 창문, 창문틀에서 식히라고 놔뒀어요. 근데 칼라복이 갑자기 구르기 시작해가지고 그래서 바닥으로 떨어졌고, 바닥에서 창문 밑으로 창문틀에서 넘어갔고, 그래서 마당으로 굴렀고, 마당에서 인제 길을 가다가 숲속으로 간 거예요. 그래서 노래를 부르면서,

"난 칼라복, 칼라복. 나 할아버지한테서 도망갔다."

그리고 가다가 누구 먼저? 곰 먼저 만난 건가? 곰을 만났어요. 곰을 만나가지고 그래서 곰이 맛있는 칼라복을 보고,

"나 너를 먹을 거다."

그래서 칼라복 또 노래를 부르기 시작해서

"난 칼라복, 칼라복. 나는 (적절한 한국어 단어를 생각하며) 무슨 옆구리? 잘 구워진 노릇노릇한 옆구리? 옆구리? 나는 할머니 할아버지한테서 도망갔는데, 너한테서도 도망갈 거야."

그래서 쏙 빠져나갔어요. 가다가 또 토끼를 만났어요. 토끼를 만났고 똑같이 노래를 부르면서,

"칼라복 나 너를. 너는 맛있게 생겼어. 나 너를 먹을 거다."

칼라복은 또 노래를 부르기 시작했어요.

"난 칼라복, 칼라복. 난 할머니 할아버지한테서 도망갔고. 곰도한테서도 도망갔는데, 너한테서도 도망갈 거야."

또 도망가는데, 가다가 또 여우를 만났어요. 여우를 만났는데 여우가 (웃으며) 또, 항상 여우잖아요.

"칼라복, 칼라복 난 너를 먹을 거다."

"아니야, 나를 먹지마! 나는 할머니 할아버지한테 도망갔고, 곰

한테서도 도망갔고, 토끼한테서 도망갔는데, 너한테서도 쉽게 도망갈 거야.”

그래서 여우가,

“그래? 난 좀 귀가 먹었나 봐. 여기 코 위에 앉아서 노래 한 번 더 불러주렴.”

그래서,

“아, 그래?”

칼라복은 올라타자마자 여우가 삼켜 버린 거예요, 칼라복을. 그래서 그렇게 끝났어요. [조사자: 먹혔네요. 결국에 여우한테?] 네. 먹혔어요. [조사자: 혹시 그거를 노래로 부르기도 해요? 칼라복이 도망가고 하는 것들을?] 네. 노래로 부르기도 해요. [조사자: 혹시 기억이 나세요? 러시아어로 불렀던?]

(제보자가 러시아어로 칼라복 노래를 일부 들려줌.)

둥근 빵 칼라복과 꾀쟁이 여우 [2]

● 구연정보

조사일시 : 2017. 02. 07(화) 오후
조사장소 : 서울시 광진구 화양동 건국대학교
제 보 자 : 아쑤바이에바 [카자흐스탄, 여, 1991년생, 유학 3년차]
조 사 자 : 오정미, 이원영, 이승민

● 구연상황

제보자가 돼지에 얽힌 금기를 설명한 뒤, 이웃 나라인 러시아의 이야기를 해도 좋은지 물었다. 조사자가 듣고 싶다고 답하자 제보자가 러시아의 대표적인 동화로 어릴 적에 많이 들은 이야기라면서 구술을 시작했다. 사니아 제보자가 청자로 참여했다.

● 줄거리

자식이 없는 할아버지 부부가 칼라복이라는 빵을 만들어서 창문에 올려놓았다. 그러자 칼라복이 살아나서 노래를 하고 춤을 추면서 집 밖으로 도망갔다. 칼라복은 곰을 만나고 늑대와 토끼를 만나서 도망갔는데, 여우를 만나서 결국 잡아먹혔다. 여우의 코에 올라타라는 말에 속아 넘어간 탓이었다.

러시아 동화 중에서 제일 이렇게 대표적인 거 있어요. 아이들을 위한 동화인데요. 그런데 그 이름을 뭐라고 하는지 몰라요. 요리인데요. 그 빵인데 우리 도넛처럼 생긴 거. 그런데 러시아에 이거 이름이 따로 있어요.

[조사자 1: 뭔데?] '칼라복'이라고 해요.

그 옛날에 어떤 할아버지랑 할머니가 이렇게 손자도 없고 이렇게 아들도 없어서 칼라복을 이렇게 만들었어요, 그런데 칼라복을 만들어가지고 이렇게 창문 있잖아요? 그 창문 위에 이렇게 올려놓고 있는데 칼라복이 도망가요. 집에서. 도망갔는데, 어 이렇게 처음으로 이렇게 가다가 음, 곰을 만나요. 이렇게 숲속으로 이렇게 도망쳤는데 이렇게 곰을 만나요. 그런데 곰한테.

"절 살려주면 춤을 춰드릴게요."

이렇게 하면서 곰한테 이렇게 도망가고 그다음에 늑대를 만나요. 이게 똑같이 이렇게 늑대한테. 아 이제.

"살려주세요, 살려주세요."

이렇게 노래하고 춤추면서 이렇게 도망가는 거예요. 그리고 그 다음에 토끼를 만나는 거예요. 어 토끼를 만나서 이렇게 (잠시 생각 후) 잘 기억이 안 나요. (다시 생각이 난 듯) 네. 똑같이 이 이렇게 뭐 춤추면서 도망가요. 그래서 결국은 여우를 만난 거예요. 여우. 그래서 그 이야기가 잘 기억 안 나는데, 그런데 여우는 결국은 잡아먹어요. 그래서 이런 (웃음)

[조사자 1: 그게 그 여우가 그거 아냐? 강 건너게. '내가 강을 건너가게 해줄게.' 그래서, 처음에는 '내 등에 타.'이랬다가, '내 머리에 올라타.', '내 코에 타.']

아! 맞아요! 맞아요! 네. 맞아요. 이런 식으로. 네. 여우가 반대로 속이는 거요. [조사자 1: 그런데 이 이야기가 러시아쪽 어린이들은 다 알아?] 다 알아요. 네. [조사자 1: 이 이야기를 해주는 이유가 뭔데? 왜 해주시는 것 같아?] (웃음) 네. 다른 사람을 믿지 말라. [조사자 1: 함부로 믿지 마라?] 네, 함부로 믿지 마라.

(조사팀과 제보자가 생강빵 이야기라는 비슷한 내용의 동화책이 있다는 담소를 나눔.)

네. '이렇게 막 남을, 타인을 이렇게 함부로 이렇게 믿지 말라.'

이런 식으로.

[조사자 2: 그럼 칼라복은 보통 때도 잘 먹는 빵이에요?] 네. 잘 먹는 빵이에요. 그걸 러시아말로 '칼라복'이라고 하고 카자흐어로 따로 있어요. 그 '바우르 사크'

둥근 빵 칼라복과 꾀쟁이 여우 [3]

● **구연정보**

조사일시 : 2017. 12. 19(화) 오후
조사장소 : 서울시 광진구 화양동 건국대학교
제 보 자 : 조팔리나 [카자흐스탄, 여, 1995년생, 유학 2년차]
조 사 자 : 신동흔, 김정은, 황승업, 강새미

● **구연상황**

제보자가 〈알다르코세와 지렌센의 지혜 겨루기〉을 구연한 뒤, 카자흐스탄은 다민족국가라 러시아어를 공용어로 써서 학교에서 러시아 민담을 배운다고 했다. 그리고 제보자가 어릴 적에 처음 읽었던 러시아 민담이라며 구연을 시작했다. 인도 출신 파드마 제보자가 함께 이야기를 들었다.

● **줄거리**

옛날에 가난한 가족이 살았는데, 어느 날 엄마가 '칼라복'이라는 반죽을 만들었다. 먹히고 싶지 않았던 반죽 칼라복은 '나는 할머니한테서 도망쳤다, 나는 할아버지한테서 도망쳤다' 하고 노래를 부르며 숲으로 도망갔다. 숲에서 곰, 토끼 등 여러 동물을 만난 칼라복은 그때마다 그들을 속여 도망쳤고, 노래는 점점 길어졌다. 그러다 여우를 만났는데 여우는 칼라복을 보자마자 속일 틈을 주지 않고 바로 칼라복을 잡아먹었다.

옛날옛날에 어떤 가족이 있었는데요. 근데 이 가족이 너무 돈도 없고 애들도 많이 있어, 많았는데. 먹을 게 없었거든요.

그래서 가족의 엄마가 어디 자꾸 자기 집을 다 찾았는데, 다 찾고 그렇게 했는데. 뭔가 반죽 만들라고, 반죽 만들려고 그 인그리디언트ingredient, 재료를 찾았거든요. 그래서 반죽을 만들었는데, 이 반죽이 뭐가 됐는지 아무도 모르는데 이 반죽이 살아 있었어요. 그래서 이 반죽이 그 다른 사람한테 자기를 먹이고 싶지 않아서, 당연하죠. 먹이고 싶지 않아서 그냥 도망갔어요. 도망갔어요. 도망가려고 그 숲속으로 도망가려고 했는데, 도망가는 길에

"야바보시키보쇼, 야디도보시키보쇼."

그거는,

"나 할머니한테 도망갔구나. 나 할아버지한테 도망갔구나."

노래를 하면서 가고 있었거든요.

그래서 가는 길에 곰이 왔어요. 곰은 이 정체를 보고 먹고 싶었는데, 칼라복은 곰을 속이고. 곰도 있었고 뭐가 동물이 많이 있었는데 제가 잘 기억 안 나요. 옛날 얘기라서. 그래서 결국에는 칼라복은 도망갈 때마다 자기 노래에 파트가 추가되거든요. [조사자: "나는 곰도 피했어!" 이러는.] 네.

"나는 곰도 피했어. 나는 토끼도 피했어. 나는 다른 동물들 피했어."

하고 갔는데, 마지막에는 여우를 만났어요. 근데 여우가 곰이랑, 그 칼라복이랑 얘기도 안 하고 그냥 먹었어요. (웃으며) 왜냐면 칼라복 다른, [조사자: 일단 얘기를 해야 되는데. 그래야 속이는데.] 네. [조사자: 속일 틈을 안 주고 그냥 먹어버렸구나.] 네.

섬 아가씨와 고양이

● **구연정보**

조사일시 : 2016. 11. 17(목) 밤
조사장소 : 강원도 횡성군 횡성읍 읍하리
제 보 자 : 우쿠자노바 디나 [카자흐스탄, 여, 1981년생, 결혼이주 13년차]
조 사 자 : 박현숙, 김현희

● **구연상황**

조사자 일행은 밤 열 시가 넘은 늦은 시간에 제보자의 자택을 방문했다. 제보자가 조사팀에게 자녀를 모두 재우고 난 뒤에 만나자고 요청했기 때문이다. 조사자와 제보자는 반갑게 인사를 나눈 뒤 2차 조사를 진행했다. 조사자가 준비한 이야기를 구연해 달라고 청하자 제보자가 어릴 적에 들은 내용인데 아주 오래된 이야기는 아니라면서 구연을 시작했다. 제보자는 구연을 마친 뒤, 이야기 등장인물 중 두더지는 들쥐라고 정정했다.

● **줄거리**

섬 아가씨가 고양이의 꼬리를 잡아당겨서 고양이 꼬리가 끊어졌다. 고양이가 아가씨에게 꼬리를 돌려달라고 요구하자, 아가씨는 꼬리를 받고 싶으면 쏟은 우유를 갖고 오라고 했다. 고양이는 젖소와 나무, 물 긷는 아가씨, 슈퍼아주머니, 암탉, 고양이, 들쥐를 차례로 만나서 그들이 원하는 것을 가져다주고 마침내 우유를 얻었다. 아가씨는 고양이한테서 우유를 받고서 그 꼬리를 돌려주었다.

〈섬 아가씨와 고양이〉 이야기인데요. 섬 아가씨가 청소를 하다가, 청소를 하다가 건포도 하나를 찾았어요. 그래서 고양이를 불러요.

"와서 이거 먹어라."

하고, 그랬더니 고양이가,

"싫다. 안 간다. 안 먹는다."

그랬더니 섬 아가씨가,

"그러면 나는 니 꼬리를 안 준다."

하면서 꼬리를 잡아당겨서 꼬리를 갖고 있게 됐어요. [조사자: 꼬리가 끊어졌어요?] 네. 끊어지죠. 그래서 인제 꼬리가 끊어졌으니까 이 고양이가 우유를 쏟아 버려요. 화가 났으니까. 그랬더니 고양이가, 섬 아가씨가,

"그럼 니 꼬리를 받고 싶으면 나한테 우유를 갖다 줘라."

라고 얘길 해요. 고양이가,

"알았다. 그럼 내가 우유를 가져다주면 네 꼬리를 주는 거다."

하고 집을 나가요. 집을 나가서 소, 젖소한테 가서,

"젖소야. 나한테 우유를 줘라."

그래요. 그랬더니 젖소가,

"나는 배고파서 나뭇잎 먹고 싶어. 나뭇잎 갖다 줘라."

그래요. 그러면 고양이가 나무한테 가서,

"나무야, 나한테 나뭇잎 좀 줘라."

그래요. 그랬더니, 나무가,

"나는 물 먹고 싶어서 나한테 물을 갖다 줘라."

그렇게 얘기를 해요. 이제,

'물을 어디서 찾나?'

하고 가고 있더니, 아가씨 몇 명이 물을 길러오는 거예요. 길러오고 있는데 아가씨들한테 가서,

"아가씨들아. 나한테 물 좀 줘라."

그래요. 그랬더니 아가씨들이,

"아니 우리는 껌이 필요한데 우리한테 껌 갖다 주면 우리가 물 주겠다."

라고 애기를 해요. 그래서,

'이제 껌을 어디서 찾나?'

해서 슈퍼를 가요. 슈퍼를 가서 슈퍼아줌마한테,

"저한테 껌 좀 주세요."

그랬더니 슈퍼아줌마가,

"아니, 나에게 달걀을 갖다 주면 껌을 주겠다."

라고 얘기를 해서 달걀을 구하려면 닭한테 가야 하잖아요. 암탉한테 가요. 암탉한테 가서,

"암탉아! 나한테 달걀을 좀 줘라."

그랬더니 암탉이,

"아니, 나는 곡식이 먹고 싶다. 나한테 곡식 좀 갖다 줘라."

그래요.

그랬더니 이제,

'곡식을 어디서 구하나?'

하고 가고 있더니 땅쥐? [조사자: 쥐.] 쥐. 땅을 파고 있는. (잠시 머뭇거리며) 땅쥐라고 나오는데. [조사자: 두더지.] 예. 두더지(들쥐)가 땅을 파고 있는 거예요. 그래서 가갖고 인제 쥐랑 이 고양이가 서로 대립관계잖아요. 근데 얘가 가서 잡아갖고서는,

"나한테 곡식을 구해주지 않으면 너를 먹어 버린다."

그래요. 그랬더니,

"날 먹지마! 우리 집에 조금 곡식이 있으니까 내가 좀 갖다 줄게."

그래요. 그래서 집으로 가서 곡식을 조금 갖다 줘요. 조금 갖다 줘서, 고양이는 곡식을 가지고 가서 암탉한테 주고, 암탉은 달걀을 주고, 달걀은 가져가서 슈퍼아줌마한테 주고, 슈퍼아줌마는 껌을 줘요. 이 껌을 가져가서 아가씨들한테 주고, 물을 받아서 나무한테 가요. 나무한테 갔다가, 나뭇잎을 받아서, 나뭇잎을 젖소에게 갖다 주고, 젖소는 인제 젖소는 우유를 줘요.

그래갖고 우유를 섬 아가씨에게 갖다 주고, 섬 아가씨는 꼬리를, 고양이 꼬리를 돌려주고 그렇게 해서 이야기가 끝나는 거예요.

소금과 갈비와 회전초

● **구연정보**

조사일시 : 2017. 03. 24(금) 오후

조사장소 : 서울특별시 광진구 화양동 건국대학교

제 보 자 : 아쑈바이에바 [카자흐스탄, 여, 1991년생, 유학 3년차]
사니아 [카자흐스탄, 여, 1992년생, 유학 6년차]

조 사 자 : 오정미, 이원영

● **구연상황**

제보자가 〈투르크 민족의 전사 알파무스〉 구연을 마친 뒤, 사니아 제보자가 예전 어머니한테서 들은 이야기 중에서 기억나는 것이 있다면서 구연을 시작했다. 구술 전부터 웃음을 보이며, 재미있는 이야기임을 표현했다. 아쑈바이에나 제보자가 함께 구연에 참여했다.

● **줄거리**

옛날에 소금과 갈비와 회전초가 살았다. 그러다 회전초가 먼저 밖에 나갔는데 그만 바람에 날아가 버렸다. 갈비가 기다리다가 밖으로 나왔는데 늑대가 물어가 버렸다. 소금도 기다리다가 밖으로 나왔는데 비가 와서 녹아버리고 말았다.

사니아 : 저는 하나 들었는데 근데 그거 어렸을 때 들었던 건데 엄마한테, 인터넷에서 찾아보니까 그 카자흐 거 아니고, 갈마크, 카흐마크 거예요.

조사자 1 : 카흐마크가 어디예요?

사니아 : 민족, 아세요? 카흐마크라는?

조사자 1 : 그게 카자흐스탄 안에 있는 민족인 거죠?

아쑤바이에바 : 네.

조사자 2 : 카자르 옛날 얘기?

사니아 : 아니에요.

아쑤바이에바 : 카자르 민족 아니고 갈마크 민족에.

조사자 2 : 카흐마크 민족은 어느, 지금 어느 국가에 속하고 있어요?

사니아 : 러시아. 주로 러시아

아쑤바이에바 : 주로 러시아에.

사니아 : 근데 우리랑 좀 피가 있어요. 그래도.

조사자 1 : 상관없어요. 그 이야기 해주세요.

(사니아와 아쑤바이에바가 카자흐스탄어로 대화함.)

조사자 2 : 진짜 어느 계통의 가족인지 따라서 듣고 자라는 이야기가 다를 수 있겠네요.

사니아 : 왜냐하면 제가 그거 제 어머니가 할머니의 어머니한테 들은 건데 근데 제 할머니 그때 아마 여기저기 다녔어요. 알타이족에. 뭐하셨는지 모르겠는데. (모두 웃음)

아쑤바이에바 : 아니 여기저기 다녔다고 해서.

사니아 : 아니 그때 시대가 그랬잖아. 그때 도망도 치고 막.

조사자 2 : 올라가면 옮겨 다니면서 살았으니까.

사니아 : 원래 그거 같이 소금, 같이 살았고,

조사자 1 : 소금? 조금 인물로 생각해야 돼요. 그건.

조사자 2 : 아 소금이랑.

사니아 : 소금이랑 어떤 동물의 갈비, 살았고, 그리고 '비르치가폴래' (아쑤바이에바를 보며)

아쑤바이에바 : 비르치가폴래라는 그 어떤,

사니아 : 풀 같은 건데, 근데 평범한 것에 이렇게

아쑤바이에바 : 동그랗게 생겼어요.

조사자 2 : 아 짚, 짚.

아쑤바이에바 : 이 사막에 가면 이런 거 이렇게 돌려서 이렇게 있잖아요. 이런 거.

사니아 : 같이 살았대요.

조사자 1 : 건초.

사니아 : 건초? 맞아요. 맞아요. 그거 세 명이 같이 살았는데 근데 이제 밖에 나간 거예요. (건초가 헷갈려서) 본척(건초), 본척이(건초)?

조사자 1 : 건초.

사니아 : 아 건초가 먼저 밖에 나갔는데 바람이 너무 세게 불어서 이렇게 날아간 거예요. 어디 그래서 친구가 둘이 기다리고 기다리고, 기다리고 있었는데 없었대요. 그래서 그 갈비가 나와서 (웃음) '찾아가야지.'라고 생각하고 나갔는데 근데 그 늑대한테 잡혀간 거예요. 늑대한테 잡혀가서 (웃음)

조사자 1 : 누가 갈비가?

사니아 : 그래서 소금이 혼자 남았는데 기다리다, 기다리다 기다리다가 소금도 밖에 나가서, '찾아야지.' 생각하고 근데 갑자기 비가 와서 녹아 버린 거예요. (웃음)

조사자 1 : 너무 재밌다.

사니아 : 어렸을 때 이거 들었어. 맞아.

조사자 1 : 끝이네, 그죠 이 이야기 교훈이 커. 좋은 교훈을 주는데.

아쑤바이에바 : 찾아봤는데 아까 그 대나물이라고 해요. 대나물이나 *그, 회전초.*

조사자 2 : 아 회전초.

제보자 정보

굴지라(굴지라 아부오바)

[카자흐스탄, 여, 1994년생, 유학 1년차]

굴지라 제보자는 1994년 카자흐스탄 남쪽 크를오르다에서 2녀 중 첫째로 태어났다. 굴지라 제보자는 조사 당시 경북대학교에 재학 중이었다. 조사팀과 만났던 악지라 제보자가 자기 언니인 굴지라 제보자가 할머니와 자라서 많은 이야기를 안다고 연결해 주었다. '굴지라' 이름의 의미는 태양의 꽃이라는 뜻이라고 한다.

굴지라 제보자는 중급 이상의 한국어 수준으로 천천히 어린 시절 동화책과 할머니에게 들었던 카자흐스탄의 대표 전설과 민담을 구연했다. 굴지라 제보자가 모두 구연한 이야기는 8편이었는데, 가장 길게 구연했던 영웅 이야기의 맥락이 중간중간에 전달되지 않는 부분이 있어서 아쉽지만 정리 대상에서 제외했다. 노래로 전승돼온 카자흐스탄의 영웅서사시가 방대해서 한국어로 전달하는 데 어려움이 있었던 것으로 생각되었다.

발누라

[카자흐스탄, 여, 1986년생, 유학 2년차]

발누라 제보자는 카자흐스탄의 수도인 아스타나가 고향이다. 2005년에 국가 장학생으로 연세대학교에 유학을 온 후, 건국대학교에 다시 입학을 했다. 그러나 유학 중에 카자흐스탄에 사는 아버지가 돌아가셨다는 부고를 받고 카자흐스탄으로 되돌아갔다. 2011년에 카자흐스탄에서 같은 국적의 남편과 결혼한 후, 2016년에 남편의 사업과 본인의 유학을 위해 다시 한국으로 왔다. 경인교육대학교에서 석사과정을 하며 육아와 학업을 병행했다. 최종 목표는 카자흐스탄에서 한국 학교 혹은 유학원을 운영하는 것이라고 한다. 카자흐스탄의 대표 설화와 지역 설화 등 총 6편의 자료를 구연했다.

사니아

[카자흐스탄, 여, 1992년생, 유학 6년차]

사니아 제보자는 고려대학교 경영학과에 재학 중인 유학생이다. 2011년에 처음으로 유학을 왔지만, 집안에 일이 생겨서 다음 해에 다시 카자흐스탄으로 돌아갔고, 1년 후 다시 한국으로 와서 학업을 이어가고 있다. 여러 이유로 한국에 다시 돌아왔지만, 무엇보다도 감정을 적극적으로 표현하고 웃음이 많은 한국인들의 문화가 좋아 한국에 돌아왔다고 한다.

한국 문화에 대하여 호의적인 태도를 가진 사니아 제보자는 고급 수준의 한국어 실력을 지니고 있다. 아쑤바이에바 제보자와 함께 단독 및 공동으로 설화와 속담, 속신 등 총 44편의 자료를 구술했다.

아쑤바이에바

[카자흐스탄, 여, 1991년생, 유학 3년차]

아쑤바이에바 제보자는 건국대학교에서 국어국문학과 석사과정을 졸업한 유학생이다. 카자흐스탄의 수도인 아스타나가 고향으로, 카자흐스탄에서 국제관계학을 전공했다. 코이카를 통해 한국어를 공부한 후 유학을 결심했다. 한국어 능력이 뛰어나 고급 수준으로 유창하게 한국어를 구사한다. 한국의 다양한 문화를 좋아하여 한국의 여러 명소를 여행하며 자연스럽게 한국 문화도 배웠다고 한다.

아쑤바이에바 제보자는 카자흐스탄의 다양한 문화와 설화를 구술하기 위해 성실하게 조사에 참여했고, 10편 이상의 설화를 포함해 총 65편의 자료를 구술했다. 1차 조사 때 조사팀과 단독으로 만나서 여러 이야기를 구술했고, 2차와 3차 조사 때는 친구인 사니아와 함께 참석해서 단독 구술과 공동 구술로 설화를 들려줬다.

악지라

[카자흐스탄, 여, 1997년생, 유학 3년차]

악지라 제보자는 1997년에 카자흐스탄 남부 크즈우르다에서 2녀 중 차녀로 태어났다. 좋아하는 한국드라마를 보면서 한국어를 공부했다고 하는데 외국인의 억양을 거의 느낄 수 없을 정도로 한국인처럼 말을 아주 잘했다. 조사 당시 연세대학교 학생으로 심리학을 전공하고 있었다.

악지라 제보자는 '서울시 다문화동화공모전'을 통해 조사팀과 연결되었다. 자신의 부모님이 들려준 이야기로 카자흐스탄을 알리고 싶어 조사에 참여했다고 했다. 할머니에게 들었던 이야기와 부모님, 그리고 언니에게 들었던 이야기 등을 차분하게 구연했다. 전설과 민담, 금기, 속담 등 다양한 이야기 유형을 알고 있었는데, 특히 남녀의 슬픈 사랑 이야기를 재밌게 구연했다. 악지라 제보자는 2시간에 걸쳐 총 14편의 자료를 구연했다.

우쿠자노바 디나

[카자흐스탄, 여, 1981년생, 결혼이주 13년차]

우쿠자노바 디나 제보자는 1981년에 카자흐스탄에서 태어났다. 남편과 결혼하여 한국으로 이주했으며 강원도 횡성군에서 13년째 거주하고 있다. 현재 직장생활과 육아를 병행하고 있다.

우쿠자노바 디나 제보자는 쾌활하고 밝은 성격으로 친화력도 매우 좋다. 총 3회 조사자와 만나서 이야기판을 열었는데, 첫 이야기판은 소개자인 오숙민 작가의 집에서 조사를 진행했고, 두 번째부터는 제보자가 자택으로 초대를 해주어서 주로 제보자가 퇴근한 이후 저녁 시간 때 조사를 진행했다.

우쿠자노바 디나 제보자는 이야기에 관한 준비성과 기억력이 좋아서 구연한 설화 대부분이 장편임에도 막힘이 없었다. 구연을 마친 뒤에는 이야기에 담긴 의미에 대한 자신의 해석을 설명하기도 했다. 한국어 발음이 매끄럽고 구사 능력이 뛰어나며 목소리가 차분하고 음색이 좋아 전달력이 뛰어났다. 적극적인 태도로 이야기판을 이끌어 나갔다.

우쿠자노바 디나 제보자는 총 3회 진행된 이야기판에서 카자흐스탄의 문화에 대해 많은 정보를 제공하기 위하여 애썼다. 제보자가 제공한 이야기 자료는 14편으로, 주로 정통설화 위주로 구연했으며 장편의 영웅담이 많았다. 그 외에 카자흐스탄의 문화를 반영한 속담 20여편도 함께 제공했다.

조팔리나

[카자흐스탄, 여, 1995년생, 유학 2년차]

조팔리나 제보자는 1995년에 카자흐스탄에서 태어났다. 현재는 동국대학교 석사과정 유학생으로, 같은 기숙사를 쓰는 인도 유학생 파드마 제보자의 소개로 조사에 참여하게 되었다. 한국에는 유학 이전에도 방문한 적이 많고 평소 관심이 많았다고 했다.

조팔리나 제보자는 고려인 4세로 고려인들에게 들었던 이야기와 러시아에 영향을 받지 않은 카자흐스탄 설화를 구연했다. 카자흐스탄의 시조 이야기나 전설, 민담을 골고루 이야기했다. 인도 유학생 파드마 제보자와 경쟁하면서 카자흐스탄 이야기를 많이 알리려고 하는 적극성을 나타냈다. 준비해온 이야기를 차분하게 구연했으며, 조사자들이 카자흐스탄 민담의 트릭스터 알다르코세에 대해 묻자 미리 준비하지 않았음에도 기억을 되살리며 몇 편의 자료를 훌륭히 구연했다. 구연한 설화 자료는 총 13편이다.

히아조바 나탈리아(히아조바 나탈리아 바흐티야렵나)

[카자흐스탄, 여, 1982년생, 결혼이주 11년차]

히아조바 나탈리아 제보자는 고려인 2세 모친과 둥간 출신의 부친 사이에서 1982년에 카자흐스탄에서 태어났다. 남편과 결혼하여 한국으로 이주하게 되었으며, 조사 당시 강원도 횡성군에서 11년째 거주 중이었다. 슬하에 자녀 두 명을 두고 있다.

히아조바 나탈리아 제보자는 구연할 때에 주로 표준어를 구사했고 한국어 발음이 비교적 정확했다. 구연하면서 손짓을 많이 사용하고, 이야기 내용에 인물 간의 대화를 자주 삽입했다. 입담이 좋고 감성이 풍부하여 청중이 구연에 빠져들게 만들었다.

제보자는 조사과정에서 자신은 이야기 문화에 익숙하지 않아서 오숙민 작가와 활동할 때 번역했던 자료 외에는 아는 이야기가 별로 없다고 했으나 막상 구연이 시작되자 6편의 자료를 무리없이 구연했다.